Débandade de l'ange gardien

La collection originale | 9

Dans la même collection

Alexandre Glikine. *Igoumenitsa Blues*

Alain Corbellari. *Petite histoire de la littérature médiévale à la manière de Pierre Desproges*

Étienne Barilier. *Exercices de style éroti-comiques*

Alice Bottarelli. *Ombeline et Rodogune*

Étienne Barilier. *Don Juan malgré lui*

Matthieu Tarpin. *Hérésies*

Alexandre Glikine. *Richter 6.5 et autres nouvelles grecques*

Étienne Barilier. *Rosina*

DÉBANDADE
DE L'ANGE GARDIEN

Une enquête du commissaire Maelström

par Frånçøis Félix

Aux Presses Inverses
MMXXIII

Cette première édition de *Débandade de l'ange gardien* a été publiée avec le soutien de la Ville de Lausanne et de la Commune de Bremblens.

Ville de Lausanne
Service des bibliothèques
& archives

Image de couverture © Philippe Metzener

ISBN 978-2-940718-24-5

Prilly, Suisse
www.pressesinverses.ch

Aux Nornes

Les choses suivent leur cours.
Tant pis pour elles.

Il avançait courbé contre le vent et la neige, le souffle court. La tempête l'avait assailli aux berges du lac, maintenant il cherchait son salut dans la forêt.

La dense lisière des arbres atteinte, il se sentit protégé. Il reprenait ses esprits, pensait attendre là que les éléments s'apaisent, lorsque ses yeux aperçurent des empreintes de pas. Fraîches. Intrigué, il s'enfonça à leur suite dans les bois, marcha jusqu'à une clairière où se découvrait un pavillon. Il s'approcha. La maison n'avait pas de porte, seulement une petite ouverture, par où il regarda.

On ne voyait qu'une pièce. Un grand frêne poussait au milieu. Et devant le large tronc se trouvaient trois femmes. La première était enveloppée dans une longue robe aux reflets de jour, assise près d'un rouet que faisait tourner son pied, et elle chantait :

« Ronronne, bourdonne, ronronne, bourdonne, petit rouet, bourdonne ! Tourne, petit rouet long et fin, tourne fin un petit fil ! »

La deuxième se tenait à ses côtés, drapée d'une robe écarlate, ses mains entrecroisaient des fils, et elle disait :

« Nos fils sont comme une nuée d'où il pleut du sang. La trame grise des hommes est tendue. Nous, les amies d'Odin, nous y ferons passer un fil rouge… »

1

– Merde !

Le commissaire Gunnar Maelström avait fini par prendre conscience que les salves d'applaudissements adressées par la vingtaine de jolies jeunes femmes admiratives et reconnaissantes qui avançaient vers lui à demi-dévêtues n'étaient en réalité que le crépitement de la pluie sur le store métallique de sa chambre à coucher. Il grogna à nouveau, dépité, puis ouvrit un œil, renonçant à tenter de retenir les derniers lambeaux de son rêve qui l'abandonnait en s'effilochant.

Un regard morne en direction de la narquoise petite horloge à affichage digital sur sa table de nuit lui apprit qu'il était en retard. Bien en retard. Il se leva en sursaut, mais engourdi encore et la vue embrumée il écrasa ses orteils contre l'angle de la porte à moitié ouverte de la chambre. Étouffant un mugissement, il claudiqua tout à fait réveillé cette fois jusqu'à la salle de bain en souhaitant ardemment l'anéantissement de l'univers.

C'était un jeudi. Maelström détestait les jeudis.

Il était né un jeudi.

Trois quarts d'heure plus tard, il tomba sur son reflet dans la fenêtre du métro et remarqua la tache de confiture sur sa chemise. Aucun de ses gestes du matin, il en était parfaitement sûr, ne pouvait expliquer cette présence collante rouge, là, à la hauteur de son pectoral droit... D'ailleurs, il n'avait plus de confiture chez lui, depuis des jours.

Comment alors ?

S'il n'est pas douteux que, du monde ou de soi, l'un est souvent de trop, il est tout aussi vrai qu'il vaut mieux éviter de vivre avec l'idée que le cosmos s'est organisé dans le but précis de vous nuire personnellement. Aussi le commissaire entreprit-il bravement de la repousser. Il y était quasiment parvenu lorsque le gros type en manteau bleu juste devant recula en lui écrasant le pied.

Il boitillait encore en arrivant au commissariat de la police criminelle, 22 Köttbullegatan. Sous les yeux réjouis de badauds attroupés dont plusieurs capturaient la scène avec leur téléphone portable, le concierge peinait à effacer le tag « flics = enculers » apparu durant la nuit sur le mur. Aucun des policiers de garde ne s'était rendu compte de rien sur le moment, et la caméra de surveillance qui avait enregistré la scène à 00:47 restituait l'image d'un adolescent ou d'un homme jeune portant un masque à l'effigie du premier ministre. Impossible de savoir qui c'est, aucune chance de le retrouver, conclut le factotum.

Secouant la tête, Maelström entra, salua le planton de service puis, négligeant l'ascenseur, gravit à pied l'escalier jusqu'au premier étage. Arrivé dans son bureau il accrocha son manteau à la patère murale, s'assit, alluma l'ordinateur dans l'idée de consulter sa messagerie électronique, mais s'aperçut que les améliorations apportées la veille par le service informatique en rendaient l'usage impossible : les anciens mots de passe, indispensables pour accéder à ceux qu'il fallait valider afin de s'identifier dans le nouveau programme, avaient été désactivés. Un coup de fil au centre des compétences numériques de la police lui apprit que le problème concernait la totalité des terminaux de la Criminelle et que non, on ne savait pas combien de temps ça durerait.

La vie, c'est mieux là où on n'est pas, bien souvent.

Résigné, le commissaire se renversa sur le dossier de son siège et, les mains croisées derrière la nuque, se mit à regarder l'eau tambouriner sur les vitres. Depuis trois jours les bulletins météo annonçaient « d'assez belles éclaircies » sur l'ensemble du territoire ; une pluie mesquine et froide n'avait ainsi pas cessé de tomber d'un ciel uniformément gris, stationnaire, sans perspective. L'été radieux et chaud qui cette année avait duré deux pleines semaines était loin désormais, en ce début du mois d'août. Les jours décroissaient rapidement, cernés par les ténèbres. Le pays entrerait d'ici peu dans sa longue nuit.

En attendant, sa contemplation des archipels formés sur la fenêtre par les gouttes qui s'accolaient en glissant les unes contre les autres, s'étiraient ensemble et se distendaient avant d'éclater en fragments aboutit insensiblement à transporter Maelström vers de lointains atolls turquoise et leurs exotiques créatures dont il lui sembla bientôt entendre les voix caressantes escortées par une musique détendue. Un violent éternuement suivi d'un juron dans le bureau d'à côté le firent revenir à lui et aux dossiers qui l'attendaient. La routine : la dernière fusillade dans une école, à classer puisqu'on avait abattu le psychopathe, un veuf, fleuriste à la retraite, discret, très gentil, serviable, on n'y comprend rien disaient ses voisins, un corps découvert dépecé à la hache derrière une cabane de rondins dans le village de Timmerstugå avec des signes runiques tout autour, bon, ça on déléguerait à l'inspecteur Kyrieleisson, il est de là-bas, la lettre anonyme d'un particulier accusant son voisin de retenir une adolescente prisonnière dans sa cave, et une alerte à la bombe lancée par un homme d'affaires au siège d'un grand quotidien dont l'horoscope mensonger l'avait incité à un mauvais placement. Bref, la grisaille, là aussi. Soupirant, il s'apprêtait à s'interroger une fois de plus sur le sombre coup du destin qui avait fait de lui un policier plutôt qu'un grand cuisinier ou un compositeur, oui, brasser autre chose que la boue, lorsque retentit la sonnerie de son téléphone.

– Maelström ? C'est Wunderhørn.

Knåben Wunderhørn, le chef général de la police pour la capitale. Très compétent, efficace, un brin expéditif.

– J'ai ici un de vos anciens clients. Nils Torsk. Vous vous souvenez ?

Il se souvenait : un truand de faible tonnage, régulièrement coffré pour contrebande, trafics divers et recel. Il avait lui-même procédé à sa dernière arrestation le jour où ce crétin tentait de mettre le feu au hangar dans lequel une bande rivale entreposait des ordinateurs et des téléviseurs volés.

– C'est plus sérieux que les dernières fois. Il aurait des informations concernant Svärdfisk.

Tiens donc, Vidkun Svärdfisk… Un procureur en vue mais à la réputation trouble. Il avait obtenu deux ans auparavant une condamnation exemplaire et très médiatisée contre trois cadres supérieurs d'un grand groupe d'assurances, dont un député au Parlement, pour détournement et contrefaçon de médicaments, mais des rumeurs confuses voulaient qu'il eût repris l'organisation à son compte en sous-main. Il était décédé de manière étrange quelques mois plus tôt au volant de son démonstratif 4x4 surhaussé : après avoir manqué un virage pourtant anodin il s'était encastré à pleine vitesse dans une pile du viaduc de Tåg Spårvagn. L'autopsie n'avait pas révélé d'alcool ou de drogue dans son sang, la direction et les freins de la voiture fracassée ne présentaient rien d'anormal. Et l'on n'avait aucune raison de conclure à un suicide. L'enquête était au point mort.

– Nous allons l'interroger ici, au commissariat central. On vous attend.

– Entendu, j'arrive, répondit Maelström, se retenant d'ajouter que ça lui ferait une sortie bienvenue.

Il se leva, saisit son imperméable sur la patère murale, l'enfila en quittant le bureau. Négligeant l'ascenseur, il descendit l'étage par l'escalier, donna quelques instructions au planton de service et sortit. Dehors, il courba la tête sous le crachin et releva son col. Il avait oublié son parapluie et refusait absolument de porter un béret à visière, revenu à la mode : cette transformation volontaire en abruti l'horripilait.

Le commissariat central n'était qu'à vingt minutes de marche. Un autre jour il aurait volontiers fait le trajet à pied, mais rebuté par les intempéries il opta pour la station de taxis, trois cent mètres plus loin, où attendaient deux voitures. Il hésita à interrompre le chauffeur de la première, qui s'était curé le nez et examinait avec attention le résultat de l'opération entre son pouce et son index, préféra entrer dans la seconde.

– 111 Systembolagetsgatan ! commanda-t-il.

– C'est comme si on y était !

Un trafic dense, ralenti par la pluie, contrarié partout. Les experts municipaux du bureau de la voirie avaient planifié l'ouverture de longues tranchées destinées à la réfection des canalisations le jour exactement où les bulldozers et marteaux-piqueurs dépêchés par les responsables du service national des routes s'attaquaient quant à eux à la chaussée en vue d'implanter trois giratoires dans le même secteur sud de la ville. Cela alors que la réfection du revêtement sur Uppfart Vasaloppet, au bas du district, accumulait les retards. Un système compliqué de déviations avait dû être improvisé : au croisement d'Ingemarstenmarksgatan et d'Ikeaboulevard, un transport scolaire s'était engagé dans un sens interdit, bloquant durablement la circulation. Maelström fit nettement plus long pour parvenir à destination que s'il était arrivé en marchant. Ça lui revint plus cher, aussi.

– Bonjour commissaire. Nous vous attendions !

Ce velouté inconfondable dans la voix… Petronille Missåbrevis était le bras droit du chef de la police au commissariat central. Jeune, élancée, fine, elle affichait un maintien plutôt réservé, que venait contredire une poitrine exorbitante et communicative. Opulents voire solennels, ses seins paraissaient toujours cependant sur le point de se mettre à carillonner ou de se catapulter alentour. À la fois pompeux et rieurs, ils conjuguaient des lois naturelles contradictoires : de véritables chefs-d'œuvre, et une formidable revanche de la matière. L'effet hypnotique qu'ils exerçaient sur la plupart des hommes n'avait pas été pour rien, disait-on, dans un certain nombre d'aveux et de dénonciations obtenus lors d'interrogatoires.

– Nous rejoignons M. le commissaire général Wunderhørn, poursuivit-elle en appuyant sur le bouton de l'ascenseur. Oh, vous avez une tache sur votre chemise, en haut à droite… on dirait de la confiture.

Le bureau du chef de la police était situé au quatrième étage. Petronille Missåbrevis frappa discrètement deux fois avant d'ouvrir. Wunderhørn se leva pour accueillir les arrivants. Grand, la quarantaine solide, l'air intelligent et décidé, un regard précis servi par deux yeux céruléens, toute sa personne irradiait la résolution et l'énergie concentrée.

– Bonjour Maelström, fit-il en lui tendant la main. Merci d'être venu rapidement. Un café ?

Il pesa sur une touche de service.

– Antiløp, trois cafés s'il vous plaît.

– On va peut-être pouvoir avancer sur le dossier Svärdfisk, reprit-il une fois les trois mugs servis par une longue jeune femme aux ongles violets. Figurez-vous que Nils Torsk a été appréhendé hier en fin après-midi à Drottningmarskjöld au moment où il tentait de passer la frontière dans une voiture volée.

– Contrebande ?

– Non. Pas cette fois. Ou pas comme d'habitude. Il n'y avait que des effets personnels dans le coffre, vêtements et chaussures surtout. Il quittait le pays en douce.

– On sait où il allait ?

– Il n'a rien précisé. A commencé par parler d'une adresse où il était attendu, mais n'a pas voulu en dire plus. La voiture avait du reste été déclarée volée le matin même. Ça ressemble clairement à une fuite précipitée.

– Et quel rapport avec Svärdfisk ?

– J'y viens. Il emportait avec lui un sac de sport plein d'Erektil. Des contrefaçons : la moitié de ces gélules étaient même vides ! Avec ça, plusieurs documents appartenant à Svärdfisk, des mails imprimés, un stylo de prix gravé à son nom. Torsk a bien sûr prétendu que ce sac se trouvait déjà dans la voiture lorsqu'il l'a volée et n'avoir rien à faire avec ça. Mais ses explications étaient plutôt confuses. Voyons si sa nuit en garde à vue lui a clarifié les idées.

Wunderhørn appuya sur une autre touche de son interphone.

– Frionør, vous nous amenez le prévenu Torsk dans la salle B.

Les salles d'interrogatoire se trouvaient deux étages plus bas, au niveau des cellules de garde à vue. Les policiers entrèrent dans un espace qu'occupaient seules une table et quatre chaises. Entièrement nus à l'exception d'un miroir sans tain sur l'un d'entre eux, les murs étaient de couleur gris sombre, tout comme le sol. Du haut plafond de même teinte tombait un éclairage acide, concentré sur le milieu de la pièce. Petronille Missåbrevis et Maelström prirent place de part et d'autre de Wunderhørn. Ce dernier fit un signe de tête en direction du miroir.

– J'ai prié l'inspecteur Ölderlin d'assister discrètement à l'interrogatoire. Il avait enquêté sur les trois assureurs, à l'époque.

On fit entrer Nils Torsk. Le milieu de la trentaine, assez grand, un visage en lame de couteau surmonté d'une coiffure en catogan, il était vêtu d'un jean fatigué et d'une chemise d'été à motifs hawaïens. Sur son avant-bras droit, un tatouage un peu passé représentait un serpent sortant de l'orbite d'un crâne, tandis que le bras gauche s'ornait plus sobrement de l'inscription « Fuck » en lettres d'inspiration gothique. Maelström le trouva aminci et creusé par rapport à leur dernière rencontre, lorsqu'il l'avait arrêté.

– Bonjour M. Torsk, commença Wunderhørn. J'espère que vous avez bien dormi chez nous. Je vous présente mon adjointe, Mme Missåbrevis, et le commissaire Maelström, que vous connaissez déjà, je crois. Alors, si vous nous racontiez un peu ce que vous faisiez hier à la frontière au volant d'une voiture volée…

Torsk gratta son nez en bec d'aigle.

– Eh ben, je… j'allais chez des amis.

– Avec une voiture volée ?

– Disons que c'était un emprunt. Une urgence.

– Vous allez en urgence chez vos amis, vous ? Quel type d'urgence ? Une livraison ?

– Ouais, c'est ça, une… Non, pas du tout ! C'est pas ce que vous croyez ! D'ailleurs, y avait pas de marchandises dans le coffre. Rien que des choses à moi. Les douaniers ont bien vu.

– Précisément : que des affaires personnelles. Vous étiez en train de quitter le pays...

– Je me mettais au vert pour quelque temps. Chez des amis, justement.

– Des amis qui vous attendaient.

Coup de glotte affirmatif.

– Ce sera facile à vérifier, qui sont ces amis ? Et où habitent-ils ? Vous n'avez pas précisé cela aux douaniers, hier.

– En fait, je sais pas exactement où ils habitent. J'avais rendez-vous dans un bistro. À Hovedstaden. En fait, c'est plutôt des amis d'amis.

– Des amis d'amis que vous ne situez pas encore très précisément. Vous auriez fait connaissance là-bas.

– Voilà.

– Je vois. Et pourquoi partir ?

– J'ai dit, je voulais me mettre au vert un moment. Des vacances, quoi.

– Dans une voiture volée... Vous pensiez revenir avec ? Ou alors la fourguer à des revendeurs une fois arrivé ?

L'autre ne répondit rien.

– Je ne comprends pas bien, reprit Wunderhørn. Vous avez été condamné plusieurs fois pour contrebande, vous êtes connu de nos services, les douaniers ont votre signalement, et vous prenez le risque de vous présenter à la frontière avec une voiture volée... Vous saviez pourtant que vous aviez toutes les chances de vous faire pincer ! De deux choses l'une : soit vous êtes parfaitement inconscient, soit vous aviez des raisons d'agir dans l'urgence. Quelles raisons ?

– J'ai dit : je voulais me mettre au vert.

– Vous avez vous-même parlé d'urgence, il y a un instant.

– J'avais urgence à prendre des vacances.

Il lissait son catogan de la main.

– À part cela, que faisait ce sac de sport appartenant à Vidkun Svärdfisk dans cette voiture ?

– Ah ça, je sais pas. Il était dedans quand j'ai emprunté la bagnole.

– Vous l'avez volé, ce sac ? Ou Svärdfisk vous l'a donné ?

– Je viens de vous dire que j'ai aucune idée d'où y vient. Il était sur le siège avant. Même pas caché. Y a qu'à demander au propriétaire de la tire !

– Vous pensez que ce monsieur aurait signalé le vol de sa voiture s'il était en rapport avec Vidkun Svärdfisk ? Pour qu'on tombe sur ce sac et son contenu… Vous avez bien sûr vu ce qu'il y avait dedans ?

– Ben, il était pas verrouillé.

– Vous avez compris de quoi il s'agissait ?

– Ouais. Des Erektil. Pratique…

– Ça ne vous a pas étonné ? Un sac de sport plein de médicaments ?

Non, pas plus que ça. Le type de la bagnole était peut-être toubib. Ou représentant. Y avait qu'à vérifier.

– Vous vous êtes donc dit que vous pourriez les revendre ?

– Disons que ça allait couvrir mes frais là-bas.

– Là-bas… en vacances ?

– Voilà.

– Même s'il s'agissait de faux ?

– Des faux ? !

– Des faux. De la contrefaçon.

– Comment voulez-vous que je sache ? Moi, je trouve un sac avec des pastilles à bander. C'est tout.

Il sortit de sa poche un mouchoir hors d'âge, en recouvrit son index qu'il fit ensuite vriller à l'intérieur de sa narine droite.

– Vous saviez que Vidkun Svärdfisk était soupçonné

d'avoir repris un trafic de faux médicaments ? On cherchait des preuves. On dirait que vous nous avez mis sur une jolie piste ! Vous faisiez partie du réseau ? Expliquez-nous un peu…

– Eh là, oh, doucement, moi je sais rien de tout ça ! Pas au courant ! protesta vivement Torsk en rangeant son mouchoir. Y a qu'à arrêter le propriétaire de la bagnole. C'est lui qu'il faut interroger.

– Et si vous cessiez un instant de nous prendre pour des pives…

– … M. Torsk, intervint Petronille Missåbrevis d'une voix douce, est-ce vraiment cela que vous me diriez, à moi ?

Le malfrat tourna son regard vers elle, interdit. La policière s'était légèrement avancée sur sa chaise.

– Oui, poursuivit-elle caressante, si nous étions seuls dans cette pièce, vous et moi, qu'aimeriez-vous pouvoir me confier ? Est-ce que vous me raconteriez la même histoire ? Vous savez, moi, cette affaire de voiture volée et de sac de sport ne m'intéresse pas. Faux ou vrais médicaments, je m'en moque. Moi, ce que je veux, c'est comprendre votre crainte. La partager. Il faut savoir accueillir ses émotions, M. Torsk. Et ne pas avoir peur de les communiquer.

– Hein ?

Torsk regarda tour à tour Maelström et Wunderhørn, les yeux ronds.

La policière lissa ses sourcils de ses deux index. Mains longues, doigts effilés prolongés d'ongles naturels ovaloïdes.

– Vous aimeriez sans doute être plus heureux, M. Torsk, reprit-elle. Comme tout le monde. Qui donc est aussi heureux qu'il l'espérait ?

– Euh…

– Or certains semblent prendre leur plaisir à nous pourrir la vie, justement. Des pervers. Eux, même leurs cadeaux sont empoisonnés ! « *Et dona ferentes* », M. Torsk, vous vous souvenez ? Il faut les fuir. Ne vous êtes-vous pas demandé si ce sac que vous a offert ce Svärdfisk n'était pas un cadeau empoisonné ? Je suis certaine que cela vous a effleuré.

Maelström réprima un sourire devant l'habileté de la jeune femme.

– Mais je le connaissais pas moi ! Je l'ai jamais rencontré ! Il m'a jamais fait de cadeau ! se récria Torsk d'une voix un peu haute. Qu'est-ce que vous racontez ? J'ai trouvé ce foutu putain de sac dans la voiture que j'ai piquée hier, j'arrête pas de vous le dire ! C'est quoi cette histoire de cadeau empoisonné ? !

Il s'était mis à gigoter.

– Derrière la façade officielle de Vidkun Svärdfisk se dissimulait un homme inquiétant, continua Petronille Missåbrevis. Très inquiétant. De graves soupçons pèsent contre lui, il aurait détourné à son profit un large trafic de médicaments. C'est une activité extrêmement dangereuse, M. Torsk, ces milieux ne plaisantent pas. D'ailleurs il est mort dans des circonstances troubles. On recherche activement ses complices. Et on recherche aussi ceux qui se sont vengés de lui, et qui ne s'arrêteront pas là. Faire partie de son réseau, c'est excessivement risqué…

Elle le regardait avec intensité.

– Oui, c'est périlleux, et ça va chercher plus loin qu'une voiture volée ! reprit Wunderhørn. Il vaudrait beaucoup mieux avoir piqué ce sac plutôt que de faire le passeur pour ce réseau ou de vous essayer à jouer votre propre carte sur ce qu'il reste de ce trafic. Ce serait nettement moins casse-gueule. Du point de vue de la loi, et pour votre peau surtout ! Vous vous voyez avec ces gars à vos trousses ?

– Ben justement, je l'ai volé ! jappa Torsk en relevant le menton d'un air de défi.

– Ah bon ?!

– Parfaitement !

– Chez Svärdfisk, au moment où il vous confiait une mission ?

– Pas du tout ! Dans sa voiture. Je l'ai ramassé sur la banquette avant.

Il s'était redressé sur sa chaise.

– Vous aviez accès à sa voiture, ça veut dire que vous le connaissiez... Vous savez, insista Wunderhørn, vous vous êtes mis dans une sale situation, Torsk. Un vrai merdier. On peut vous aider un peu, mais seulement si vous vous montrez coopératif. Parlez-nous de ce réseau. Qui en faisait partie ?

– Je vous dis que j'en sais rien, bordel, je le connaissais même pas, ce type. Sa voiture était pas fermée, j'ai ouvert et j'ai embarqué le sac, c'est tout ! Vous comprenez ce qu'on vous dit ?

– Il ne se trouvait donc pas par hasard dans la voiture que vous avez, disons empruntée hier pour fuir le pays, ce sac de sport ?

– Non, je l'ai piqué dans l'autre bagnole, je viens de...

– ... M. Torsk a menti, naturellement, mais dans le but de se protéger, s'interposa Petronille Missåbrevis, musicale. C'est humain.

Puis, fixant l'homme dans les yeux et baissant la voix : pour vous protéger, n'est-ce pas ?

Elle marqua une pause.

– Ce sac, je vous l'ai dit, je m'en fiche. C'est secondaire. Ce qui m'importe, c'est vous. Vous seul.

Elle ferma un instant les paupières. Les rouvrit avec un léger soupir. On aurait entendu battre une aile de papillon dans la pièce.

– Je laisse M. le chef de la police s'occuper de ce sac, reprit-elle. Je devine du reste ce qu'il est en train de penser, il se demande comment vous avez bien pu approcher cette fameuse voiture. C'est simple : soit vous connaissiez Svärdfisk, vous faisiez partie de son organisation, auquel cas c'est très grave, et votre vie est en danger. Nous devons alors vous protéger. Ou alors vous avez volé ce sac de médicaments sans trop savoir ce que vous faisiez, dans des circonstances qu'il faudra encore déterminer. Dans ce cas c'est beaucoup moins sérieux, parce que cela signifierait que vous n'êtes pas lié à ses affaires. C'est d'ailleurs très certainement ce que pense aussi M. le commissaire Maelström qui est ici avec nous.

Ledit Maelström admirait le travail. Le duo des deux interrogateurs était finement réglé.

– Qu'est-ce ça voudrait dire, d'avoir volé la voiture et le sac ? demanda Torsk d'un air qu'il voulait détaché.

– Pas très lourd. Surtout si vous pouvez prouver que vous n'avez aucun rapport avec le micmac de Svärdfisk et que vous comptiez écouler ces médicaments pour votre propre compte. D'autant moins si vous ignoriez qu'il s'agissait de contrefaçons, répondit Wunderhørn. Comme vous êtes un récidiviste, ça serait assorti de l'interdiction ferme de quitter le territoire pendant quelque temps. En clair, deux ou trois mois de prison, et environ quatre ans durant lesquels vous ne sortez pas du pays.

L'autre ne put retenir un tressaillement.

– Vous ne voulez pas m'aider à vous tirer de la situation angoissante dans laquelle vous vous êtes mis, M. Torsk ? reprit Petronille Missåbrevis. Ce serait tellement mieux de ne pas avoir participé aux activités clandestines de Svardfisk. Plus simple…

Elle battit des cils.

– J'ai jamais été mêlé à ses combines. C'est tout le contraire !

– Tout le contraire ? Que voulez-vous dire ?

Torsk hésita, puis reflua, gardant le silence.

– Ah, si je pouvais avoir la preuve que vous avez simplement volé ce sac… À propos, M. le commissaire général, ajouta la policière en se tournant vers Wunderhørn, vous confirmez qu'il y a une récompense pour tout renseignement concernant le réseau Svärdfisk ?

– Effectivement. J'oubliais. Une récompense, ou une remise de peine, c'est selon. Et ça vaut aussi pour toute information concernant sa mort.

Il sembla à Maelström que l'éclairage de la pièce avait baissé, ou s'était concentré davantage, changeant même légèrement d'inclinaison. Et paraissait moins froid. Insensiblement, l'atmosphère avait gagné un air d'intimité. D'où il se trouvait, Torsk ne devait plus guère voir que Petronille Missåbrevis, laquelle s'était un peu avancée encore. Les deux commissaires à cet instant se trouvaient probablement en-dehors du halo lumineux, réduits à peu près à leurs voix.

– C'est tout le contraire, n'est-ce pas ? insista-t-elle. Je n'arrive pas à croire que vous avez participé à ce réseau, vous n'êtes pas un type de ce genre. Les femmes sentent ces choses, vous savez ? Et enfin, des Erektil, ça ne cadre pas avec l'idée que je me fais de vous, mais alors pas du tout !

Elle eut un petit rire.

Torsk, qui depuis un moment sentait la situation lui échapper et ne parvenait plus à prévoir où le mèneraient ses réponses, avait opté pour la défensive. Tendu, le front plissé, il se tortillait sur sa chaise. Soucieux d'éviter le regard insistant de Petronille Missåbrevis mais environné d'obscurité sinon, il ne savait où donner de la tête. Il finit par poser les yeux sur la poitrine de la policière, qui se soulevait à chaque inspiration, étirant en cadence l'étoffe de son chemisier comme si elle avait l'envie d'en déborder et s'éjecter au-dehors. Ce fut sans doute cela qui le décida.

– C'est tout le contraire parce que c'est moi qu'ai éliminé Svärdfisk ! J'ai participé.

L'aveu avait fusé.

– Oh, souffla Petronille Missåbrevis. Quel soulagement !

– Mais comment ? demanda Wunderhørn.

– J'étais pas tout seul. On a saboté sa voiture.

– Pourtant les techniciens de la police n'ont rien trouvé.

– Parce qu'ils ont pas cherché au bon endroit, vos branleurs. On a déréglé le siège chauffant.

Un sabotage au siège chauffant !

– Incroyable ! susurra la policière, vibrante. Quelle astuce !

– C'était mon idée, précisa Torsk, un peu ragaillardi. On bricole le système pour qu'après cinq minutes le siège chauffe tout d'un coup au maximum. D'une seconde à l'autre. Totale surprise. Et ça brûle tellement le cul qu'on peut plus rester assis. Le gars s'est levé subito et s'est trouvé debout sur les pédales. Pas moyen de manœuvrer dans cette position, et vu qu'il avait l'accélérateur à fond puisqu'il était debout dessus, il est parti dans les décors. Boum !

– Boum ! en effet, commenta Wunderhørn. Mais pour cela, il fallait pouvoir s'approcher de la voiture. Vous n'étiez pas seul, avez-vous dit.

– C'était Sten. Sten Flåk. C'est lui qui savait où Svärdfisk garait sa tire, à son travail. On s'est infiltré un matin dans le garage. Lui, il voulait faire classique, la direction ou les freins. C'est moi qui lui ai dit d'attaquer le siège chauffant.

– Et vous en avez profité pour voler ce sac de sport. De quelle façon vous vous êtes retrouvé mêlé à ce binz ?

– C'est Sten qui m'a contacté. Je l'avais connu il y a deux ans, quand je tirais mes six mois de taule. Au fond, c'est un peu à cause de vous, tout ça, ajouta-t-il à l'adresse de Maelström, c'est vous qui m'avez arrêté, l'autre fois…

Le commissaire hocha la tête.

– Poursuivez…

– On est devenu copains en prison. Lui, il y était à cause d'un petit braquage qu'avait foiré. Il est sorti avant moi. On s'était revu deux ou trois fois après ma sortie. Il bricolait un peu. Et un jour il est venu me proposer ce truc. Il fallait éliminer ce type, un salaud d'avocat.

– De procureur.

– Ouais. Un fumier qui passait son temps à envoyer des gens en prison alors qu'il était la pire ordure de tous.

– Et pourquoi vous ?

– On était devenu copains, je vous ai dit. Et puis, il s'y connaissait moins que moi en mécanique. On lui avait dit que ça devait avoir l'air d'un accident. Au départ, il pensait faire ça seul, mais il était pas sûr d'y arriver. Et il pouvait pas se rater.

– Qui l'avait mandaté ?

– Aucune idée. Il disait que moins on serait à le savoir mieux ça irait.

– C'était bien payé ?

– 400'000 couronnes chacun si on partageait.

– Vous vous êtes enrichi, alors ?

Le visage de Torsk se ferma.

– Non, en fait. C'est là le problème. J'ai pas revu Sten après l'accident. Il m'avait dit d'attendre jusqu'à ce que tout se tasse et qu'il reçoive le blé. Qu'il me dirait quand ce serait là. Je devais surtout pas l'appeler ou venir le voir, fallait être discret. Mais il me recontactait pas, je me suis demandé s'il s'était pas fait la malle avec mon fric. Alors une nuit je suis allé chez lui. Il créchait à Norra Distriktet, dans une sorte de hangar. Même pas eu besoin de forcer la serrure, c'était ouvert. Y avait toutes ses affaires, comme s'il habitait là normalement. J'ai même trouvé des papiers et 3'000 couronnes en fouillant un peu. Je suis retourné trois jours après, tout était à la même place. Comme s'il était pas revenu depuis. Je me suis dit que ça sentait mauvais.

– Vous avez eu peur que les commanditaires de l'accident se soient occupés de lui…

– Juste après, j'ai entendu parler de ce type qu'on avait retrouvé abandonné dans une bétonneuse. Sans sa tête. J'ai décidé de prendre du champ.

– Vos fameuses vacances, commenta Wunderhørn.

– Cette inquiétude que je devinais en vous, reprit Petronille Missåbrevis. Vous n'avez aucun moyen de savoir s'ils soupçonnent votre participation au sabotage de la voiture ?

– Non. Sten a dit qu'il avait pas parlé de moi, il était censé agir seul. Mais comment je peux être sûr ? J'ai préféré pas attendre.

– Vous avez eu raison de nous faire confiance, M. Torsk. Vous voyez, je le savais. Les femmes sentent ces choses. Croyez-moi, en vous interceptant, nos douaniers vous ont peut-être sauvé la vie.

2

– Vous pensez qu'il ment ?

Petronille Missåbrevis, Wunderhørn, Maelström et l'inspecteur Ölderlin étaient attablés devant une tasse de café à *La Batave hurleuse*, le bar en face du commissariat central. La pluie avait cessé mais des nuages couleur de plomb roulaient dans un ciel bas. Le vent s'engouffrait dans la rue, soulevant des papiers et des emballages plastiques épars qui voletaient avant de retomber quelques mètres plus loin. Sur l'écran de télévision contre le mur au fond du bar, de jeunes rappeurs scandaient le plaisir de nuire à la police et de coucher avec sa maman.

– Me semble qu'il n'a pas tout raconté, répondit Ölderlin. Il doit en savoir un peu plus long que ça sur l'assassinat de Svärdfisk et ses commanditaires.

– Bien d'accord, fit Maelström. Sa précipitation à partir, le fait qu'il a pris le risque de voler une voiture… Il doit même avoir une petite idée sur la mort de Flåk.

– Et vous avez vu sa réaction effrayée lorsqu'on lui a parlé d'une interdiction de sortir du pays, intervint Petronille Missåbrevis. Plutôt avouer qu'être renvoyé dans la nature sans pouvoir quitter le territoire une fois purgée sa courte peine de récidiviste. Il se sent aux abois, s'est dit qu'il serait plus en sécurité en prison que libre.

– Il a fait son calcul : vingt ans à l'ombre, c'est mieux que de se faire dessouder. Il n'est pas vieux. À part ça, ils y ont vraiment cru, lui et l'autre abruti, à leurs 800'000 couronnes ?

– Il n'a pas tout dit parce qu'il ne pensait pas passer aux aveux, non plus, reprit Ölderlin. Il semblait presque surpris d'avoir craché le morceau. Les choses arrivent souvent en deux ou trois fois, on aura peut-être du rab au prochain interrogatoire. Ah, à ce propos, l'opérateur m'a montré pour les jeux de lumière : intensité, nuances, changements d'angle, belle installation. Efficace. Il faudra généraliser ça.

– Si je résume, fit le chef de la police, on a avancé sur Svärdfisk. Ce sac de sport dans sa bagnole prouve quasi définitivement sa participation au trafic de faux médicaments. On sait aussi qu'il a été assassiné, et par qui, techniquement. Je vais faire réexaminer le siège de la voiture, histoire d'être sûr. On suppose que ceux qui ont éliminé le procureur ne souhaitaient pas laisser de témoin et ont liquidé leur homme de main. J'imagine que cela recoupe vos informations, poursuivit-il en s'adressant à Maelström. C'est bien Flåk qu'on a retrouvé sans tête dans la bétonneuse ?

– Exact. Identifié à partir de ses empreintes digitales. Ses meurtriers n'ont rien fait pour empêcher cette identification. Peut-être qu'ils souhaitaient que l'on reconnaisse le cadavre et voulaient adresser de cette manière un avertissement. Mais à qui ? Torsk ?

– On reprend son dossier à la lumière de ce qu'il nous a dit. Maelström, vous mettez des hommes dessus.

Le commissaire opina en entamant un pâté à la morue.

– Quant aux sponsors de l'assassinat, il s'agit soit de complices des anciens caïds du réseau envoyés en prison par Svärdfisk, soit de concurrents sur ce marché, à première vue. Il ne serait pas inutile de retourner cuisiner les trois assureurs sous les verrous. Comment s'appelle déjà la compagnie où ils travaillaient ?

– Les Assurances Shrapnel.

On postillonne toujours des miettes, avec un pâté à la morue. Maelström ne put ignorer le geste furtif d'Ölderlin balayant la table du revers de la main devant lui.

– Oui. Elle avait été blanchie à l'époque, ses trois employés ayant agi pour leur compte, selon les conclusions de l'enquête. Mais ils auront peut-être l'un ou l'autre souvenir exploitable. Ça vaudrait la peine aussi de rencontrer le directeur. Maelström et Ölderlin, vous organisez ça ensemble. Nous faisons un point dans quatre jours. Je vais signifier à Torsk la prolongation de sa garde à vue. De toute façon, je ne pense pas qu'il demandera sa libération sous caution… Tiens, Maelström, c'est de la confiture que vous avez sur la chemise ?

Les policiers se séparèrent. Tandis que Knåben Wunderhørn et Petronille Missåbrevis retournaient au commissariat central et qu'Ölderlin hélait un taxi, Maelström opta pour le métro et chemina en direction de la station la plus proche. Distrait par la démarche de gazelle de la jeune femme au béret blanc qui passait devant lui, éclair dans la grisaille et rappel du bonheur, il faillit s'étaler en glissant sur des flyers mouillés abandonnés par terre annonçant le prochain concert du groupe de trash metal Fecal Discount.

Rentré au commissariat de la Criminelle, il convoqua Thorvald Nyderbipp, son meilleur enquêteur, qu'il chargea de reprendre le cas Flåk. Le problème informatique n'avait pas été résolu, impossible d'accéder à la mémoire électronique de la Criminelle. Nyderbipp se rendit donc au sous-sol pour consulter les pièces originales du dossier. Il revint trois minutes plus tard, bredouille. L'accès aux archives se trouvait avoir lui-même été informatisé, on ne pouvait entrer dans la pièce forte qu'après avoir suivi une procédure spécifique sur un ordinateur du commissariat. Maelström saisit son téléphone, appela le service informatique de la police.

– Knuthuvudsson !

Une voix compacte, nasale, tirant sur l'aigre. Rustique, le genre pressé de conclure.

– Maelström, de la Criminelle.

Ça reste toujours un peu dans les dents, le pâté à la morue.

– Paraît que vous avez déjà téléphoné ce matin… On n'a pas terminé ! J'ai mis toute l'équipe dessus. Faut juste récupérer les mots de passe un à un, vous croyez que c'est de la tarte ? Pas possible de dire encore si c'est une erreur ou une cyberattaque, ou les deux. On cherche. Bon, ça irait plus vite aussi si on n'était pas sans arrêt dérangé !

– Je vous appelle à propos d'autre chose. L'accès aux archives de la Criminelle a été informatisé…

– Affirmatif. On a installé ça avec le nouveau programme. On vous a envoyé un mail collectif hier après-midi pour vous informer. Fallait sécuriser. Plus personne ne peut y entrer sans demander l'ouverture depuis son poste à la Criminelle ou d'ici. Une forteresse, ces archives, dorénavant.

– Le problème, c'est qu'aujourd'hui, on ne peut pas y entrer du tout.

– Ben non, puisque vous ne pouvez pas accéder à vos mots de passe. Logique. Et c'est aussi pour ça que vous n'avez pas pu lire le mail qui vous l'annonçait. Ça se tient, tout ça. Cohérent. C'est un système !

S'énerver ? contreproductif. Maelström décida de passer outre les picotements d'irritation qui commençaient à gagner le bas de son échine, respira, parlementa calmement. Il lui fallut un peu de temps et la promesse de signer par retour de courrier une formule de dérogation qui lui parviendrait antidatée via un mail une fois la messagerie redevenue fonctionnelle pour obtenir l'ouverture sous contrôle des archives de son propre sous-sol. Accompagné par un collègue chargé de le surveiller lors de cette opération, Nyderbipp en sortit le dossier Sten Flåk. Il revint une petite heure plus tard dans le bureau du commissaire.

– Pas exactement Léonard de Vinci, le client, résuma-t-il.

Flåk, un truand du même acabit que Torsk et d'envergure comparable, à première vue. Mais une seule condamnation à son actif, conséquence d'une piteuse tentative de braquage dans une station-service. Le rapport précisait qu'il avait profité d'un instant où aucun client n'était présent pour menacer l'employé avec une arme et exiger le contenu de la caisse, 2'000 malheureuses couronnes. Il avait tiré en l'air pour faire impression mais l'impact de la balle dans le plafond avait déclenché l'alarme, d'où une sortie en catastrophe. Et le choix de la voiture volée s'était avéré peu heureux : les batteries à plat, elle refusa de redémarrer. La police n'avait eu qu'à le cueillir alors qu'il tentait de fuir à pied. Sans antécédents judiciaires, il écopa de cinq ans de prison. Incarcéré, il proposa à la direction d'espionner les autres détenus en échange de quelques aménagements. Plus tard, il conçut de mettre le feu à sa cellule en utilisant un stock de bibles subtilisées à l'aumônerie. Sans y parvenir. On dut aussi calmer le projet qu'il avait eu de se renflouer un tantinet en branchant le personnel sur une de ses relations qui entretenait des facilités du côté d'un trafic de jeunes prostituées baltes. « Que des mineures, une occase en or, zéro risque, mieux que l'Afrique ! » avait-il pourtant argumenté.

– Bref, un tordu, mais petit gabarit. Minable. Je vais commencer par un tour à Norra Distriktet, du côté de son hangar. Je serai une vieille relation d'affaire qui recherche son pote Flåk…

Il était à peine sorti que la sonnerie du téléphone retentit.

– Maelström ? C'est Wunderhørn. Je viens de recevoir l'appel d'un cinéma. Ils ont un macchabée. Une drôle d'histoire, je n'ai à peu près rien compris de ce que me racontait le gérant, il semblait affolé. J'ai déjà envoyé le légiste et la Scientifique. Vous n'iriez pas voir ? Le ciné s'appelle Le Pacific. C'est à cinq minutes de chez vous, sur Avenuedesplatan.

– J'y vais, répondit Maelström.

Il raccrocha, se leva, enfila son pardessus et quitta le bureau. Négligeant l'ascenseur, il descendit à pied l'étage par l'escalier, donna quelques instructions au planton de service et sortit, la tête rentrée dans le col. Le ciel crachotait de menues humeurs.

La rue, à cette heure, n'était qu'encombrement, circulation dense, trottoirs couverts de monde. Slalomant entre les parapluies, veillant à ne pas se faire éborgner par leurs aiguillettes métalliques, Maelström, après avoir encore buté sur une poussette, s'être s'excusé auprès de la jeune femme dont il avait d'un malheureux coup d'épaule projeté contre les incisives le téléphone portable qu'elle tenait dans la paume de sa main à la hauteur de sa bouche, heurté un type brusquement statufié par la contemplation de sa messagerie, finit par repérer l'enseigne du cinéma devant lequel stationnait un véhicule de police et entra en poussant une porte vitrée. Il fut aussitôt assailli par l'écœurante odeur de graisse saturée doucereuse signalant la présence d'un débit de pop-corn. Sur le haut des trois marches qui menaient au hall d'accueil, quatre agents en combinaison d'intervention entouraient un homme visiblement défait.

– Commissaire Maelström, s'annonça-t-il en enjambant les banderoles jaunes que la police scientifique avait déjà

déployées afin d'isoler l'espace et en interdire l'accès. Que se passe-t-il ?

– Ce monsieur a appelé le commissariat central en découvrant le corps sans vie de son employé, lui répondit un des agents. Gravlax Permafrøst, nouveau technicien-chef adjoint de la Police scientifique, ajouta-t-il pour se présenter. Vous avez une tache sur votre chemise. De la confiture, à première vue.

La Scientifique était un peu chamboulée depuis la retraite toute récente du commissaire Lothar Asplund, qu'il avait fallu hâter quelque peu après que l'on eut surpris par hasard dans son ordinateur des photos de petits garçons noirs jouant tout nus sur une plage. Maelström se souvint d'une notice communiquée aux différents services de police signalant l'engagement de nouveaux responsables.

– Où est le cadavre ?

– À l'endroit où on l'a trouvé, à côté du bar, au fond. On n'a touché à rien, seulement pris des clichés. Le légiste va arriver.

– Que s'est-il passé ? demanda Maelström en se tournant vers l'homme au centre. Monsieur…

– … Sonieriesson. Bengt Sonieriesson, répondit celui-ci d'une voix étranglée. Un homme plutôt petit, rond, débordant d'un complet-veston gris froissé devenu trop étroit. Sa cravate à motifs animaliers était à moitié dénouée, les deux premiers boutons de sa chemise rose pâle ouverts. Il compensait une calvitie en plein essor par un début de catogan. La quarantaine, à vue de nez. Il était blême, transpirait. Les lèvres bleues. Serrait convulsivement ses poings.

– Je suis arrivé au cinéma comme d'habitude, vers 15h, préparer l'ouverture. La caisse, et aussi vérifier l'état de la salle. La première séance est à 17h. C'est un petit cinéma,

vous savez, on… on projette les films à 17h et à 20h. Le vendredi et le samedi, on a aussi une séance à 22h30. Quand je suis arrivé, la porte était pas fermée à clé. J'ai pensé que Bjarne, mon projectionniste, il s'appelle Bjarne Sardin, était déjà là. Je l'ai appelé, mais pas de réponse. Je suis allé à la cabine de projection. La porte était ouverte, mais pas de Bjarne. Je me suis dit qu'il devait être aux toilettes et je suis revenu vers les caisses. Et tout à coup je l'ai vu affalé sur la balustrade près du bar, de l'autre côté du hall. J'ai cru d'abord qu'il avait un malaise et je suis allé vers lui en l'appelant. C'est seulement en m'approchant que j'ai vu sa figure et ses yeux fixes qui me regardaient par en dessous. Un regard de fou ! J'ai compris qu'il devait être mort. Alors j'ai appelé la police.

– Vous n'avez pas touché le corps ?

– Non. J'ai tout de suite appelé la police.

Ils s'approchèrent du bar. Attenante, sur le côté droit, une balustrade de métal tirait jusqu'au mur. Plié dessus de part et d'autre se répandait le corps d'un jeune homme dont les bras, inertes, touchaient le sol. Aperçue à l'envers entre les jambes écartées, la tête pendouillait, dont l'air était en effet saisissant : bouche béante, déformée par un rictus, la langue à moitié sortie. Grand ouverts, presque exorbités, les yeux fixaient droit devant eux, mais d'une façon très étrange : égarée, hagarde. Maelström ne se souvenait pas avoir vu chez un cadavre une telle expression à la fois hallucinée et absente. Soniericsson avait raison, il y avait quelque chose de dément dans ces yeux. « Il a dû voir un truc invraisemblable au moment de mourir », songea le commissaire.

– Qui était ce Bjarne Sardin ?

– Un garçon tout ce qu'il y a de plus normal. Il travaillait depuis deux ans ici, j'ai jamais eu aucun problème avec lui. Toujours à l'heure. Un bon technicien. Et polyvalent :

c'est lui qui entretenait la machine à pop-corn. Et aussi la machine à café du bar.

– Et que savez-vous de lui ?

– Ben, pas grand-chose. C'était un discret. Il habite, enfin il habitait Björnborg Avenue. Seul, je crois. Je sais pas s'il avait une petite amie ou quoi. On parlait pas de ça. Jamais eu de problème avec lui.

– Et…

– Écartez-vous ! fit sans ménagement une voix derrière eux que le commissaire reconnut immédiatement. C'était Kurwenal Lørdnelsson, le médecin légiste. Un expert de premier ordre, chevronné et volontiers désagréable.

Il s'agenouilla vers le corps, constatant immédiatement le décès.

– Étrange position, dit-il en se relevant. Difficile de savoir s'il s'est de lui-même plié en deux sur cette balustrade ou si on l'y a placé. Je ne peux rien dire pour l'instant, avant de connaître les causes de sa mort. Est-ce qu'il buvait, ou se droguait ? demanda-t-il en s'adressant à Sonierícsson.

– Non, pas que je sache. Rien remarqué, en tout cas. Il fumait pas. Un gars tranquille. Comme j'ai dit, j'ai jamais eu de…

– … Bon, coupa le légiste. Je suis venu avec l'ambulance. On va l'évacuer. Ça vaut peut-être la peine d'investiguer sérieusement, fit-il à Permafrøst.

Il salua les policiers d'un hochement de tête, adressa un signe aux deux hommes de son service arrivés entre-temps.

Pendant que ceux-ci emmenaient le corps, les spécialistes de la Scientifique se mirent à déballer leur matériel.

– Quelqu'un devait encore venir ? demanda Maelström au gérant.

– Oui. Anja. Anja Permersen. Elle s'occupe du bar. Elle est là à peu près une demi-heure avant la séance.

– Avertissez-la de ne pas se pointer. Sans rien lui dire, inventez un prétexte, un problème technique. Nous allons fermer le cinéma.

Lui-même composa le numéro de Wunderhørn sur son portable pour l'informer de la situation.

– Une voiture de police va venir vous emmener au commissariat central faire votre déposition, résuma-t-il à Soniericsson. Donnez-nous les clés de l'établissement, la Scientifique fermera et posera des scellés. Un panneau informera de la fermeture jusqu'à nouvel ordre. Toutes les clés.

– Ça va foutre en l'air la réputation du cinéma ! geignit le gérant en lui tendant un trousseau. Qu'est-ce que c'est que cette histoire, saloperie de merde ? J'ai envoyé un message à Anja pour lui dire de pas venir, qu'on a une panne de projecteur. Mais c'est quoi ce…

– … laissons opérer les spécialistes de la police scientifique, interrompit Maelström. Oh ! ils sont absolument obligés de faire hurler leur machin ? ajouta-t-il irrité en tournant la tête vers l'ambulance, dehors, dont la sirène les avait fait sursauter.

Il découvrit alors qu'un attroupement s'était massé devant le cinéma à la vue des deux voitures stationnées sur le trottoir, surtout depuis que l'on avait aperçu les infirmiers charger rapidement une civière recouverte d'une housse. Enserrée, l'ambulance s'était résolue à actionner sa sirène pour s'extraire de la foule. Maintenant, des curieux regardaient à travers la porte vitrée du Pacific tandis que certains faisaient mine d'entrer se renseigner. Plusieurs tendaient à bout de bras leur téléphone portable afin de filmer la scène ou ramener des images de l'intérieur du cinéma, d'autres racontaient ce qu'ils voyaient. Maelström se porta à hauteur de l'entrée.

– Écartez-vous ! dit-il fermement aux curieux. Reculez ! Vous n'avez pas à entrer ici. Circulez.

– Qu'est-ce qui s'est passé ?

– On s'écarte, personne n'entre ici ! Une personne s'est trouvée mal. Un employé du cinéma. On ne sait rien de plus.

– Un malaise ? demanda un homme sans cesser de prendre des images. On a vu qu'il avait le visage couvert, ça serait pas plutôt un meurtre ?

– Tirez-vous, vous m'empêchez de filmer ! jappa un autre à l'adresse de Maelström.

– C'est la police scientifique qu'on voit là-bas dedans, non ? Ils ont mis des banderoles pour délimiter la zone, comme à la télé. S'il y a la police scientifique, c'est que c'est un crime, expliqua à la cantonade un escogriffe surmonté d'une casquette grenat. Faut pas nous prendre pour des cons.

– C'est peut-être des terroristes, lança un hipster à bonnet.

Un murmure d'effroi lui fit écho. Une femme poussa un cri.

– Mais non, répartit l'homme à la casquette. Si c'étaient des terroristes, y aurait l'armée, pas la police. Et on verrait des hélicoptères tourner là au-dessus !

L'argument rasséréna la foule.

– Circulez ! répéta Maelström, qu'avaient rejoint Permafrøst et deux agents. La situation est sous contrôle. Dispersez-vous !

– Pourquoi il y a autant de policiers à l'intérieur ? S'il s'agit d'un homicide, vous devez nous le dire. La population a le droit de savoir ! Nous sommes encore en démocratie, que je sache ! clama toutes dents dehors un homme en veste de cuir qui venait d'arriver.

Rumeur approbatrice.

– La personne à l'intérieur, elle est mêlée au crime ? insista-t-il en désignant Soniericsson assis, prostré, sur les marches menant au hall d'accueil. Vous allez le coffrer ?

– Il a assez la tête à ça, fit un joggeur qui depuis un moment déroulait sa foulée sur place.

– À moins que ce soit la police qui ait fait le coup, non ? On comprendrait qu'elle dise rien ! avança une voix narquoise que le commissaire ne parvint pas à identifier.

– Sérieusement, vous l'avez descendu ? demanda un jeune cadre en complet bleu appuyé sur sa trottinette.

Il fallait trouver quelque chose.

– Écoutez : nous n'excluons aucune piste. Le périmètre est délimité pour des investigations et nous analyserons les images de la caméra de surveillance intérieure, bluffa Maelström en désignant Permafrøst. Tout est filmé en permanence. Nous verrons bien s'il y a un élément suspect. Quant à la caméra extérieure, ajouta-t-il en levant l'index en direction de l'avant-toit de béton en arc de cercle qui surplombait la porte d'entrée, quiconque est passé devant ces vingt-quatre dernières heures pourra être identifié. Y compris vous. Nous saurons bientôt s'il y a lieu de soupçonner quelqu'un ! Maintenant, circulez !

L'annonce eut un peu d'effet. On s'écarta, certains se dispersèrent, d'autres se mirent à refluer sur le trottoir de l'autre côté de la rue en fixant le commissaire d'un air mauvais. Quelques-uns, le nez en l'air, tentaient de repérer la caméra extérieure qu'il avait annoncée. Plusieurs continuaient à filmer.

La voiture de police envoyée par Wunderhørn arriva sur ces entrefaites. Deux agents en sortirent, qui sur un signe de Maelström se postèrent devant la porte.

À l'intérieur, Soniericsson se lamentait.

– Vous avez vu ces cinglés, dehors ? Maintenant toute

la ville va être au courant. Le cinéma est foutu ! Pauvre Bjarne... Mais qu'est-ce que c'est que cette merde ?

Le commissaire confia le gérant aux deux agents, qui le firent entrer dans la voiture et l'emmenèrent. Maelström suivit du regard le véhicule engouffré dans la circulation chaotique jusqu'à ce qu'il eut disparu de sa vue, puis rentra dans le cinéma en fermant la porte à clé derrière lui.

Il longea la zone où s'affairaient les scientifiques et examina plus attentivement les lieux. C'était un petit cinéma de quartier. Une seule salle, à laquelle on accédait en passant devant le bar, à main gauche. Elle pouvait contenir deux cents personnes environ. Les fauteuils, noirs, n'étaient plus de première fraîcheur. Le ménage n'avait pas encore été fait depuis la séance de la veille, quelques bouteilles et des cornets de pop-corn vides jonchaient le sol. D'autres étaient restés sur les sièges.

Maelström rejoignit Permafrøst.

– Rien d'intéressant, dit celui-ci en anticipant la question du commissaire. La balustrade est évidemment couverte d'empreintes. Comme le comptoir du bar. Et la moquette pleine de traces de toutes sortes. Forcément, avec la pluie de ces derniers jours. C'est le problème dans les lieux publics, les marques sont très nombreuses et se recouvrent. D'autant que le gérant ne semble pas trop regardant sur la propreté, il y a plusieurs jours que l'aspirateur n'a pas été passé. On aura du mal, résuma-t-il en se grattant l'arrière de la tête.

– Itou pour la poignée de la porte d'entrée, on ne va rien pouvoir en tirer, intervint un des agents. Faudra aussi inspecter le bureau, ajouta-t-il en désignant une petite pièce située dans le prolongement de la caisse.

Maelström s'avança. Un réduit, plutôt. Sans fenêtre, meublé d'une étagère hébergeant trois classeurs, d'une chaise et d'une petite table qu'occupaient un ordinateur,

des feuilles de papier et une tasse vide. Des marques circulaires laissées par la tasse en question étaient visibles sur la table, quelques taches de café émaillaient le clavier de la machine.

Pas le grand luxe, visiblement. Il faudrait vérifier les comptes.

– On va emmener les classeurs. Et on fera une copie du disque dur, dit Permafrøst en indiquant du menton l'ordinateur.

Des coups résonnèrent, quatre clients tambourinaient contre la porte close. Devançant Maelström, Permafrøst descendit les marches et brandit un écriteau autocollant indiquant la fermeture par ordre de police, qu'il appliqua sur la porte vitrée, à l'intérieur. Des exclamations lui répondirent, un juron. Les quidams rebroussèrent chemin. Plusieurs autres se manifestèrent encore, jusqu'à 17h. Le cinéma avait manifestement ses habitués.

– Au fait, que projette-t-on ? s'enquit le commissaire en se tournant vers les trois affiches placardées au-dessus des caisses.

– Oh, pas le genre film polonais en noir et blanc avec gros plan final de huit minutes sur des gouttes de pluie contre une vitre, lui répondit un des scientifiques. À 17h *Friture sur la ligne*, d'après le programme, et *L'enclume de Thor 2* à 20h. Et les séances de vendredi et samedi soir, c'est dès demain *Terreur des glaces*. Avec Carmen Bellini et Ingrid Grånfrisson, précisa-t-il en mimant une silhouette évasée.

Cette distribution étonna Maelström : Ingrid Grånfrisson était une blonde fournie habituée aux rôles de maître nageuse ou d'hôtesse de l'air compréhensive, alors que le nom de Carmen Bellini lui rappelait une grande brune plus austère qui faisait l'essentiel de sa carrière au théâtre. Il avait du mal à les imaginer jouer ensemble.

– Il n'est pas nécessaire que je reste, reprit-il. Vous en avez pour combien de temps encore ?

– Une heure, à vue de nez. On verrouillera et on posera les scellés. Je vais vous ouvrir.

Maelström sortit. La pluie avait repris de plus belle, décourageant les curieux. Le gros de l'attroupement s'était éparpillé, mais le véhicule de la Scientifique encombrait le passage et gênait le flux des piétons. Quelques-uns cependant de ceux que le commissaire avait apostrophés restaient agglomérés de l'autre côté de la rue et tournèrent la tête dans sa direction en le voyant traverser à son tour la chaussée. Il les ignora et se mit à considérer l'établissement. Le cinéma Pacific occupait le rez-de-chaussée surélevé d'un banal immeuble des années 1970, contigu à d'autres de même époque et d'ambition esthétique comparable. Seul le dernier bâtiment du pâté détonnait avec sa façade de métal et de verre élégante nettement plus moderne, que contrariait à mi-hauteur un large panneau de lettres rouges signalant une banque d'investissement. En face, des commerces et des boutiques, surmontés par trois ou quatre étages de bureaux et d'appartements. En somme, une artère semblable à beaucoup d'autres dans la capitale.

Détrempé, Maelström décida d'appeler un taxi, histoire aussi de dissuader un éventuel curieux de le suivre. Il formait le numéro lorsqu'une voix s'interposa.

– Une déclaration ?

– Pardon ? sursauta-il.

– *Nørdik Dagbladet.* Qu'avez-vous à dire à nos lecteurs ?

Surgis d'il ne savait où, un reporter et un photographe le cernaient.

– De quoi parlez-vous ?

– Combien de morts ? Avez-vous une piste ?

– Écoutez…

– Privilégiez-vous l'hypothèse criminelle ? Ou plutôt terroriste ? D'après vous, ce sont des étrangers qui ont fait le coup, la mafia balte ?

– Encore une fois…

– … Un règlement de comptes ? Il y a une lutte pour le monopole des cinémas ? Une guerre entre distributeurs de films ?

– Si vous parlez de ce qui s'est passé au cinéma Pacific, je ne sais quelle est votre source, mais nous croyons à une indisposition accidentelle. Notre service de communication enverra un avis.

– Est-ce que la police protège quelqu'un dans cette affaire ?

Maelström se dégagea pour héler un taxi qui s'approchait, apparemment vide. La voiture s'arrêta à sa hauteur. Le chauffeur commença par grommeler en voyant le commissaire dégouttant de pluie, mais se tut devant la carte de police.

– Aquavittorget ! commanda Maelström. Une destination proche de son domicile. Il ne tenait pas à dévoiler son adresse privée.

Il avait à peine fermé la porte qu'éclata la lumière d'un flash : le photographe l'avait saisi en train de s'installer dans le taxi. Le commissaire secoua la tête en imaginant la légende de la photo le lendemain dans le journal : « Un officier de police en fuite ! », « Nos forces de l'ordre se dérobent à la communication démocratique ! »

Le trafic était épais, on avançait à peine. Soucieux d'éviter la prochaine série de feux rouges sur Avenuedesplatan, le chauffeur s'engouffra brusquement dans une traverse à sens unique mais dut freiner sèchement pour éviter d'emboutir la voiture d'auto-école devant eux qui progressait par soubresauts, cahots, rebonds, et cala trois fois à la suite. La litanie de blasphèmes douloureux et impuissants

jaillie de la gorge du taximan ne prit fin qu'au bout de la rue, se muant en exclamation de triomphe revanchard lorsque l'apprenti conducteur eut d'une dernière secousse inattendue atterri sur le pare-chocs arrière d'un véhicule de livraison stationné en double file. « Un petit boulot pour les collègues de la Routière », ricana Maelström au moment où le taxi doublait la voiture accidentée en frôlant dangereusement sa portière.

Il fallut encore plus d'un quart d'heure avant de parvenir en vue d'Aquavittorget, place massivement fréquentée de la ville. Maelström remarqua tout de suite quelque chose d'anormal : un attroupement était en train de se former autour de ce qui paraissait un accident ou une échauffourée, on était trop loin pour le dire. Son chauffeur lui aussi avait dû s'en aviser car il accéléra.

– Déposez-moi à l'angle de la place !

Le commissaire lui tendit un billet et bondit hors du véhicule à peine arrêté. Il fendit la foule qui grossissait et d'où s'élevaient des clameurs de crainte et de dégoût mêlés, plus fortes à mesure qu'il s'avançait. Parvenu tout devant, il eut un sursaut : trois hommes s'acharnaient sur une voiture dans laquelle était réfugié un quatrième, terrorisé. Deux d'entre eux balançaient de violents coups de pieds dans les portières tandis que le troisième s'employait à verser de l'urine, semblait-il, à travers une vitre cassée. Fendu, émietté, le pare-brise était constellé d'immondices dont l'odeur ne laissait aucun doute sur la nature : les types s'affairaient à couvrir le véhicule et son occupant d'excréments. Ils étaient tous trois vêtus de blousons ornés d'un motif que Maelström ne connaissait pas, deux avaient le crâne rasé et portaient des pantalons treillis militaires.

Le commissaire s'apprêtait à intervenir quand hurla la sirène d'un fourgon de police arrivé en pleine vitesse

depuis l'autre côté de la place et qui pila à quelques mètres. Quatre hommes en jaillirent, armés.

– Police ! cria l'un d'eux. Arrêtez immédiatement ! On lâche tout !

Interdits, les trois hommes se regardèrent, puis levèrent les mains en signe de reddition. La bouteille d'urine tomba à terre.

– On se tourne ! Les mains contre le toit du véhicule ! Les jambes écartées !

Les agresseurs s'exécutèrent. L'un d'eux en profita pour cracher à l'intérieur de la voiture, manquant de peu la joue de l'individu qui y était terré. Les policiers procédèrent à une rapide fouille corporelle avant d'embarquer les trois hommes.

Maelström s'avança en présentant sa carte.

– Qu'est-ce qui se passe ?

– Ce sont des supporters de l'Ølympik, les Narvals Insubmersibles, lui répondit celui qui avait donné les ordres. Les ultras. On voit sur leurs blousons un narval faire un doigt d'honneur avec sa nageoire, c'est leur emblème. Ils n'ont pas supporté la défaite de leur équipe hier soir contre le Spørting. Faut dire qu'ils se sont fait traiter de sacs à merde sur les réseaux sociaux par les supporters des vainqueurs. Alors ils ont décidé de se venger en se réunissant aujourd'hui avec des sacs remplis d'étrons et des bouteilles dans lesquelles ils ont pissé pour les leur balancer dessus. Au minimum, car certains sont plus violents, vous avez vu. Celui-ci a eu de la chance qu'on arrive, il se serait fait méchamment arranger sinon.

– C'est un fan de l'équipe adverse ?

– Oui. On le connaît. C'est le responsable du site Web des fervents du Spørting, les Élans-grosses-couilles. « Sacs à merde », c'est peut-être même son idée… Non ? dit-il en s'adressant à l'homme dans la voiture par la

fenêtre brisée, c'est pas ton idée ? C'est pas toi qui a lancé l'insulte sur ton site ?

– N… non, répondit l'homme, tremblant.

– On vérifiera ça. Pour commencer, on va t'embarquer aussi. Sors.

Penaud, l'individu ouvrit difficilement la portière enfoncée de la bagnole. Entre vingt et vingt-cinq ans. Blême, flageolant. De toute évidence, il venait d'éprouver la frayeur de sa vie.

– On ne va pas le mettre avec les trois autres. Je vais demander une voiture de police et laisser mes collègues partir déjà au commissariat avec ceux-ci : identification et un petit temps de réflexion, comme on le fait pour les plus timbrés.

– Parce qu'il y en a d'autres ?

– C'est la quatrième intervention cet après-midi. On a pu agir rapidement parce qu'ils ont fait circuler sur les réseaux sociaux les endroits où ils prévoyaient d'attaquer. Ça devient de pire en pire avec ces deux clubs. Je vais aussi appeler une dépanneuse pour la voiture. Et c'est qu'ils puent, ces dégueulasses !

Déjections, urine, avec encore la sueur aigre secrétée par la peur et la violence, l'odeur qui enrobait la scène était en effet éprouvante.

Maelström observa alentour tandis que l'officier appelait de l'aide. La foule avait commencé à s'éclaircir ; distraits un moment, les gens retournaient à leurs affaires. À côté de la voiture endommagée, un policier récoltait des indices. Il avait ramassé la bouteille d'urine au tiers pleine, privée de son bouchon, qu'il introduisit telle quelle dans un sac plastique transparent. Il hésita un instant devant le pare-brise, mais renonça à prélever des échantillons d'excréments, délayés par la pluie. Il hocha la tête en direction du commissaire et remonta dans

le fourgon en tenant le sac à bout de bras, visiblement incommodé. Le véhicule s'en alla peu après.

Maelström rentra chez lui à pied. Il marcha plusieurs minutes sous l'eau battante sans réellement s'en rendre compte, l'esprit cabotant péniblement entre la scène déprimante à laquelle il venait d'assister, l'interrogatoire de Torsk, et l'invraisemblable visage cadavérique du projectionniste Bjarne Sardin. Splendide réussite évolutive qu'*Homo sapiens*, indéniablement. Au moins y avait-il eu la jeune femme au béret blanc, plus tôt dans l'après-midi, cette démarche toute d'élégance déliée, prestance, distinction svelte, pour trancher avec cette fange. « Et si la grâce en venait finalement à sauver le monde ? » se demandait-il, lorsqu'un passant qui avançait l'œil rivé sur son smartphone le heurta lourdement de travers et lui aboya de regarder où il allait, nom de Dieu.

Le commissaire habitait un petit immeuble cossu donnant sur Tranbärsyltsparken, havre de verdure en plein centre-ville. Négligeant l'ascenseur il gravit les trois étages, déposant sur chaque marche le témoignage de ses semelles détrempées. Parvenu sur son palier, il fut accueilli par son parapluie qui le narguait posé bien au sec contre le mur à côté de la porte.

C'était un bel appartement, clair et haut de plafond, auparavant le cabinet du psychanalyste qu'il s'était résolu à consulter à l'époque de son divorce avec Kjerstin. Peu fructueuse pour lui, la thérapie profita davantage au praticien, parti finalement s'engager au service des ressources humaines d'un grand consortium industriel pour y rédiger toutes sortes de questionnaires d'évaluation qui lui rapportaient gros. Reconnaissant, il s'était employé à ce que le commissaire pût reprendre le logement à sa suite. Maelström s'y était installé en conservant le divan, sur lequel il s'allongeait souvent pour réfléchir à ses enquêtes.

Il suspendit son imperméable, passa dans la salle de bain sécher ses cheveux, gagna ensuite la cuisine. Son réfrigérateur était à peu près vide, il allait devoir se contenter de quelques toasts à la terrine de renne.

Il décapsula une bière puis se dirigea dans le salon, choisit un disque parmi ceux qui se présentaient les premiers et s'approcha de la porte-fenêtre donnant sur son balcon tandis que s'élevaient les premiers accords de la Sixième symphonie d'Alfred Schnittke. Le ciel, très bas, virait au gris ardoise. Les arbres dans le parc s'agitaient sous le vent qui s'était levé et faisait dégoutter les feuillages, doublant le rideau d'eau qui tombait au sol.

Il pleuvait sans faiblir.

3

« *Tel qui rit vendredi, dimanche pleurera !* » fredonnait Maelström en montant les escaliers du commissariat central, le lendemain matin. Arrivé au quatrième étage, il aperçut Gravlax Permafrøst qui introduisait un jeton dans le distributeur de café. Les deux hommes se saluèrent d'un signe de tête avant que le commissaire n'entre dans le bureau du chef de la police, dont la porte était ouverte. Il sourit lorsqu'il y aperçut l'inspecteur Larsen.

Traknåår Larsen était le délégué de la police centrale auprès de la brigade criminelle. Un rôle de liaison délicat entre deux bureaux jaloux de leurs prérogatives et habitués à se soupçonner mutuellement d'ingérence, qu'il parvenait à assurer grâce à une endurance inoxydable et un rare bon sens. Un ami de toujours : ils avaient été l'un et l'autre formés par le commissaire Walter Kierkegaard, véritable légende de la police nationale.

Orphelin très tôt, ses parents disparus dans le tragique naufrage du ferry *Mergitur Drakkar* qui endeuilla le pays, Larsen avait été élevé quelques années par une grand-mère veuve qui en mourant l'abandonna sans ressources. Il passa le reste de son enfance et son adolescence dans différents foyers où il acheva de découvrir les beautés de l'existence. L'énergie nécessaire à résister au destin laissa peu de place à d'autres réalisations : dépourvu d'espérances précises, il interrompit des études commencées sans vocation et entra dans la police, où son sang-froid, sa ténacité sans limite et son humour grinçant lui gagnèrent

l'estime de ses collègues et l'empêchèrent d'accéder au grade de commissaire.

Ce départ dans la vie puis son parcours sans éclat ni ambitions affichées lui avaient immanquablement valu de longues années de remarques persifleuses et d'attitudes humiliantes. Pour ses anciens camarades, engagés dans des carrières nettement plus prestigieuses, plus juteuses aussi, il n'était bien sûr qu'un terne flic, et c'était leur petite joie que de le lui rappeler lorsque c'était possible. Là encore, il dut faire le dos rond. Ces dernières années cependant, le cancer et les accidents cardiovasculaires avaient commencé à le venger, et il fréquentait volontiers les obsèques de ces personnages réussis arrachés trop tôt à l'affection de tous.

– Dis, tu donnes dans le cinéma, maintenant ? glissa-t-il à Maelström qui s'emparait de la chaise libre à côté de lui.

Ce dernier allait répliquer lorsque Knåben Wunderhørn et son adjointe entrèrent pour s'asseoir en face à la table de réunion. Se faufilant derrière eux, Permafrøst, son gobelet de café à la main, vint prendre place sur la gauche de Maelström.

– Bonjour Messieurs. Merci d'avoir été ponctuels, commença le chef de la police. Nous devons faire le point sur les événements du cinéma Pacific. Ma collaboratrice Mme Missåbrevis et moi-même avons pris hier la déposition de M. Soniericsson. Il était toujours sous le choc et a eu de la peine à tenir un discours suivi. A confirmé ce qu'il vous avait dit : arrivé selon son habitude vers 15h au cinéma, il a découvert son projectionniste dans l'état et la position où vous l'avez vous-mêmes trouvé. Assure n'avoir pas touché le corps avant votre arrivée, et appelé immédiatement la police depuis son bureau. N'a aucune idée de ce qui a pu se passer. Son employé était discret et consciencieux, irréprochable.

– Comment l'avait-il engagé ? demanda Maelström.

– Tout simplement par une annonce, affichée dans le cinéma. Mais il faudra y aller voir de plus près. Sonie-ricsson refuse de croire qu'il puisse s'agir d'autre chose que d'une indisposition ou d'un accident. Sardin était selon lui un garçon sans histoires, qui ne pouvait pas avoir d'ennemis ni s'être fourré dans un sac de nœuds. Et il n'a pas du tout pensé qu'il ait pu être visé lui-même. Ça l'a secoué lorsque Mme Missåbrevis a évoqué cette possibilité.

– On exclut qu'il soit pour quelque chose dans cet… accident ? demanda Larsen.

– Je crois qu'on peut exclure, oui. Pas le profil. Ou alors c'est un prodigieux comédien.

– Cela fait dix ans qu'il a racheté cette salle à l'exploitant précédent, intervint la policière de sa voix velouteuse. C'était auparavant un cinéma spécialisé dans… dans l'érotisme soutenu, mais il avait périclité : Internet, ajouta-t-elle en baissant les yeux. M. Soniericsson l'a convertie au cinéma de divertissement. Des projections grand public. Mais depuis une année ou deux les affaires allaient moins bien, en raison dit-il de la concurrence des complexes multisalles et des plateformes de téléchargement. Il ne voit vraiment pas qui aurait pu lui en vouloir, il ne représentait un danger pour personne.

– Quelqu'un lui a proposé de racheter son cinéma, dernièrement ?

– On lui a posé la question. Il dit que non, répondit Wunderhørn.

– Et sur un plan privé ?

– Il ne voit pas non plus. Prétend n'avoir pas de conflits. Un type plutôt tranquille, apparemment. Célibataire, sans liaison durable. Pas le genre avec lequel on passerait des vacances culturelles, mais rien à signaler, d'après nos

premiers renseignements. Il a été mis sous écoute, on verra. De toute façon, impossible de dire quoi que ce soit avant les résultats de l'autopsie, j'attends le téléphone de Lørdnelsson d'un instant à l'autre. Sinon, vous savez que vous êtes assez cinégénique, Maelström ? On vous voit sur les réseaux sociaux. Deux ou trois petites séquences filmées. C'est au moment où vous faites reculer la foule. Jolie prestation ! On trouve aussi quelques mauvaises photos de l'intérieur du cinéma. Et du brancard, quand on le charge dans l'ambulance.

– Et il y a des commentaires avec ? interrogea Larsen, goguenard.

– Le bazar habituel. Primo, c'est un meurtre, ils sont tous d'accord là-dessus. Pour les explications, c'est moins unanime. Affaire de drogue qui tourne mal, règlement de comptes, menées terroristes. Ou un crime mafieux, un coup des Baltes. Donc ils se répondent, se réfutent, se traitent mutuellement de déficients mentaux et de nuisibles sexuellement sous-dotés. Certains promettent à d'autres de leur rectifier le portrait à l'acide s'ils les croisent un jour. Bref, rien de particulier.

Les hommes opinèrent. Les réseaux, quoi.

– Bien sûr, on reproche à la police de vouloir cacher le truc. Et puis il y a ceux qui nous incriminent directement. On nous accuse par exemple d'éliminer des témoins gênants.

– Témoins de quoi, en l'occurrence ? demanda Maelström.

– Ah, ça, ils ne précisent pas… Et il y a aussi ça, attendez…

Le chef de la police manœuvra son smartphone, le tendit aux policiers.

– Voilà :

Une image présentant deux fesses poilues écartées

s'apprêtant à recevoir en leur fondement la visite d'une matraque sur laquelle figurent une croix gammée et des sigles associés, l'ensemble légendé à toutes fins utiles « Comme les keufs enculent le peuple ».

– Oui, c'est coquet, observa Larsen.

Un silence s'ensuivit, que brisa une version électronique de la *Marche de Radetzky* : la sonnerie du mobile de Wunderhørn.

– Oui, fit celui-ci en portant l'appareil à son oreille… Évidemment, faites-le entrer tout de suite !

Il se passa la main dans les cheveux.

– On dirait que ça se gâte, déclara-t-il en éteignant son téléphone. Lørdnelsson est ici. Il est venu nous communiquer les résultats de l'autopsie. Ce doit être sérieux pour qu'il se déplace en personne.

Kurwenal Lørdnelsson entra quelques instants plus tard dans le bureau, sans frapper. De la taille à peu près de Wunderhørn, il était plus mince que lui. Sensiblement plus âgé aussi : on lui donnait entre cinquante-cinq et soixante ans. Deux yeux d'un gris froid fendaient son visage osseux que surmontait un grand front légèrement bombé. Ses cheveux, gris également, étaient coupés en brosse. Fermée, sa bouche se résumait à deux lèvres fines et sèches. Il dégageait une impression mélangée d'autorité et d'impatience.

– Ça sent les ennuis, jeta-t-il en s'asseyant sur la chaise que lui tendait le chef de la police. C'est pour cela que je suis venu. J'ai passé la soirée à autopsier le corps de M. Sardin. Le labo a détecté des traces de shvlt-54 dans son sang.

Le shvlt-54… Du protoxyde d'antimoine au xénon. Un hypnoïde ravageur. Horrible. La consternation se fit sur les visages.

– Sb_2O_3Xe, ou shvlt-54, pour Stifling Hallucinating

Vapid Lethal Toxic. Parfois surnommé Devastating Gherkin en raison de son odeur qui rappelle le cornichon, énuméra le légiste. Sinon, c'est totalement incolore et insipide. Un toxique désagrégateur du cerveau : inhalé en faible quantité et à distance, il agit comme un puissant soporifique, entraînant quasi instantanément la somnolence et l'assoupissement, parfois un état comateux. Mais ingéré et passé dans le sang, ça attaque le néocortex avant de ronger le tronc cérébral puis la moelle épinière. Autrement dit, et dans l'ordre, des troubles immédiats de la perception et du langage, la perte de lucidité, la confusion, ensuite la désagrégation totale de la conscience, suivis par le dérèglement de l'organisation nerveuse et motrice. Bref, ça bousille la matière grise puis le reste. Mort inévitable en trois minutes à peine. Le cerveau de Sardin présentait une altération des lobes frontaux et déjà un début de nécrose sur ses deux thalamus.

– Effroyable, murmura Maelström résumant le sentiment général. Voilà pourquoi il avait l'air si épouvanté et si égaré à la fois !

– Et voilà sans doute pourquoi on l'a trouvé dans cette position étrange, reprit Lørdnelsson : il a pu durant plusieurs secondes se déplacer avant de s'effondrer. Il pouvait encore bouger, même s'il n'était plus en état de savoir ce qu'il faisait.

– Bon sang, mais qu'est-ce que ça signifie ? Où peut-on trouver cette substance ? demanda Wunderhørn qui comme les autres tentait d'imaginer les derniers instants du projectionniste titubant, désarticulé, dans le couloir, ses fonctions cognitives réduites en bouillie.

– Aucune idée. En principe, on ne fabrique plus ça depuis longtemps. Les militaires avaient tenté de le transformer en toxique de combat, mais ils ont abandonné. Trop délicat à manier.

– Un laboratoire clandestin, ou des restes de stocks ? pensa à haute voix le chef de la police.

– Le ravageur de cerveau ! répéta Larsen en secouant la tête.

– Incroyable ! soufflait Permafrøst, les yeux rivés sur la poitrine de Petronille Missåbrevis.

– En clair, reprit Wunderhørn, on est bel et bien face à un cas de meurtre. Un meurtre par empoisonnement.

– Ça m'en a tout l'air. Je ne pense pas qu'on se suicide avec ça.

– D'autant que ça n'a pas l'air d'avoir été le genre de Sardin, à en croire Soniericsson, intervint Maelström. Mais comment ce garçon a pu ingérer cette substance ?

– C'est là que ça devient intéressant pour vous : j'ai trouvé du pop-corn dans son estomac.

Les policiers sursautèrent.

– Du pop-corn frais. Je veux dire, tout fraîchement avalé avant le décès. Pas encore digéré.

– La machine à pop-corn ! s'exclama Maelström. Soniericsson m'a dit que Sardin s'occupait de la machine à pop-corn !

– Il faut immédiatement aller vérifier ! réagit le commissaire général. Permafrøst, vous foncez analyser cette machine à pop-corn avec les hommes qui étaient avec vous hier au Pacific. Vous me communiquez les résultats au plus vite, nous aviserons à partir de là. Messieurs, ça pue la sale affaire… Bon, la séance est levée. J'ai une conférence de presse dans dix minutes, à propos des échauffourées d'hier entre supporters. Figurez-vous que certains de ces sous-produits se sont entre-aspergés d'excréments à la suite du derby entre l'Ølympik et le Spørting !

– Comme quoi, foutre la merde, c'est pas qu'une façon de parler, ricana Permafrøst.

– Commissaire ? Knuthuvudsson. Je vous avertis, ça sera pas pour tout de suite, votre messagerie. C'était bien une attaque : ils ont niqué les mots de passe, y en a un qu'a dû fuiter. Tout est bloqué. Non, pas de demande de rançon. Aucune idée d'où ça vient, mais si je tenais ces fils de pute… Bon, avec la nouvelle plateforme Sigurd XXI qu'on installe, c'est bientôt fini, ce genre d'emmerdes. Une nouvelle ère, c'est moi qui vous le dis !

Un exemplaire du *Nørdik Dagbladet* écorné, émaillé de taches de graisse et parsemé de miettes de sandwich traînait dans la salle de réunion au commissariat de la Criminelle. La photo de la une affichait un groupe de supporters embarqués par la police. Dans son édito, le rédacteur en chef adjoint déplorait les dérives du sport aujourd'hui, alors que le responsable de la rubrique sportive questionnait de son côté l'efficacité des mesures prises par les forces de l'ordre contre le hooliganisme. Le commissaire parcourut rapidement les pages.

– Ah, voilà…

Sous la chronique judiciaire informant du non-lieu prononcé par manque de preuves irréfutables en faveur d'un député dans une affaire de détournement de fonds destinés à un orphelinat, on trouvait un entrefilet consacré aux événements du Pacific : « Une intervention de la police dans un cinéma de quartier. » La photo de l'établissement, quelques brèves lignes relatant l'évacuation d'un corps en ambulance et qui concluaient lapidairement : « La police se refuse pour le moment à tout commentaire. À suivre. » Correct.

Il fit venir ensuite Thorvald Nyderbipp. L'enquêteur était allé comme prévu dans Norra Distriktet repérer le réduit où Flåk avait vécu depuis sa sortie de prison. Un quartier de hangars, d'usines, d'ateliers, surtout. Deux ou trois petits commerces.

– Faudra que j'y retourne le soir faire le tour des bars que j'ai repérés un peu plus au sud, j'en apprendrai peut-être davantage. Le gars n'était pas très voyant dans le secteur.

– Torsk disait qu'il « bricolait ».

– Pas de sorte à se faire remarquer des gens du coin. Du moins pas de jour.

– Il devait pourtant se nourrir, faire des achats…

– Il y a un petit supermarché. Justement, une caissière a reconnu la photo. Elle décrit un type taciturne, qui payait toujours en cash. Ça l'a même frappée. Il n'utilisait jamais de carte.

– Son logement ?

– Torsk n'a pas menti, c'est bel et bien un hangar, sommairement aménagé. Pas le grand luxe. Il était d'ailleurs dans un état plutôt bordélique, des affaires sens dessus dessous.

« Ce n'est pas ce qu'il nous a raconté », pensa Maelström.

– Flåk sous-louait cette piaule au patron d'une entreprise de transports routiers. Il est à l'étranger, je n'ai pas pu le joindre. Une secrétaire m'a raconté que c'était auparavant un lieu de repos à l'usage des chauffeurs entre deux trajets, mais l'entreprise ne l'utilise plus que pour entreposer des marchandises. Les deux hommes ont dû trouver un arrangement. Flåk payait, d'après l'employée. Mais elle n'a pas pu m'en dire davantage.

– Il avait donc de l'argent. Ou il en recevait. Ça signifie qu'il était rémunéré d'une manière ou d'une autre.

– Pour un petit trafic, par exemple. Ou des besognes discrètes. Ça colle assez avec les aveux de Torsk. L'assassinat de Svärdfisk devait être son dernier mandat. À ce propos, le hangar en question appartient à Kozak-Dudøn…

– Le Michel-Ange de la croupe ?

– Lui-même.

Bo Kozak-Dudøn était un chirurgien plastique qui avait fait fortune grâce surtout au remodelage fessier, à quoi il devait l'essentiel de sa réputation et d'être le plus chic des praticiens de la capitale. C'était sa grande spécialité, retendre la fesse. Un artiste. Sa clinique spécialisée ne désemplissait pas, en dépit de tarifs exorbitants, ou peut-être justement pour cette raison. Sa clientèle, presque exclusivement féminine, il faisait beaucoup dans les épouses et les veuves d'industriels, d'avocats et de notables, lui assurait des rentrées importantes et lui avait permis aussi de se constituer un gentil patrimoine immobilier, un peu hétéroclite, au fil des testaments où on le découvrait couché. Il faut dire qu'il n'opérait jamais qu'à la suite de longs entretiens personnalisés au sujet desquels se murmuraient pas mal de choses. Bref, il menait ses affaires, et diversifiait ses sources de revenus. Le silicone et la pierre étaient les deux mamelles de sa bonne situation, avait-il un jour déclaré à un magazine en vogue.

– Lequel bien sûr n'était au courant de rien…

– De rien. Au téléphone, il s'est dit navré de ce que je lui disais, tout en me rappelant qu'il n'est légalement pas tenu de vérifier ce que ses locataires font des locaux qu'il leur loue dès lors qu'il n'y a pas de plainte et que leur loyer lui est versé.

– Évidemment. On ne va donc pas dénicher grand-chose de ce côté-là. Attendons de voir ce que donnera ta virée nocturne.

Maelström appela ensuite Ölderlin pour le tenir au courant de ces premières informations. Du côté des Stups, on relisait les déclarations des assureurs inculpés par Svärdfisk sous l'angle des aveux de Torsk, ça prendrait un peu de temps.

Il passa les deux heures suivantes à liquider les affaires courantes. L'adolescente prétendument séquestrée dans une cave avait été repérée la nuit précédente dans une boîte échangiste. Elle niait avoir été enlevée ou retenue, c'était quoi ces conneries ? simplement elle n'était pas rentrée à la maison depuis quatre jours, de toute façon elle faisait ce qu'elle voulait de sa vie, merde.

La pluie n'était pas tombée de tout le jour, mais un manteau nuageux compact ne laissait filtrer qu'une lumière taupe, embue. Un linceul terreux enveloppait la ville. Le commissariat grésillait du bruit des néons. Gêné par un clignotement désagréable, Maelström leva les yeux et constata qu'un tube ne s'allumait plus, propulsant simplement des éclats cadencés qui tintaient à l'une de ses extrémités. Il s'apprêtait à en aviser le concierge lorsque la sonnerie de son téléphone retentit.

– Maelström ? C'est Wunderhørn. Permafrøst vient de m'appeler du labo. Il a analysé le pop-corn du cinéma Pacific, il confirme la présence de shvlt-54.

Les deux hommes restèrent silencieux plusieurs secondes de chaque côté du fil. Ça virait bel et bien au cauchemar.

Quelqu'un n'avait pas hésité à empoisonner le distributeur de pop-corn d'un cinéma de la capitale.

Quitte à tuer plusieurs dizaines de personnes.

Ou peut-être précisément dans ce but.

4

La pluie battait le parvis de l'église néo-gothique Saint-Ragnar où avait eu lieu le service funèbre de l'infortuné Bjarne Sardin. Discrètement filmées par un agent de police en civil, une petite vingtaine de personnes quittaient l'édifice. La mère du projectionniste sortit la dernière, hébétée de douleur, au bras de sa sœur.

Le tirage au sort avait désigné Larsen pour aller lui annoncer le décès de son fils. Avec la version officielle : rupture d'anévrisme. Décision avait été prise en effet de couvrir d'un silence absolu la cause véritable de sa mort afin d'éviter une panique générale dans la population et de ne pas entraver l'enquête. Et comme il fallait un prétexte, Wunderhørn et le ministre de la santé Budwig se chargèrent de rédiger dans la plus grande discrétion les fausses lettres de plaintes pour dérangements stomacaux et coliques aggravées qu'ils adressèrent au Service de la sécurité alimentaire de sorte à déclencher sur ordre du ministère un contrôle sanitaire de grande envergure. Des laborantins accompagnés de policiers avaient ainsi été envoyés faire des prélèvements dans tous les cinémas et lieux publics de la ville où l'on vendait du pop-corn, poser des scellés sur les machines et en interdire l'exploitation jusqu'à nouvel ordre. Au secret, Permafrøst et ses techniciens ne sortaient plus de leur laboratoire, analysant à tour de bras les échantillons qui leur parvenaient.

Baptisée Cordon sanitaire préventif, l'opération faisait grand bruit. Les journaux s'en étaient emparés

et croulaient sous les réactions de lecteurs, les réseaux sociaux de leur côté vrombissaient. Maintenant qu'ils y repensaient, beaucoup de gens se souvenaient en effet de perturbations intestinales après une séance de cinéma, ou d'avoir vu leurs amis pris de malaise à la suite d'ingestion de pop-corn. Des décès soudains trouvaient tout à coup une explication. Des crises de diarrhées aussi, qui désormais se comptaient par milliers dans la capitale. Des demandes d'indemnisations furent adressées par centaines aux responsables de salles de cinéma. Les plus informés dénoncèrent un acte d'intoxication intentionnel, en privilégiant la piste terroriste, mais aussi la mafia balte. Des importateurs de maïs supputèrent là-dedans un complot organisé par la filière du blé à dessein de ternir leur image, tandis que le syndicat des distributeurs de films mit en cause les sociétés de téléchargement en ligne. Une association écologiste en profita pour exiger que l'on remplace le pop-corn par du knäckebröd dans les cinémas. Mais cette idée, soutenue par la direction du parti nationaliste Debout Fiers Vikings ! , fut vivement combattue : du point de vue sonore la mastication de ces crackers était plus dérangeante encore que celle du pop-corn. D'autres suggérèrent que l'on vende plutôt des chips dans les cinémas. Interviewé à la télévision, l'expert Krizøstom Blitzkrig fustigea quant à lui l'influence délétère de la culture américaine. Des députés de l'opposition suspectèrent une manœuvre politique dilatoire du gouvernement destinée à écarter l'attention de la population des vrais problèmes que connaissait le pays, d'autres craignirent une entrave à la liberté du commerce. On exigea dans les colonnes du *Nørdik Dagbladet* la démission du ministre de la santé si un fonds d'indemnisation des exploitants n'était pas créé, mais dans son éditorial du lendemain le rédacteur en chef Evald Stiglarsson

félicitait les autorités de leur détermination à agir. Onze avis d'émigration familiale furent déposés.

Mais personne apparemment n'avait rapproché cela des événements du cinéma Pacific. La version communiquée par la police relativement à la mort de Sardin ne suscita aucun commentaire. L'enquête avait été confiée à la Criminelle, avec charge d'y inclure les Stups et Larsen.

On commença par s'intéresser au parcours du projectionniste. Le jeune homme avait quitté deux ans auparavant sa place de technicien-vendeur pour venir travailler chez Soniericsson. Envie de changer d'air et parce que les horaires du cinéma lui convenaient. Ponctuel, fiable, efficace, le type même de l'employé modèle. Réservé, il avait peu laissé filtrer de sa maigre vie privée. On ne lui connaissait que quelques amis avec lesquels il aimait partager une bière ou deux après son travail. Tous confirmèrent le portrait d'un jeune homme calme, à la vie étonnamment rangée pour son âge. Il n'affichait aucune liaison, et pas plus d'activité politique.

L'inspection du studio dans lequel il vivait seul n'en révéla guère plus. L'appartement était correctement tenu, les quelques livres assoupis sur une étagère ne présentaient rien de particulier, la musique qu'il écoutait était celle de sa génération, à part le disque d'airs d'opéras célèbres arrangés pour flûte de pan, sûrement un cadeau. Dans sa pharmacie, les médicaments d'usage. Un frigo quasiment vide. Pas de plantation d'herbe à consommer. Rien non plus de notable dans son ordinateur : des mails courants, des adresses d'appareilleurs audio-visuels et de distributeurs de films. Quelques participations à des jeux stratégiques en ligne. Aucune activité militante ou politique, ça se confirmait. Les incursions du côté de sites pornographiques dénotaient une préférence pour les catégories Vénus d'ébène et Ménagères allemandes.

Bjarne Sardin mangeait tous les mardis midi avec sa mère dans un self-service du centre-ville. Il avait vingt-six ans.

De son côté, la Scientifique fit rapidement savoir que les éléments relevés sur le site du cinéma le jour du drame ne seraient pas utilisables : trop de traces mêlées, de marques enchevêtrées. En revanche, la machine à pop-corn ne présentait que les empreintes de Sardin et celles d'une autre personne, sans doute Anja Permersen, qu'il fallait encore interroger. Bref, pas le moindre indice. Et on se trouvait là, en cette fin de matinée pluvieuse, sous un ciel sale, bas, accablant. Évitant une flaque d'eau, Maelström se dirigea vers Larsen, qui était sorti de l'église au moment où l'officiant exhortait d'une voix de clarinette l'assemblée à proclamer tous les bienfaits dont le Seigneur comble jour après jour ses créatures.

– Tu as repéré Anja Permersen ?

– C'est elle, là-bas, répondit Larsen en désignant une jeune femme enveloppée dans un manteau brun et abritée sous un parapluie cloche transparent, restée un peu à l'écart du petit groupe qui stationnait sur le parvis. On a rendez-vous avec elle dans un bar à deux rues d'ici. Le Supersonic.

Les policiers observèrent les témoignages de condoléances adressés à la mère et à la tante du projectionniste par les amis qui se succédaient pour les étreindre ou leur adresser un mot de réconfort. Après tout le monde, ils saluèrent les deux femmes. La détresse qu'ils lurent dans leurs yeux ajouta douloureusement à leur propre sentiment d'impuissance. Ils quittèrent les lieux, marchant côte à côte en silence, écoutant les gouttes d'eau rebondir sur le polyester noir du riflard tenu par Larsen. Attiré un instant par le cadavre d'un pigeon gisant à moitié dévoré contre un trottoir, Maelström n'aperçut qu'au moment où il mettait le pied dedans la crotte olivâtre encore fumante

déposée sur la chaussée par un chien dont on entendait les aboiements à l'autre bout de la rue.

Anja Permersen les rejoignit au Supersonic. L'établissement était quasi désert, seul un retraité renfoncé dans un coin contemplait mélancoliquement son apéritif. Suspendu à l'angle près de l'entrée, un poste de télévision dont on avait coupé le son diffusait une émission de téléachat vantant les mérites d'une ceinture anti-cellulite à impulsions électriques. Les deux policiers avaient pris place sur un banc au fond du bar. La jeune femme vint s'asseoir face à eux, enleva son manteau qu'elle laissa pendre sur le siège de sa chaise et posa ses coudes sur la petite table en formica.

– Pourquoi vous m'interrogez ici ? demanda-t-elle tout de go. Est-ce que les dépositions doivent pas se faire au commissariat ? C'est ce qui est prévu par la procédure, non ?

Assez grande, elle était sobrement vêtue d'un jean noir et d'un pull de même couleur qui relevait la pâleur de son teint. Les cheveux blonds, rassemblés en une queue de cheval. Deux yeux ronds un peu fades ouvraient un visage ovale régulier amolli sur le bas par une bouche charnue moins précise que le reste.

– C'est que nous ne menons pas une enquête, mentit Maelström. Simplement, avant de classer un dossier concernant un décès survenu sur le lieu de travail, nous devons avoir eu un contact avec toutes les personnes faisant partie de l'entourage professionnel de la victime.

– C'est la procédure, renchérit Larsen.

Ah bon. C'est qu'elle était une passionnée de séries criminelles. C'est comme ça qu'elle savait comment ça se passe.

– Vraiment ?

– Oui. Maintenant je bosse au bar du cinéma. Mais plus tard, je vais faire des études de criminologie, je pense, pour travailler à la Criminelle. Peut-être qu'on fera des enquêtes ensemble. Si vous êtes toujours là, bien sûr, vous êtes plus très jeunes.

Les deux hommes hochèrent la tête simultanément.

– Effectivement, fit Maelström en évitant de croiser le regard de Larsen. Mais précisément : il y a longtemps que vous travaillez au cinéma Pacific ?

– Ça va faire trois ans. Avant, j'étais au Stafiløkok, un bar à sandwichs saucisses près du stade.

– Et comment avez-vous été engagée ?

– Par une annonce. J'avais juste vingt ans et je savais pas encore ce que je voulais faire. Ça me ferait un petit job mieux payé que le Stafiløkok, en attendant. J'étais chez mes parents, je connaissais pas Ulf.

– Ulf ?

– C'est mon mec. Ulf. Je vis avec depuis un an et demi.

– Vous avez donc lu une annonce…

– Oui, au cinéma. J'étais allée voir un film avec des copines, je me rappelle, c'était *Viens par ici, poupée* ! Il y avait une annonce disant qu'on recherchait une fille pour s'occuper du bar. Je suis allé voir M. Sonericsson, il m'a engagée tout de suite.

– L'annonce spécifiait qu'il recherchait une femme pour ce travail ?

– C'est mieux pour un bar. Ça fait plus smart.

– Et quel genre de patron est-il ?

– Cool. Pas comme l'ancien projectionniste, Dag. Un vrai cochon celui-là, il me reluquait, fallait voir ! Et sans arrêt à rôder devant la porte des toilettes quand j'y allais ! Non, M. Sonericsson, il est OK. Du moment que je fais mes heures, que je suis ponctuelle et que je tiens correctement ma caisse, tout va bien. Juste une fois il m'a proposé

d'aller boire un verre, mais je lui ai parlé d'Ulf qui fait du karaté.

– Et Bjarne Sardin ?

– Bjarne ? Une super crème, trop adorable ! Je discutais souvent avec lui au bar, on parlait de tout et de rien. Sa mort, c'est affreux, le choc que ça m'a fait ! Je comprends pas, il semblait en pleine forme.

– Oui, c'est la question que tout le monde se pose, sa mère la première, fit Maelström. Quelle était sa vie en-dehors de son travail ?

– J'en sais trop rien. Il avait des potes qui venaient parfois boire une bière avec lui. Mais pas de copine. M'a d'ailleurs jamais parlé d'une nana, et moi-même il m'a pas trop regardé les fesses. Ulf pense qu'il était pédé, mais je crois pas. Je l'ai jamais vu avec un mec non plus. Il paraissait plutôt en-dehors de tout ça.

– Une vie particulièrement tranquille et régulière, en somme ?

Elle opina.

– Il buvait pas beaucoup, je l'ai jamais vu pété. Fumait pas, non plus. Jamais un pétard. Même pas une cigarette. Ulf prétend que c'est pas normal pour un jeune de vivre comme ça, il se demandait si Bjarne était pas un peu fêlé ou s'il avait des problèmes. Moi je pense pas. C'était juste son genre.

– Il avait des intérêts en-dehors de son travail ? Une passion ? demanda Larsen.

Pas qu'elle sache. Elle l'avait dit, il était discret, parlait peu de lui. Déprimé ? Non, elle dirait pas.

De la pointe de son parapluie incliné contre le mur sourdait un mince filet d'eau qui allait trouvant son chemin au gré des joints qu'il rencontrait entre les carrelages en damier noir et blancs du sol. Du côté du bar, la cafetière s'était mise à vrombir : un nouveau client, accoudé au comptoir.

– Vous avez su pour l'enquête à propos du pop-corn ? Vous en vendez, non ? reprit Maelström.

– Bien sûr. C'est même moi qui le prépare, d'habitude.

– Et comment ça se fabrique ?

– Oh, c'est facile, on reçoit des paquets tout prêts. Le maïs, le sel et le beurre sont déjà dedans. Y a qu'à ouvrir le sachet, mettre tout dans une petite casserole suspendue dans la machine, fermer la porte, peser sur le bouton, ça chauffe et voilà. Après quatre minutes, le pop-corn saute de la casserole et tombe dans le réservoir dessous. C'est prêt.

– Vous n'avez pas changé de fournisseur, récemment ?

– Non, c'est toujours le même. On reçoit des cartons tous les mois. Je sais pas ce qui s'est passé dans les autres cinémas, mais ici, jamais eu de problème. Aucune réclamation.

– Vous en mangez vous-même ?

– Oui. Jamais été malade.

– Vous êtes la seule à le faire, ce pop-corn ?

– Parfois Bjarne, aussi. Mais pas souvent. Il s'occupait surtout de réviser la machine.

– Vous vous souvenez de la dernière fois ?

– Boh, ça doit faire deux semaines, à peu près. C'est rigolo, vos questions, on dirait vraiment que vous m'interrogez, quand même.

– C'est dans le cadre de l'opération Cordon sanitaire préventif. Ce n'est pas à une future collègue que nous allons apprendre qu'il ne faut négliger aucune piste susceptible de nous fournir une information, intervint Larsen, un sourire en coin. Les résultats du labo vont bientôt tomber, ils seront communiqués à toutes les salles. Vous serez officiellement tenue au courant. Mais vu qu'on se connaît, écrivez-moi votre numéro de portable, ajouta-t-il en lui tendant un carnet et un stylo. On vous préviendra nous-mêmes.

– Super ! fit la jeune femme en se rengorgeant. Mais vous pouvez aussi inscrire directement mon numéro sur votre smartphone, comme ça il est mémorisé.

– Impossible ! répartit Larsen en se penchant et baissant la voix avec une mine de comploteur. C'est tout à fait interdit par la procédure, beaucoup trop dangereux : imaginez qu'on me le vole, qu'il tombe en de mauvaises mains... Je dois absolument protéger mes proches, mes indics et mes sources. Du reste, je ne vous appellerai pas avec ce téléphone, mais du central de la police. Prudence et discrétion !

– Je comprends, répondit Anja Permersen, ravie. Puis, se saisissant du carnet et du stylo : je crois qu'on fera une super équipe, dans quelques années. Si vous êtes toujours là.

– Du surchoix ! Hors catégorie ! commenta Larsen en regardant la jeune femme s'éloigner dans la rue.

Maelström se grattait l'occiput.

– Au moins on a maintenant ses empreintes digitales...

– Oui. Je file au labo donner le stylo et le carnet à analyser. On saura si les empreintes relevées à côté de celles de Sardin sur la machine à pop-corn du Pacific appartiennent à cette dinde. Sinon, tu es libre ce soir ? On pourrait manger ensemble, on forme déjà une belle équipe à nous deux. Tu connais *Le crâne à hydromel ?* Ils viennent d'ouvrir. Paraît qu'on y mange le meilleur ragoût de phoque de la ville.

– Donc les empreintes sur la machine à pop-corn sont bien celles d'Anja Permersen ?

Attablés au restaurant *Le crâne à hydromel*, les deux policiers avaient terminé leur repas, fricassée d'élan et ragoût de phoque aux airelles. En face d'eux, immense, debout une patte appuyée sur le manteau de la fausse cheminée où dansaient des flammes électriques, un ours blanc empaillé avec dans sa gueule un saumon. Des casques à cornes alignés contre le mur formaient une sorte de frise courant sur deux côtés de la salle. Un lieu chaleureux, plein de cachet.

– Oui, le labo est formel. Ce sont les mêmes que celles du carnet et du stylo que je leur ai apportés.

Il n'y avait pas tant de monde que ça. À côté, deux jeunes, lui, barbe et bonnet urbain, elle, piercing d'arcade sourcilière et cheveux violets semi-désordonnés, mangeaient sans échanger un mot, les yeux rivés l'un et l'autre sur le smartphone posé à côté de leur assiette auquel ils prodiguaient à intervalle régulier une chiquenaude de l'index. Derrière, un type aspirait bruyamment ses nouilles aux algues en visionnant un film sur l'écran de sa tablette. Deux tables plus loin, une quadragénaire désinhibée à la chevelure brune parcourue de reflets cuivrés, divorcée avec sûrement un faux diamant dans le nombril selon l'estimation de Larsen, décrivait avec feu à sa copine les horizons nouveaux que lui ouvraient son robot sexuel, Max, infatigable et pas compliqué, lui. L'avenir, les assistants robots, elle insistait.

– Pas d'autres traces que celles du projectionniste et de la fille du bar sur la machine empoisonnée, mais on peut difficilement soupçonner cette nana. Et aucun indice utilisable, selon la Scientifique.

– Rien d'intéressant non plus dans l'ordinateur du ciné, disent les collègues. Et pas grand-chose à tirer de sa paperasse, d'après ce que j'ai commencé à regarder.

– Bref, on est au point mort. Reste plus qu'à attendre les résultats de Cordon sanitaire pour savoir s'il y a eu des tentatives d'empoisonnement ailleurs. Et ce que donnera la virée nocturne de Nyderbipp.

Exclamations et bris de verre soudain, sur la droite,

une serveuse rouge de colère debout à côté d'un client l'air gêné. Il avait dû tenter de glisser sa main sous sa jupe lorsqu'elle le servait.

Les deux policiers commandèrent un alcool de pive, servi dans de petits verres en forme de crânes, emblèmes de l'établissement.

Puis ils se séparèrent. Maelström gagna la station de métro voisine tandis que Larsen décidait de marcher jusque chez lui, dans Trämöbler Distriktet. Il était trop tard pour passer voir sa femme à Gai Crépuscule, l'établissement médical où elle séjournait, et il ne s'en serait pas senti le courage. Frederika Larsen avait été renversée trois ans plus tôt au milieu d'un passage piéton du centre-ville par un motard qui s'était enfui et que l'on ne retrouva jamais. Sortie d'un coma de presque deux mois sans avoir recouvré la parole ni la mémoire, elle végétait depuis lors, levée le matin pour être posée dans une chaise roulante où elle demeurait, inexpressive, absente, jusqu'au soir. Larsen la rejoignait deux ou trois fois par semaine, lui parlait doucement, assis face à elle, ses mains dans les siennes, scrutant son regard dans l'espoir, déçu jour après jour, d'y apercevoir un éclair, une lueur, un tremblement qui lui aurait révélé qu'elle le reconnaissait. Il s'attardait, amer, sur ces yeux autrefois amusés et mutins, sur ce visage dont les traits fins et la vivacité avaient fait sa joie et où s'étaient accrochées tant d'intentions tendres, et que défaisait maintenant l'hébétude.

Mais pas ce soir. Elle était depuis longtemps déjà recouchée, et il ne se serait de toute façon pas vu affronter la lumière orangée du home ni le contact de la couverture de laine quadrillée rouge et noire qui lui recouvrait les jambes dans sa chaise. Il marcha donc dans la fraîcheur de la nuit, croisant des piétons dont la plupart, une oreillette de martien vissée à leur pavillon, déversaient publiquement leur vie intime que leur main disponible ponctuait de gestes circulaires. Arrivé dans son quartier, il avisa sur une affiche électorale de grand format le sourire joufflu et satisfait d'un candidat annonçant l'arrivée imminente de l'avenir. Il vérifia que personne ne pouvait le voir, sortit un feutre de son veston, recouvrit prestement de noir l'incisive centrale droite. L'effet était ravageur : la ronde assurance avait fait place à un air d'inquiétant rapace. Larsen s'engouffra sans demander son reste dans une rue perpendiculaire.

Il était devant son immeuble au moment où la lune parvenait à poindre entre deux nuages dont elle ourlait les contours d'une lueur pâle. Il leva les bras dans sa direction, marmonna quelques mots, puis esquissa une révérence avant de pousser la porte et s'engouffrer.

5

– Non, ça me dit rien du tout. Ni son nom ni sa tronche. Et toi, Skrimir ? demanda le barman en se tournant vers un géant roux qui reposait une chope de bière vide sur le comptoir.

– Faut voir, répondit l'autre avant de décaler sa mâchoire pour dégager d'un soufflement la mousse déposée sur le devant de sa moustache.

Il saisit la photo que lui tendait Nyderbipp, la scruta en fronçant les sourcils, tournoya du médius droit dans son oreille, secoua la tête.

– Non, jamais vu. Comment vous dites ? Klack ?

– Flåk. Sten Flåk. Il vit dans le quartier, à ce qu'on m'a dit.

– C'est un pote à vous ?

– On s'était connus à l'époque. J'ai ensuite déménagé du territoire quelques années, business. Maintenant je suis de retour, et il n'est plus à son ancienne adresse. Je voudrais bien le retrouver, on a un petit solde. Paraît qu'il crèche dans le coin.

– On vous a dit ça… Non, je vois pas. Et pourtant je suis souvent ici. Pas vrai Arnved ?

Les deux hommes partirent d'un rire rappelant le rauquement d'un moteur de camion fatigué.

– Faut demander aux flics, ils savent peut-être.

– Bon, ben, tant pis. Si jamais, vous entendez quelque chose, je peux faire un petit geste…

Plus de deux heures que Nyderbipp parcourait Norra

Distriktet en quête de renseignements. Il passait dans les bars, interrogeait le personnel et les habitués. Selon la tactique dite de la « pince de homard », un agent en civil l'avait précédé dans chacun des établissements afin d'observer la scène et écouter les discussions qui suivaient son départ. Une planque avec caméra avait en outre été disposée au deuxième étage d'un entrepôt désaffecté en face du hangar de Flåk.

Mais pour l'instant, c'était maigre. Trois personnes avaient réagi à la photo. Deux employés d'un garage, et un patron de bar qui croyait se souvenir lui avoir servi une bière, mais il n'était pas tout à fait sûr, ça faisait déjà un bout de temps. Voilà. Décidément discret, Flåk.

« Personne ne saurait donc qu'il est mort ? Ou alors ils m'ont identifié et se foutent de ma gueule… pas question d'aider la police ! »

Nyderbipp sortait du bar lorsqu'il entendit un sifflement dans son dos. Il se retourna et vit surgir d'un renfoncement du mur une silhouette qui lui faisait signe de la rejoindre. Il s'approcha. Un homme entre deux âges, enveloppé dans une veste foncée un peu trop grande, le crâne recouvert d'un bonnet noir rabattu jusqu'aux sourcils. Il semblait aux aguets, tournait furtivement la tête de droite et de gauche.

– Vous cherchez Flåk ?

Une haleine chargée, remugle d'alcool et de fumée.

– Vous savez quelque chose ?

– Pas ici. Suivez-moi, répondit l'homme en s'accompagnant d'un geste de la main.

Il avança jusqu'à l'angle de l'immeuble, jeta un regard par-dessus son épaule pour s'assurer que l'enquêteur était derrière lui, s'engagea dans une ruelle. Il progressait en claudiquant légèrement et dérapa sur un emballage de plastique abandonné. Au bout d'une dizaine de mètres il tourna à gauche, fit quelques pas encore, s'arrêta. On devait se trouver à l'arrière du bar. Une marche donnait sur une porte de service métallique qu'égayaient deux phallus prétentieux tracés à l'aérosol. À côté, un container à ordures diffusait des fragrances mêlées. Par terre, une mosaïque de chewing-gums incrustés, des mégots, un préservatif usagé.

– Comme ça, vous connaissez Flåk ? demanda le policier.

– Ça se peut, répondit l'homme sans se retourner. Y a une prime ?

– Faut voir...

– En liquide. Ici. Sinon rien. Disons deux mille...

– Qu'est-ce que vous pouvez me dire sur lui ?

Brusquement l'homme pivota afin de le clouer d'un violent crochet au menton. Nyderbipp qui s'était méfié parvint à esquiver le coup mais son mouvement de défense le fit glisser et il se retrouva à terre. Il se dégagea vivement sur le côté pour porter la main à son pistolet tout en se préparant à parer de ses jambes une nouvelle charge, mais l'autre, voyant perdu l'effet de surprise, déguerpit avec une rapidité surprenante. Le temps que Nyderbipp se relève, il avait pris une bonne avance. À la douleur qu'il ressentit dans le genou au moment de se mettre à sa poursuite, le policier comprit qu'il ne le rattraperait pas. Il se contenta de le suivre aussi longtemps que possible avant de le perdre de vue. L'homme s'était enfilé dans l'un des multiples passages ménagés par la série d'entrepôts que l'on devinait en face. Inutile d'essayer de le débusquer de nuit dans cette zone. Trop risqué aussi. Tout en scrutant l'obscurité, Nyderbipp sortit son portable et appela l'agent resté en observation à l'intérieur.

– Åke ? C'est moi. Tu me rejoins derrière le bar.

Il demeura à inspecter la masse sombre des façades

entre lesquelles s'était dérobé le type. Aucun mouvement discernable. Rien non plus qui vînt briser le silence enveloppant le quartier.

Åke était arrivé. L'enquêteur lui raconta.

– Tu penses qu'il s'agissait d'une connaissance de Flåk ? Ou de quelqu'un envoyé par ses assassins ?

– Crois pas. Plutôt une frappe ou un toxico qui voulait me mettre KO pour me chouraver mon portefeuille et peut-être mon flingue, répondit Nyderbipp en se massant le genou. Il a dû entendre que je recherche Flåk, il m'a demandé si j'avais du fric sur moi. Il a foutu le camp dès qu'il a vu que son coup était manqué.

– Pas repéré dans le bar quelqu'un ressemblant à ça, reprit l'agent. Du moins durant les vingt minutes avant ta venue. S'il a entendu parler de Flåk, c'est ailleurs, dans un autre bar, et il t'a suivi.

– Et qu'est-ce qui s'est dit après mon départ ?

– Bof, à peu près rien. Le barman et le grand rouquin se sont demandés pourquoi on le recherche et à combien se monte le petit geste pour renseignement. Il y a eu deux ou trois blagues, des rires, c'est tout. Et les quatre autres assis à la table vers la sortie n'ont même pas levé la tête. C'est curieux tout de même, ce gars a vécu une année et demi dans le quartier sans quasiment se faire remarquer.

– Bref, chou blanc. Bon, la planque, maintenant.

Contournant la série des entrepôts, les deux hommes gagnèrent Isflagegade par Blixenrundkjøringer afin de remonter Hræsvelgsgatan. Ils marchaient en silence au rythme de Nyderbipp, gêné par son genou endolori. Après une quinzaine de minutes ils prirent une traverse pour déboucher à l'extrémité est de Norra Distriktet. Surgis à des époques différentes, disposés sans plan précis, les bâtiments, usines, halles, docks, formaient une zone embrouillée où s'enchevêtraient cours vagues, voies borgnes et culs-de-sac. Éclairage inexistant. Seules les apparitions de la lune entre les nuages, reflétée par l'eau accumulée dans les nids de poule et lézardes du revêtement goudronné, tranchaient sur l'obscurité. Les deux hommes longèrent des façades de béton et de tôle, s'engagèrent dans une artère formée par les murs parallèles de deux entrepôts. Soudain Nyderbipp se retourna.

– Il y a quelqu'un, chuchota-t-il.

Ils s'immobilisèrent, en alerte. Plusieurs secondes. Mais aucun bruit. Et il faisait trop noir pour espérer discerner quelque chose. Se coulant alors sur la gauche ils avancèrent précautionneusement jusqu'au bout du bâtiment, se dissimulèrent dans le renfoncement d'une large porte de garage.

En face d'eux, la masse confuse de bennes de chantier. Dans le prolongement, sur le côté, un portail surmonté de fil de fer barbelé et un mur latéral barraient la voie d'accès à un entrepôt. S'ils étaient pistés, leur suiveur ne pouvait faire autrement que passer devant eux.

Deux ou trois minutes, sur le qui-vive. Rien. Ils reprirent leur progression silencieuse jusqu'à une sorte d'allée qui les croisait perpendiculairement. Un espace à découvert. Åke traversa d'abord et s'adossa au mur du bâtiment de l'autre côté. Nyderbipp attendit un peu, le rejoignit en profitant d'un lourd nuage venu s'interposer entre l'astre de nuit et les affaires humaines. Les deux hommes restèrent un temps immobiles, repartirent longer un enclos grillagé protégeant des bonbonnes de gaz en alignement. Plusieurs cratères dans le sol avaient recueilli les pluies abondantes des derniers jours. Nyderbipp n'aperçut pas celui qui s'ouvrait sous son pied droit et grimaça en sentant le liquide froid s'inviter dans sa chaussure par le devant pour gorger peu à peu sa chaussette. Il secoua sa jambe en une tentative dérisoire, puis se résigna à sentir à chacun de ses pas l'eau remonter le flanc de ses orteils et emplir leurs interstices.

Ils atteignaient une cour où s'empilaient de vieux pneus lorsqu'un frottement se fit entendre derrière eux. Quelque chose comme une semelle sur un revêtement irrégulier. Ils se jetèrent vers le tas pour s'accroupir derrière. Le bruit se précisa, c'était bel et bien celui d'un homme qui marche. Les policiers retenaient leur respiration, se préparant à tout. Mais alors qu'ils s'étaient dangereusement rapprochés les pas cessèrent. Le silence retomba, opaque, épais. Oppressant. Impossible pourtant de tenter un regard. Puis les pas, à nouveau. Normaux, cadencés, sans discrétion. L'individu était-il inconscient de leur présence tout près de lui ? Ou se jouait-il d'eux ? Il avait dépassé l'entassement de pneus, devait leur tourner le dos. Ils risquèrent un œil : une silhouette massive, qui s'éloignait dans les ténèbres. Mais l'homme s'immobilisa tout à coup, sembla fouiller dans sa poche. « Un revolver ! » pensèrent les policiers en se rabattant, portant eux-mêmes la main silencieusement sur la crosse de leur arme pour dégainer. Le sang leur battait aux tempes. Une quinzaine de mètres tout au plus les séparaient du type. En cas d'échange de coups de feu, même dans le noir… Mais pouvait-il les avoir repérés derrière leur empilement ?

L'autre se retourna en se courbant. Un petit frottement métallique, un deuxième, puis une flamme vacillante surprit la nuit, faisant rougeoyer une cigarette, seule bientôt à trouer l'obscurité.

La lueur dégagée par le briquet n'avait duré que deux ou trois secondes, mais ils avaient eu le temps de reconnaître le personnage.

Un grand roux.

L'homme du bar. Skrimir.

Il avait repris sa marche. Les policiers rengainèrent, le

laissèrent prendre du champ. Trop tôt pour pouvoir le filer discrètement dans le silence qui enveloppait la zone.

– Il est là par hasard, ou il nous suit ? demanda Åke dans un souffle.

– En tout cas, il va dans la même direction que nous.

Ils se levèrent lorsque leur homme ne fut plus en vue après avoir obliqué au bout de la cour, attendirent encore, gagnèrent furtivement l'angle par où il avait disparu. Une sorte de ruelle constituée du long côté en tôle ondulée d'un hangar et du mur borgne de l'usine en face. Plaqués contre la façade antérieure du hangar, ils regardèrent prudemment. Rien… la venelle était déserte. Peu probable pourtant que Skrimir l'ait parcourue jusqu'au bout déjà. Et on ne distinguait pas de porte par où il aurait pu disparaître, mais il faisait très sombre. Une embrasure, une encoignure où il se serait dissimulé ?

Leur rythme cardiaque prenait l'ascenseur. Le type avait-il filé, ou s'était-il embusqué pour les attendre ?

Un traquenard ?

6

– En somme, on n'est pas beaucoup plus avancé…

Ça ne rigolait pas tant que ça dans le bureau du commissaire général. Même si Permafrøst avait communiqué les heureux résultats de l'opération Cordon sanitaire préventif : la totalité des prélèvements de pop-corn analysés étaient négatifs, aucune trace de shvlt-54 à signaler, nulle part. On respirait un peu mieux, il ne s'agissait pas d'une attaque massive. Ou pas encore. Seul le cinéma Pacific avait été touché. Et les empoisonneurs s'étaient concentrés sur le pop-corn, laissant tranquilles la machine à café et les différentes bouteilles du bar. Rien non plus de suspect du côté des gobelets abandonnés sur les sièges. C'était bien entre la dernière séance et le moment où le projectionniste était arrivé que les malfaiteurs avaient agi.

– Il est trop tôt pour exclure la menace d'un attentat à grande échelle, mais on dirait tout de même que les choses se limitent à notre cinéma, résuma Wunderhørn. Cela dit, pourquoi lui, bon Dieu ? Et comment ont-ils pu y entrer ?

– Pas sorcier de prendre une empreinte pour fabriquer un double, fit Larsen. Une clé laissée un instant sur le zinc, deux gestes en catimini, vite fait. Ou carrément depuis la serrure.

Un lourd silence. Chacun tentait de se représenter les effets d'une agression au pop-corn contaminé étendue à la ville entière, ou davantage. Dehors, des bourrasques tombées d'un ciel anthracite jetaient la pluie par paquets contre les vitres, ajoutant au sinistre ambiant.

– On pourrait décréter un moratoire sur la vente de pop-corn ? risqua Permafrøst.

– Et avoir la moitié du pays dans la rue ! protesta Wunderhørn. Non, il faut rassurer la population en décrétant la mise en place d'un processus de contrôle sanitaire plus fréquent des distributeurs de pop-corn dans les lieux publics. Ce sera du reste la conclusion du communiqué ministériel qui mettra fin à Cordon sanitaire préventif. On donnera aussi officiellement suite à deux ou trois plaintes contre des cinémas, de sorte à rendre crédibles les fausses lettres d'accusation et justifier l'opération. Et bien sûr on va suivre de près la filière du maïs.

– Donc on rouvre le Pacific, dit Maelström.

– Oui. Avec une surveillance. Quoique je voie mal les types revenir.

– Soniericsson ?

– Ses écoutes ne donnent rien pour l'instant. Des appels privés où il se lamente de ce qui lui arrive et craint pour la réputation du cinéma. Et nous traite de bourrins parce qu'on a soupçonné autre chose qu'un malaise. Il se plaint d'avoir à retrouver un projectionniste, aussi.

– La grande âme... Bref, il n'est pour rien dans tout ça.

– On dirait. Mais il reste dans le collimateur tant qu'on n'a pas la preuve définitive. Et il faudra être vigilant, à propos du nouveau projectionniste.

– Et le shvlt-54, on en sait plus ?

– Pas encore. Les polices scientifiques ont été averties en secret. Partout. À suivre.

Maelström, Larsen et Permafrøst descendirent à pied les quatre étages et se séparèrent sur Systembolagetsgatan. Permafrøst poussa la porte de *La Batave hurleuse*. Aucun n'avait prêté attention à la femme dissimulée derrière l'abribus à quelques mètres, qui les prenait en photo avec son téléphone portable.

« Ça n'avance pas, on n'a rien… »

La soirée était avancée déjà. Maelström ruminait étendu sur le divan de son ancien psychanalyste, dans le noir. Les dernières notes du deuxième quatuor de Ligeti avaient depuis longtemps fait place au seul bruit de la pluie battant le rebord de la fenêtre.

Il avait beau retourner la situation dans tous les sens, rien ne se profilait, aucune ébauche de piste. À qui pouvait profiter un tel crime ? Pourquoi déposer ce corrupteur cérébral dans le pop-corn d'un cinéma de quartier ? Vengeance contre le personnel ? Mais pouvait-on imaginer cela à propos de Soniericsson ou de son projectionniste ? Plutôt une agression aveugle contre les spectateurs du lendemain ?

Ou alors c'était un essai, prélude à une attaque plus lourde ?

Une montée de sueur le gagna à cette idée, qu'il s'efforça de chasser en pensant aux contrôles de sécurité désormais renforcés sur tous les distributeurs de pop-corn de la ville.

Quant à l'assassinat de Svärdfisk, on était là aussi dans le cirage. Il faudrait retourner interroger Torsk, cette gouape devait en avoir gardé sous la semelle. Et les assureurs.

Il soupira : trop d'informations manquantes, trop de lacunes. Or il détestait ces situations où les éléments étaient insuffisants pour que la logique fasse son travail et que l'on puisse échafauder quelque chose. Tout le contraire de son ami Traknåår Larsen, qui supportait beaucoup mieux d'avancer millimètre par millimètre en accumulant les indices, sur des années s'il le fallait. Lui, la seule pensée de l'endurance nécessaire à la collecte infinie d'informations, de révélations, de traces, à leur vérification minutieuse et à leurs recoupements méticuleux le rendait nerveux et finissait par lui porter sur la vessie. « Une bonne enquête est souvent celle qui n'en est justement pas une », leur serinait Walter Kierkegaard à l'Académie de Police. Maelström y avait vu une manière de valider son impatience. Il raisonnait vite et avec beaucoup de sûreté. Aimait ça. Un spéculatif. Le géomètre, le surnommaient ses hommes à la Criminelle, épatés par son aisance dans les dossiers exigeant de démonter des réseaux enchevêtrés, de trouver son chemin à travers des montages complexes. Il pouvait cheminer avec quatre ou cinq hypothèses concurrentes en tête. Vous auriez dû faire autre chose, Maelström, de la philosophie ! avait un jour ironisé Kierkegaard.

Il s'assit sur le bord du divan.

L'instinct, le fameux instinct des détectives ? Il n'en était pas dépourvu, non, mais à sa façon. Ses intuitions, en tout cas, l'avaient toujours trompé. Toujours. Chaque fois qu'il s'y était fié, il s'était égaré sur une fausse piste, fourvoyé dans une impasse. Dans son travail comme dans sa vie privée. Avec Kjerstin, par exemple, il avait été jusqu'au bout intimement persuadé qu'on rattraperait le coup, que ça marcherait. Ça avait foiré. Lors de sa première enquête criminelle, il s'était laissé guider par le pressentiment obsédant que les auteurs du hold-up sanglant de la banque Libellul se réfugieraient dans une ferme isolée au nord-est de la capitale et qu'on allait pouvoir les coffrer par un assaut au gaz lacrymogène, alors qu'ils avaient en réalité quitté le pays depuis huit jours. Et il y avait eu d'autres cas. Question flair : zéro. C'était même si systématique qu'il pouvait sans risque se résoudre à faire très exactement le contraire de ce que ses prémonitions lui dictaient : chaque fois que se présentait en lui une conviction de cette nature, il lui fallait aller à rebours. Ça avait fini par constituer une méthode plutôt sûre. Mais éprouvante.

Non. Chez lui, le véritable instinct se manifestait autrement, sous forme d'irritation corporelle. Lorsque des indices se mettaient à converger dans son cerveau avant qu'il puisse s'en rendre clairement compte, il était parcouru de crispations dans la mâchoire, d'élancements dans le bas du dos, sentait des picotements dans les reins, des agacements dans les testicules, éprouvait une permanente envie d'uriner et, parfois, constatait d'absurdes débuts d'érections nerveuses. De véritables fourmilières s'invitaient sous sa peau. Indéniablement, c'est sa chair qui commençait à lui annoncer les choses. Il lui avait fallu apprendre à y être attentif. Et c'est ainsi entre puissance du raisonnement, intuitions contrariées et dérangements cutanés qu'il était devenu le meilleur inspecteur criminel du pays. Le plus fourbu aussi. Harassé. Transi. S'investir corps et âme dans le travail n'était pas chez lui qu'une façon de parler, chaque enquête l'exaspérait, le menait au bord de l'épuisement.

C'est sûrement aussi pour cela que ça avait fini par foirer, avec Kjerstin. Il était trop souvent à vif.

Mais rien de ça ce soir. Pas de démangeaison, ni moins encore d'idée. Pas même un vague sentiment à contrecarrer. Néant. Comme dans ses mauvais rêves où il lui arrivait de longer indéfiniment une muraille sans porte ni fenêtres, repoussé, sans prise, démuni.

Il se leva, toujours dans le noir. Chercha à tâtons l'interrupteur.

« Et Flåk, dans tout ça ? Évaporé sans laisser de traces ! Enfin, évaporé, si on peut dire. Mais la planque en face de son hangar ne donne rien, et Nyderbipp est revenu bredouille de son quartier. Pire, il se demande s'il ne s'est pas fait balader par un type interrogé dans un bar. Åke et lui ont dû battre en retraite, ça devenait trop risqué d'avancer, ils étaient bloqués. Un piège, ou le simple plaisir de nous tourner en bourriques ?

Ce qui voudrait dire qu'ils ont été identifiés comme flics.

Ou une simple coïncidence ? Le type passait par là, ne les a même pas remarqués…

On dérange, en recherchant des renseignements sur Flåk ? Mais qui ?

Ça aurait été bien, chef d'orchestre ou neurochirurgien… »

Il sursauta. La sonnerie du téléphone.

22h57. Qui pouvait… ?

– Salut Gunnar, c'est Setrodur. Désolé de t'appeler si tard, mais j'ai eu une longue journée et je voulais te parler en privé depuis chez moi plutôt qu'au bureau.

Setrodur Emilidickinson, le chef de la Criminelle de Gufuborg, Iskandja. Les deux hommes s'étaient rencontrés sur une enquête concernant un trafic d'organes qui avait nécessité une collaboration internationale. Estime immédiate et réciproque. La disparition peu de temps après du fils de Setrodur, Leroiardur, aux rives du lac de Mjögdjúptogkaltvatn au fond de la vallée de Mjögkaltdalur, à gauche du défilé de Skrúdganga quand on vient du fjord de Dökkogdrungalegtfjördur par la route longeant la crête de Yfirgefnuhálsinum, les avait tragiquement rapprochés. Maelström, qui connaissait lui-même toutes les difficultés pour renouer un semblant de contact avec sa fille Astrid, partie vivre avec un actuaire et s'adonner à la spéculation boursière sur les céréales, était allé passer quatre jours auprès de son collègue dévasté. Ils avaient marché sans fin le long du lac, courbés sous le mugissement d'un vent qui leur battait le visage, errant sur le chemin enneigé que devait avoir emprunté Leroiardur avant de disparaître sans laisser d'autres traces que son écharpe sur la rive. Parlé longuement aussi, jusqu'aux heures avancées de la nuit. Setrodur se tenait, saccagé, devant sa vie en miettes. Il fut long à convertir sa culpabilité de père trop absent en rage de se battre en mémoire de son fils. Mais reprendre son travail lui permit au moins d'affronter la suite des jours. Les deux hommes s'étaient retrouvés à l'occasion d'un week-end de pêche au marsouin, cela faisait un an.

– J'ai vu Siglaison, notre responsable de la Scientifique. Il m'a parlé de l'avis Top Secret concernant votre dévastateur de cerveau dans le pop-corn. Affreux ! On va se tenir aux aguets, ici. En y repensant, ça m'a rappelé une histoire curieuse, ce printemps. Je ne sais pas si ça a un rapport avec votre affaire.

– Dis toujours…

– Eh bien, trois techniciens du Théâtre national ont eu une sorte de malaise, un après-midi. Selon le rapport, le directeur les a trouvés tournaillant dans le théâtre, complètement désorientés. Incohérents, incapables de former une phrase complète. On a d'abord pensé qu'ils avaient pris une biture et l'agent de police dépêché sur place leur a fait un alcootest. Mais non, pas un gramme. Pas de pétard, non plus. Un médecin est venu les ausculter, mais il n'a pas su que dire. D'ailleurs ils commençaient à reprendre leurs esprits, souffraient juste de méchants maux de tête. Le lendemain, c'était passé, mais aucun n'était fichu de se souvenir de rien. Comme s'il leur manquait une demi-journée. La seule chose qu'ils ont remarquée, c'est que leur urine sentait vaguement le cornichon. On n'avait pas vu grand-chose dans leur prise de sang, non plus. Tout le monde pensait à un ventilateur défectueux ou à un reste d'amiante dans les locaux techniques. On n'a pas investigué plus loin.

– La mémoire ne leur est jamais revenue ?

– Jamais. Toujours d'après le rapport, ils se souviennent être venus normalement pour leur service, les jours de représentation ils travaillent de 16h à minuit. Tous arrivés avec leur voiture privée. Ensuite, je t'ai dit, plus aucun souvenir. C'était le jour de la première de *La Dame de la mer* avec Leif Ødensvik et Carmen Bellini, entre autres. Je me souviens, j'y étais. Il avait fallu appeler d'urgence des techniciens de remplacement. La représentation avait débuté en retard.

« Carmen Bellini », répéta mentalement Maelström.

– Ils ont un badge pour entrer ? Font un code ?

– Non. C'est justement ça qui m'a alerté. Je me suis renseigné aujourd'hui au théâtre : ils prennent un ticket d'entrée normal en arrivant, mais n'ont pas besoin de payer, à la sortie ils le passent dans la caisse en tapant un numéro spécial et le mettent dans le portillon, qui s'ouvre.

– Tu crois que le distributeur de tickets a été trafiqué ?

– Impossible d'être sûr. Et c'est beaucoup trop tard pour l'inspecter, ça fait quatre mois passés, on ne trouverait plus de trace. Et puis, personne ne s'est jamais plaint par la suite de ce genre de symptômes. Y compris les trois types en question. Mais, entre nous, tu vois à quoi je pense : avec le réflexe qu'on a de se fourrer les tickets de parking au coin de la bouche… Un distributeur empoisonné, tu imagines les dégâts ? !

Il imaginait. Il y a du passage dans un parking, ça fait vite du monde. « Et pourquoi pas des viennoiseries, la prochaine fois, celles qu'on trouve dans les distributeurs ? Ou des préservatifs ? Bon, ça, peut-être moins. »

Maelström se dirigea vers sa cuisine, il devait lui rester une bière.

Ou alors des tickets de métro ?

Il sursauta. Des tickets de métro... Propagation massive et rapide assurée ! Déferlement toxique en trois jours dans toute la ville !

Son ventre se noua d'un coup.

« Quoique... voyons : c'est un bon support, ça ? On ne les case pas au bout des lèvres comme les tickets de parking, on les met plutôt dans sa poche, non ? Pour l'ingestion, c'est moins garanti, quand même. »

Faux espoir. Plus de bière dans son réfrigérateur. Il le referma avec hargne.

Se gratta l'entrejambe.

« Pour une attaque massive, il faut contaminer plusieurs bornes de tickets à la fois. Pas tant plausible.

Ou bien ? »

Il arpenta de long en large son appartement, histoire d'organiser ce qui roulait dans son esprit. Puis écrivit un mail à Lørdnelsson. Il lui fallait en savoir davantage sur le shvlt-54. Rédiger ce courrier sans trop révéler du début d'hypothèse qu'il commençait à échafauder lui donna plus de mal que prévu.

Puis il se coucha dans l'idée de dormir un peu. Las : il se retourna une douzaine de fois, pour commencer, passa d'un côté à l'autre du lit, alluma, éteignit. S'efforça à quelques exercices de respiration, tout oublier, se concentrer sur le souffle. En vain. Fixa le plafond dans le noir. Compta une ou deux séries de moutons. Inutile. Se résigna à rallumer sa lampe de chevet, ouvrit *Les anamorphoses du Cygne*, le dernier livre de Balkàn Toltek sur Rossini, que lui avait offert Larsen. Il arrive qu'en lisant l'on s'assoupisse, mais là, non. Vers 2h40, le taux de dopamine en berne, il gagna sa salle de bain à la recherche du demi-somnifère qui devait se trouver quelque part dans son meuble à pharmacie. Il le dénicha à l'angle du compartiment inférieur droit, derrière une boîte d'aspirine. La torsion qu'il exerça sur la plaquette au moment de soulever la pellicule d'aluminium repliée sur ce reliquat de comprimé dut être trop forte, car le cachet fut catapulté hors de son compartiment. Le commissaire eut juste le temps de le voir glisser le long du lavabo et disparaître sous le bouchon.

7

– Regarde, dit-il en lui tendant la feuille.

Traknåår Larsen lut à haute voix : « M. le commissaire, Mon temps étant compté, je serai bref. Ainsi que je vous l'ai indiqué déjà, le shvlt-54 est un exemple caractéristique de ce que dans nos domaines scientifiques l'on appelle une impasse (je nous épargne, à vous comme à moi, l'explication détaillée). La molécule ne permet aucun développement, ni de sous-souche. Il n'a donc pas de dérivé. Les variantes ne peuvent porter que sur le dosage. Lequel est extrêmement délicat. Je vous souhaite de bonnes nuits. Dr Kurwenal Lørdnelsson, Directeur, Institut médico-légal, etc. » Avec copie à Permafrøst.

Au moins, c'était clair.

– Plutôt bon pour ton hypothèse…

– Mais c'est encore fragile.

Les deux policiers se turent, écoutant la pluie cingler les vitres. Le passage progressif à un temps sec prophétisé depuis l'avant-veille par les services météorologiques se faisait attendre : des trombes d'eau se déversaient sans faiblir d'un épais plafond de nuages abaissés. Le pays entier ployait sous un dais gris jaunâtre, tout espoir d'apercevoir le soleil avant longtemps avait abandonné les hommes, et l'on devait s'en remettre à l'électricité pour le réconfort d'un peu de lumière chaude. Dans le bureau de Maelström, le tintement métallique du néon défectueux portait sur les nerfs.

– Tu as signalé ça au concierge ?

– Il y a plusieurs jours. Mais il n'a rien pu faire jusqu'à présent.

À l'occasion de Intelligence SuperPlus 2.0, la rationalisation générale de l'administration mise en place trois ans plus tôt, il avait été décidé que les commandes de matériel destiné à un office public se feraient dorénavant exclusivement sur des fiches informatiques spécifiques, une pour chaque type d'objet, disponibles à l'interne dans une sous-rubrique sur le site de l'État, de sorte à améliorer la gestion des stocks et avoir une vue optimale sur les besoins et dépenses des différents départements ou services. Un bureau d'une quarantaine de personnes spécialement constitué assurait de manière groupée la circulation des données entre les responsables du matériel et les centres de stockage, analysait les demandes d'achat ou de remplacement, et, en cas de réponse positive et après vérification, adressait aux responsables en question un courrier électronique confirmant que l'objet demandé se trouvait bel et bien disponible dans le dépôt habituel, où ils pouvaient aller le chercher, on le leur donnerait sur présentation dudit mail, ou alors le commander via une fiche dédiée fournie en pièce jointe.

– La messagerie de la Criminelle est toujours hors service et on ne peut accéder à la plateforme que par là. En plus, notre responsable n'est pas certain qu'il y ait une fiche de commande concernant les néons, il ne se souvient que de celle pour les ampoules. Il ne pense pas que ça soit la même. Et il ne sait pas à qui demander comment signaler au bureau central qu'il manque la rubrique « néons » pour qu'on puisse les commander.

Cascade d'une chasse d'eau, à l'autre bout du couloir, puis claquement de porte.

– Si je résume, les points communs entre l'incident au théâtre de Gufuborg et le Pacific sont cette perte de lucidité et l'odeur de cornichon, reprit Larsen. Soit ce que Lørdnelsson nous a dit du shvlt-54.

– Exact.

– Mais il nous a parlé de somnolence lors d'une simple exposition respiratoire, et carrément de mort cérébrale en cas d'ingestion. Or là-bas ils ont bien ingéré le toxique en mettant machinalement leur ticket de parking à la bouche.

– Oui. C'est ça qui m'intéresse dans son mail, il parle de dosage. Peut-être qu'à Gufuborg il s'agissait d'un dosage très faible.

– Tu penses donc qu'il s'agit du même toxique.

– C'est ma seule piste. Des manifestations plutôt semblables et la même odeur vinaigrée. Tu as lu, Lørdnelsson exclut tout dérivé du truc. Je me dis donc qu'il s'agit du même produit, concentré différemment.

Une conversation téléphonique s'était engagée dans le bureau d'à côté. Des bribes en parvenaient de façon discontinue mais régulière aux oreilles des deux hommes. Le collègue faisait vraisemblablement pivoter son siège à roulettes en parlant, ce qui l'amenait toutes les quatre ou cinq secondes en face de la paroi le séparant du bureau de Maelström.

– La première fois, on a un malaise qui se dissipe après quelques heures. La deuxième fois, c'est la mort, fulgurante. Selon le dosage.

– C'est ça.

– On aurait affaire à quelque chose comme des tentatives, des ballons d'essai... Quelqu'un teste le produit, quoi.

– Dans des pays différents, pour éviter d'attirer l'attention.

– Alors l'attaque sérieuse n'a pas démarré. On en est aux préparatifs.

– Me semble.
– Tu penses à la mort à grande échelle ?
– Ou pas, justement. Peut-être pas.

Maelström avançait courbé sous le flot, son parapluie oublié dans le métro. De la main gauche il maintenait relevé le col de son imperméable et progressait la tête rentrée dans les épaules. Direction la planque installée en face du hangar de Sten Flåk. Un problème avec la caméra de surveillance, le central ne recevait plus d'images.

Il avait gagné Norra Distriktet par Gatan av Industrin, dépassé un bloc d'entrepôts, et longeait à présent la façade grise d'une tréfilerie. Un bruit éprouvant s'en échappait par des impostes d'où filtrait une lumière aigre. Au bout du bâtiment s'alignaient d'énormes bobines de câbles pareilles à des tambours promis à quelque impensable portique. Plus loin, deux camions obturaient à demi l'entrée d'une sorte de cour délimitée sur ses autres côtés par de hauts treillis, dans laquelle se serraient des carcasses de voitures. Une odeur de métal et de graisse tiède enveloppait l'ensemble de la zone.

Un bourdonnement dans sa poche. Le vibreur de son portable.

– Gunnar ? C'est Thorvald. Je viens te chercher un peu à l'arrière de la planque, on va être prudents. Continue jusqu'à ce que tu arrives devant trois grandes bennes de chantier pleines de gravats. Là, tu partiras sur la droite en suivant des rails coulés dans l'asphalte sur environ cent mètres. Genre rails de tram. Jusqu'à une butée. Tu verras, il y a encore un petit wagon. Ensuite, tu prends sur la gauche en visant la longue usine en face. Je t'attendrai à l'angle.

Il mit du temps à gagner l'extrémité des rails annoncés par Nyderbipp. L'eau de pluie s'était accumulée en larges flaques dans les ornières parsemant le revêtement rapiécé et il dut afin de les éviter changer plusieurs fois de trajet, enjamber les moins grandes en allongeant ses foulées, balançant d'un pied sur l'autre tel un pingouin, opter enfin pour le saut. Il faillit s'étaler en se recevant sur un tesson de brique après avoir franchi une rigole huileuse.

Parvenu à la hauteur d'un wagonnet rempli aux trois-quarts d'une flotte souillée il avisa à main gauche une usine, de l'autre côté d'une traverse. Il se dirigeait vers elle lorsqu'il se figea. Là, juste devant, à quelques mètres, une forme étendue sur le sol. Il scruta autour de lui avant de s'avancer prudemment. Une onde glacée lui sillonna la colonne vertébrale : Nyderbipp ! Il se précipita, se pencha sur le corps inerte. Pas de sang, aucune blessure apparente. Il s'était agenouillé pour se saisir d'un poignet et vérifier le pouls lorsque l'enquêteur gémit.

– Thorvald, c'est Maelström !

L'autre ouvrit les yeux, tourna lentement la tête. Une énorme bosse enflait sur le haut de son front. Il prit appui sur ses coudes, respira un instant, pivota en redressant péniblement le tronc pour se retrouver assis.

– Putain ! finit-il par lâcher.

– Qu'est-ce qui t'est arrivé ?

Nyderbipp tâtait précautionneusement sa tête. Il grimaça au contact de sa bosse.

– Saloperie !

– Tu as été attaqué ?

L'enquêteur secoua la tête.

– En sortant te chercher je suis passé vers cette usine, là, et j'ai longé ce mur. À un moment, j'ai cru entendre un bruit derrière moi. J'ai tourné la tête tout en continuant d'avancer. Pas vu ce machin qui pendait, me suis fracassé contre.

Une grosse poulie reliée par un câble à une poutre

métallique fichée dans le mur de l'usine était suspendue à hauteur d'homme. Nyderbipp s'était proprement assommé en la heurtant.

– J'ai juste eu le temps d'entrevoir du coin de l'œil une masse sombre quand j'arrivais dedans. Merde, quel choc !

Il restait assis, peinant à se reprendre. Maelström regarda alentour. L'usine semblait déserte, aucun bruit n'en sortait, aucune lumière ne filtrait des verrières de la toiture en dents de scie. De l'autre côté en revanche, un atelier de chromage vibrait d'activité. Le bruit d'un jet à haute pression tailladait l'air et des silhouettes passaient, intermittentes, derrière une fenêtre métallique à trois pans.

Nyderbipp finit par se redresser. Appuyé d'une main contre le mur de l'usine, il fixait la poulie d'un œil mauvais en passant son autre main sur sa tête et sur sa nuque. Son blouson à capuche et son pantalon étaient zébrés d'eau sale, graisseuse. Du gravillon et des grains de bitume y adhéraient encore. Il eut quelques vains gestes de la main pour tenter de s'en débarrasser.

– Ça va aller ?

Sur un hochement de l'enquêteur les deux policiers se mirent lentement en marche, dépassèrent l'usine silencieuse pour prendre en direction d'une halle basse gardée par deux rangées de caissons métalliques. Ils s'arrêtèrent sous la toiture.

– On va gagner la planque par là-bas, dit Nyderbipp en désignant un bâtiment en mauvais état à quelque distance. Je me demande ce qui se passe avec la caméra. Elle diffusait parfaitement, mais depuis deux heures, plus rien.

– Elle est sûre, la planque ?

– J'ai pas le sentiment qu'on ait été repérés, en tout cas.

« Sentiment, sentiment », fredonna intérieurement

Maelström. Au-dessus d'eux, la pluie martelait le toit.

– Et ton gars de l'autre soir, ce Skrimir ?

– Les Renseignements ont commencé à chercher. Il est chauffeur de camion dans l'entreprise qui sous-louait sa piaule à Flåk, figure-toi.

– Il connaît donc l'existence de ce hangar.

– Ouais, et qu'il ne sert plus. Et il savait à coup sûr que Flåk y avait créché. Il nous a menti. Qu'est-ce qu'il fichait dans le secteur ?

– Tu sais où il habite ?

– Eikenøttergaden.

– À l'est de Norra Distriktet... Donc pas franchement surprenant qu'il soit rentré chez lui par là, même si ce n'est pas le chemin le plus court. Surtout s'il connaît la zone. Et rien ne nous dit qu'il ait poussé jusqu'au hangar.

– Il n'a pas passé devant, en tout cas d'après la caméra.

– Et quand il vous a échappé ?

– On y est retourné le lendemain matin, Åke et moi. Pas facile à dire : il y a bien une porte au bout, une encoignure où il aurait pu se dissimuler. Mais impossible à repérer de nuit, depuis où on était. C'était trop risqué de continuer.

– Mais pourquoi il aurait fait un truc comme ça ? À quoi ça rime ?

Les deux hommes traversèrent la halle basse pour gagner l'entrepôt désigné par Nyderbipp. L'enquêteur ouvrit une porte à l'aide de son passe-partout. Le bâtiment était vide, hormis une série d'étagères métalliques fixées contre des murs désertés en maints endroits par leur revêtement. Les semelles enregistraient pas après pas les grumeaux caillouteux du sol de ciment décrépit. Une odeur mêlée de poussière, d'enduit synthétique et de plâtre mouillé agaçait les muqueuses.

Ils progressèrent dans le faisceau froid que dispensait la lampe torche de leur téléphone. Une fois au bout du local, Nyderbipp ouvrit une porte sur la droite et laissa passer Maelström, surpris. Ils étaient à nouveau dehors, sous la pluie. Une autre porte leur faisait face. À gauche, un mur reliait les deux édifices.

– Comme ça on peut passer de l'un à l'autre sans être vu depuis l'autre côté, expliqua Nyderbipp.

Une poterne.

– L'extrémité de ce hangar donne sur celui de Flåk. C'est là qu'on a monté la planque.

Ils entrèrent, se dirigèrent jusqu'à un escalier de métal permettant d'accéder à une sorte de mezzanine fermée.

– C'était l'emplacement d'un bureau, précisa l'enquêteur. De là-haut, on a une vue parfaite sur l'entrepôt d'en face.

Nyderbipp s'engagea dans l'escalier. Puis s'arrêta.

– J'avais pourtant fermé la porte à clé, marmonna-t-il.

Il se mit à gravir deux à deux les marches, de plus en plus vite, comme saisi de furie. La porte du bureau, en haut, était entrouverte. Maelström le vit s'engouffrer dans la pièce.

– Nom de Dieu !

Une vocifération.

– Thorvald ?

Le commissaire s'était élancé à la suite. Il faillit rater l'avant-dernière marche, se rétablit tout juste à la poignée de la porte, entra en trébuchant. Devant lui Nyderbipp désignait du doigt la fenêtre. Là où aurait dû se trouver la caméra de surveillance braquée sur l'extérieur, se balançait gentiment au bout d'un fil, tout sourire, pipe à la bouche, son champignon rouge et blanc sous le bras, un nain de jardin.

« *Soufflez, vents, à crever vos joues ! Faites rage ! Soufflez ! Trombes d'eau et déluges, jaillissez !* Bordel ! »

Furieux, Maelström vitupérait arqué contre l'eau drue qui lui battait le visage. Dégouttant de ses cheveux aplatis, un petit filet glissait sur sa nuque pour s'insinuer dans son dos tandis qu'une cascade ininterrompue coulait de son nez à son menton. Sorti de Norra Distriktet par Kycklingbullar, il avait emprunté Valrossargatan pour gagner Ingmarbergmantorget.

Ridiculisés. Ils étaient ridiculisés. Daubés. La surveillance déjouée, les filatures éventées, les agents repérés, refaits. Voilà que c'était la police qu'on épiait, pistait, leurrait.

Ouvertement, en plus. En grand. Tous phares allumés !

« Mais depuis quand ? Nos investigations autour de Flåk ? Mais comment ils ont pu savoir ? La caméra a été installée avant que Nyderbipp fasse sa tournée nocturne... On ne leur a pas envoyé un faire-part, nom de nom !

Ridicules. Cocus dans les grandes largeurs.

« Et toi, tonnerre, aplatis le globe du monde ! »

Ils ont buté Svärdfisk, puis celui qu'ils avaient chargé de le buter. Et ils élimineront Torsk s'ils le trouvent, étrange même que ce ne soit pas déjà fait. Ils n'ont pas envie qu'on puisse remonter jusqu'à eux. Logique. Donc nos petites recherches les irritent, ils doivent gamberger, se demander si on n'aurait pas croisé Torsk, justement. Alors ils nous surveillent. Mais pourquoi ils sortent la sirène pour nous le dire ?

« Gronde tant que tes entrailles y pourront suffire ! Crache, feu ! »

Torsk... Oui, ça se joue autour de lui. »

Il arrivait sur Ingmarbergmantorget, le quartier des théâtres et des cinémas multisalles. Au loin, derrière les grandes affiches annonçant les spectacles, se dessinait le toit en chapeau chinois de la nouvelle Philharmonie.

Il allait s'engager sur le passage piéton pour gagner Saunapromenade lorsqu'un réflexe le jeta à terre. Il s'était à peine reçu sur le sol qu'un énorme camion arrivé en pleine vitesse le frôla en faisant rugir son klaxon avant de disparaître avalé par le rideau de pluie. Sonné, Maelström demeura un instant immobile, le cœur emballé.

– Ça va, vous êtes blessé ?

Trois personnes étaient accourues vers lui.

– Non, je ne crois pas.

Il s'accroupit.

– Le salaud ! Il aurait voulu vous écraser qu'il n'aurait pas fait autrement ! rugit un homme entre deux âges, grand, en imperméable et coiffé d'un chapeau. Vous avez vu comme il a foncé tout droit ? !

– Avec sa vitesse, il pouvait en tout cas pas s'arrêter au passage piéton ! fulmina un autre, emmitouflé dans une doudoune aux manches légèrement trop longues pour ses bras qu'il tenait tendus, obliques, à quelque distance du corps.

– En tout cas, qu'est-ce que vous nous avez fait peur ! frissonna une dame pantelante et ravie en secouant son parapluie.

Levant la tête dans sa direction, Maelström remarqua ses joues roses d'excitation.

– Vous avez pu distinguer le conducteur ? demanda-t-il.

Tous trois secouèrent la tête.

– Non, il faisait trop sombre, répondit l'homme à la veste.

– Et on ne l'a aperçu qu'au dernier moment. Il a surgi comme un fou, reprit le quidam au chapeau. Et vous l'avez vu passer en trombe, sans ralentir ! Allez le retrouver, maintenant !

Attirés par le groupe que formaient Maelström recroquevillé et les trois personnes penchées autour de lui, des badauds commençaient à approcher. Le commissaire se leva, sentit qu'il vacillait encore sur sa base, dut appuyer ses mains sur ses genoux.

– Vous êtes sûr que ça va ?

– Ça ira. Je crois que je vais demander un taxi.

– Faut dénoncer ce chauffard ! Vous voulez qu'on appelle la police ?

Maelström s'était dévêtu dans la salle de bain en faisant un tas de ses habits détrempés. Entrant dans sa baignoire il fit couler l'eau de la douche et voulut s'emparer du savon mais celui-ci lui glissa de la main, traversa le bassin pour remonter le long de la paroi à l'autre bout, ricocha contre le flacon de champoing adossé au mur avant de fuser sur le sol et finir sa course sous le meuble de lavabo, à l'endroit où il serait le plus malaisé de le récupérer et où s'agglomérerait à lui toute l'inatteignable poussière qui devait s'y être accumulée. « Étrange tout de même comme un simple savon suffit à ruiner l'idée d'harmonie préétablie » pensa le commissaire, dépité.

Sa douche se mua en un bain. Là, étendu dans l'eau très chaude, enveloppé de vapeur, il revint sur ce qui lui était arrivé. Sa réaction immédiate à cette impression survenue dans l'angle de sa rétine l'avait sauvé, sa vie n'avait tenu qu'à cette fraction de seconde. Mais qu'est-ce que ?... Un chauffeur qui déboulait ? Ou avait-on cherché à le supprimer, un assassinat déguisé en accident de la route ?

« M'éliminer à mon tour ? Suite logique ? »

Aucun des témoins n'avait aperçu le conducteur ni retenu une inscription sur le camion. Il roulait trop vite pour qu'on puisse l'identifier, avec en plus la flotte qui tombait à verse et la faible visibilité de cette fin d'après-midi.

« Mais comment aurait-il pu deviner que j'irais

précisément de ce côté, que je tournerais sur Saunapromenade ? Un assassinat au poids lourd, ça ne s'improvise pas comme ça ! Est-ce que le type m'aurait vu par hasard et tenté le coup en passant ? »

Un chauffeur… Skrimir…

Il faudrait le surveiller.

Avait-on juste voulu lui faire peur ? Un avertissement ? Après le nain de jardin ?

Ou alors il ne s'agissait que d'un accident. Un routier ivre.

Comment savoir ?

Maelström glissa dans la baignoire et plongea la tête en arrière sous l'eau.

Rhabillé, il se sustenta distraitement d'une ration d'anguilles fumées et de rillettes de morse tartinées sur des krisprolls. Il ne s'avisa pas que le café qu'il s'était tiré provenait d'une capsule déjà utilisée.

Quelque chose le tracassait mais il ignorait quoi. Il devinait simplement que ce n'était pas l'incident du camion. En mangeant, il s'était gratté à plusieurs reprises la cheville droite, juste au-dessus de la malléole. Et maintenant la démangeaison s'était propagée dans le dos, toujours à droite, gagnant le bas de l'omoplate. Agacé, il voulut se frotter l'échine contre l'angle de la porte de sa cuisine, mais celle-ci se déroba d'un léger déplacement de côté. Déséquilibré, il tapa sèchement du coude contre la poignée en se redressant pour éviter de chuter. Blasphéma bruyamment, penché en avant le bras replié contre sa poitrine après avoir envoyé contre la porte un coup de pied rageur.

Puis alla s'étendre sur son divan : il ne fallait à aucun prix lâcher cette sensation bleue qui se présentait maintenant à la jointure de son œil et de sa mémoire. Impossible de dire à quoi elle correspondait, mais ça semblait important tout d'un coup. Il la situait en haut, à gauche. Mais en haut et à gauche de quoi ?

Seule solution, revenir en arrière, reprendre le fil de ces dernières heures. Depuis le moment où il était sorti de son bureau pour rejoindre Nyderbipp. Il plongea donc mentalement dans Norra Distriktet, ressaisissant minutieusement les lieux. Revit les hangars, les usines, les rails luisant sous l'eau battante, les flaques qu'il avait dû franchir, le corps de Nyderbipp à terre avec en face la lumière de l'atelier de chromage sur le fond de laquelle se découpaient des silhouettes d'hommes au travail. La halle basse, martelée par la pluie. Traversa une seconde fois les deux bâtiments contigus, remonta l'escalier de métal où il avait failli s'étaler, alors le sourire du nain de jardin qui se balançait au bout de sa ficelle. Un nain de jardin !

« *Tremble, misérable, tremble à te briser !* »

Ensuite Kycklingbullar, où les murs gris faisaient progressivement place aux façades de brique. Puis Valrossargatan et ses immeubles, de plus en plus cossus à mesure qu'on avançait vers le centre. L'arrivée sur Ingmarbergmantorget enfin. Qu'il reprit plusieurs fois, les paupières fermées et le visage plissé comme pour scruter plus intensément les images que lui tendait sa mémoire. Mais la sensation de bleu ne se fixait sur rien, au contraire elle finissait par se diluer. Inutile d'insister, ça refusait d'émerger, tout se brouillait. Maelström se résigna à laisser filer la place, la perspective sur le toit de la Philharmonie, le passage piéton et son plongeon sur le côté au passage du poids lourd qui avait failli l'aplatir.

Il secoua la tête, respira profondément, puis, furieusement repris par une démangeaison, se gratta dans la région du scrotum.

Ce n'était pas encore mûr.

Épuisé, il décida de se coucher. Il ne serait plus bon à rien ce soir.

« Pourvu au moins que je ne passe pas la nuit à me faire écraser en rêve ! »

Mais l'épuisement n'est pas un gage de sommeil. Et son dernier morceau de somnifère avait fini dans la tuyauterie du lavabo. Il tenta donc, selon la recette, de se concentrer sur un souvenir agréable, une scène plaisante. Mais laquelle ? Un paysage de vacances par exemple, la cabane de rondins sur la banquise l'été précédent ? La poitrine de Petronille Missåbrevis ? Il passa de l'une à l'autre, ce qui n'aboutit qu'à lui rappeler une pénible scène de ménage avec Kjerstin. Résigné, il ralluma et reprit *Les anamorphoses du Cygne* là où il en était resté. Page 87, deuxième paragraphe : « *Le dandysme de Rossini n'était jamais aussi manifeste que lors de la création publique de ses œuvres, où il affichait une désinvolture étudiée. C'est ainsi qu'à l'occasion de son opéra* Sémiramis… ». Il s'arrêta sans savoir pourquoi. Relut la phrase. Voulut poursuivre, mais son attention ne le suivit pas. Quelque chose le retenait de passer plus loin. Mais quoi ? Relut encore. À haute voix, lentement. En détachant les syllabes.

Ça résistait.

On recommence. « *Le dandysme de Rossini n'était jamais aussi manifeste que lors de la création publique de ses œuvres, où il affichait…* »

Il bondit hors de son lit.

Une affiche ! C'était une affiche qu'il avait remarquée juste avant d'entrevoir du coin de l'œil la masse du camion fonçant dans sa direction, sur Ingmarbergmantorget ! Une affiche de spectacle.

Il se jeta sur son ordinateur. Internet. Le site du Théâtre royal. Au deuxième clic il retrouva l'image dont sa conscience, interrompue par l'irruption brusque du poids lourd à l'orée de son champ de vision, n'avait retenu qu'une bribe : là, sur fond jaune uni, au-dessous des trois héraldiques couronnes bleues disposées en triangle dans le coin supérieur gauche, l'annonce en grandes lettres du prochain spectacle. *Roméo et Juliette* de Shakespeare, dans la mise en scène du fameux Rainer Szenowisz. Avec, dans les rôles-titres, Åmilcar Jakobsson et Carmen Bellini.

8

Sur le plan personnel, les choses n'allaient pas très fort pour Knud Viksen depuis qu'Olga Spoutnik l'avait quitté, huit mois plus tôt. Ils s'étaient rencontrés au Loki, la boîte de nuit où il fêtait avec une bande de copains son recrutement dans la police. Le coup de foudre. D'autant que, question registre érotique, Olga était franchement au point. Après six semaines, elle lui avait demandé de se faire tatouer son prénom sur son pénis. Comme preuve d'amour. Il avait d'abord refusé, mais finit par céder devant son insistance. C'est vrai qu'elle savait obtenir ce qu'elle voulait. L'opération a un charme très discret, on s'en doute : il faut étirer le tout et le fixer avec des attaches de caoutchouc tendues sur une sorte de planchette avant d'y aller avec les aiguilles. Il avait eu un foutu mal de chien pendant plusieurs jours, sans compter le temps pour désenfler. Mais ça valait le coup : durant des semaines, Olga s'était montrée très joyeuse à voir son prénom gonfler, s'élargir et s'élancer à chacun de leurs ébats. Ça lui avait donné beaucoup d'entrain. Elle avait pris toute une série de photos aussi, envoyées à ses copines. Une chouette période. Jusqu'au jour du moins où elle lui annonça qu'elle était un peu lassée et qu'elle préférait finalement partir avec un trader qui arborait un petit diamant sur la narine et des souliers en peau de crocodile. Il la faisait davantage rêver, elle expliqua.

Depuis, Knud traversait un désert. Il avait bien tenté de se consoler avec des aventures, mais ça tournait chaque fois à la catastrophe : soit la fille s'en allait, furibarde, à la vue de son membre signalétique, soit elle éclatait de rire, ce qui, pour le résultat, revenait au même. Bref, sa vie sexuelle était dans l'impasse. Il devait prendre une décision. Le détatouage était exclu, il n'aurait jamais l'endurance pour la demi-douzaine de séances au laser, et il craignait des séquelles, aussi. Non, le plus simple consistait sans doute à tenter de faire disparaître le prénom d'Olga en le diluant au sein d'un tatouage plus ample, des dessins floraux par exemple, ou un mandala, des motifs celtiques. Ou alors, si c'était trop difficile, de carrément tout teindre en noir. Mais ça exigerait sûrement une tapée de séances, et rien que de penser à la planchette avec les gros élastiques… Et puis il se rendait compte du contraste que ferait son sexe entièrement noir avec le reste de son épiderme pâle de blond tirant sur le roux. De quoi s'attirer une jolie réputation : imagine que les copains l'apprennent ! De toute façon, il ne retrouverait certainement pas une fille avec l'abattage d'Olga Spoutnik. Mais quand même.

En attendant, il était bien embêté. L'embarras qu'il éprouvait et ces cuisants souvenirs le mettaient mal à l'aise pour donner suite aux ouvertures qu'il pouvait entrevoir. Or justement, il avait la nette impression qu'il branchait la nana du bar.

En tout cas, elle ne le lâchait pas, lui souriait, lui posait un tas de questions. Elle voulait savoir ce qu'il faisait dans la vie, son boulot. Mais il ne pouvait rien dire, mission oblige : la réouverture cinéma Pacific, il était chargé d'inspecter la séance de 20h. En civil, personne ne devait se douter de quoi que ce soit. Le commissaire Maelström lui-même l'avait déposé tout à l'heure, en lui donnant la consigne de commander une bière et une boîte de pop-corn au bar. La fille s'était tout de suite intéressée à lui. Ça n'avait pas été si facile que ça de manger son pop-corn avec le plus de naturel possible, l'air dégagé, en pensant à autre chose. Putain ! Après les descriptions de l'état du cadavre par les collègues... Mais il ne s'était rien passé d'anormal, il ne ressentait aucun malaise.

Elle était pas mal, la fille. Pas Olga Spoutnik, d'accord, mais assez son genre. Plutôt grande, blonde avec une queue de cheval. Des yeux bleus. La bouche un peu mollasse. Des nénés ronds, d'après ce qu'on pouvait deviner. Haut placés. Et les fesses aussi : épanouies mais bien modelées. Pas mal du tout. Elle lui avait dit s'appeler Anja. Tenu au secret, il lui baratinait qu'il était conseiller financier. Pour éviter qu'elle pose des questions trop précises. Conseiller financier, on ne risque pas grand-chose.

Il se retourna en direction du hall. Il y avait du monde. La réouverture, forcément, mais surtout la mort du projectionniste et l'opération Cordon sanitaire préventif qu'on venait de lever : plus d'un devait avoir eu envie de se faire un petit émoi. C'est ça : la curiosité. Plutôt que le film. Parce que *L'enclume de Thor 2*, franchement... Lui, tant qu'à faire, il aurait préféré la séance de 22h30, histoire de mater un peu Ingrid Grånfrisson. Mais voilà.

Oui, il y avait du monde. Il y en avait déjà eu à la séance de 17h selon Ölderlin, son supérieur direct, qui s'y trouvait. Et là encore ce ne devait pas être seulement pour le film. Pas très sain, tout ça.

L'abjecte créature s'exonda des flots noirs et fondit sur Braghilde, qu'elle enveloppa de son souffle méphitique avant de la saisir à la gorge. Surprise, hurlant de peur, la jeune femme en se débattant fit sauter son corsage, libérant la paire de seins copieux qui s'y trouvait à l'étroit. Un tentacule avait entre-temps soulevé la jupe de peau de phoque, découvrant une cuisse engageante, et s'immisçait dans la succincte culotte blanche en soyeux poils d'ours cependant que les autres appendices enserraient le tronc et les hanches. Les cris de terreur de la victime qui se tordait pour tenter de se dégager furent vite couverts par le sombre mugissement de la pieuvre géante soulevant sa proie afin de l'amener vers le bec grand ouvert au centre de sa bouche hideuse et gigantesque. Après un dernier battement de jambes qui permit d'admirer ses deux jolis pieds roses un peu charnus qu'avaient opportunément quittés leurs mocassins en cuir de renne, Braghilde, alias Ingrid Grånfrisson, fut aspirée entière en un horrible bruit de succion visqueuse pour disparaître, engloutie, dans l'estomac du monstrueux céphalopode dont l'œil saillant effroyable, cyclopéen, fixa longuement les spectateurs avant que s'y inscrive en surimpression le mot Fin et que commence à défiler le générique.

Les lumières se rallumèrent. Maelström se tourna vers Larsen secoué de rire à côté de lui.

– C'était prudent de ne pas prévoir d'entracte, acquiesça le commissaire.

Les deux policiers regardèrent autour d'eux. Pas mal de mines réjouies, des hommes surtout. Quelques applaudissements avaient retenti à la fin du film.

Les gens s'étaient levés et se dirigeaient sans hâte vers la sortie. Maelström et Larsen furent les derniers à quitter la salle, laquelle offrait le même aspect exactement que celui dans lequel le commissaire l'avait découverte la première fois. Plusieurs canettes et bouteilles de sodas jonchaient le sol, des emballages gisaient abandonnés sur les sièges, et le cortège des grains de pop-corn écrasés sur la moquette foncée rappelait vaguement la carte du ciel par une limpide nuit d'hiver. Dans le hall, le bar était fermé. Les policiers étaient allés saluer Anja Permersen assez tôt avant le début de la séance afin d'être un instant seuls avec elle. Sur la retenue, distante même, elle leur apprit en quelques mots que cette journée de réouverture était un succès, et que oui, tout se passait bien. Certains évidemment lui avaient posé des questions sur Bjarne Sardin, mais pas tant que ça finalement. D'autres s'inquiétaient de l'opération Cordon sanitaire préventif et du pop-corn qui file la diarrhée, mais elle avait pu les rassurer en leur confirmant que tous les prélèvements faits au Pacific s'étaient avérés négatifs. Du coup, elle avait vendu autant de rations que d'habitude. Plus même, parce qu'il était venu davantage de monde qu'à l'ordinaire et que certains sans doute avaient voulu s'octroyer une montée d'adrénaline.

Knud Viksen, chargé de surveiller la séance précédente et croisé à sa sortie, leur avait fait savoir d'un signe discret que de son côté non plus rien de particulier n'était à signaler. Bref, ainsi qu'on s'y attendait, cette réouverture se passait sans encombre. Quant à Sonieriesson, stressé comme une souris de laboratoire, il s'était chargé lui-même de la projection. Ça n'avait pas l'air de se presser au portillon pour reprendre le poste de Sardin.

Dehors, la pluie avait cédé sa place à une brume un peu poisseuse qui estompait reliefs et perspectives. Vaporeux, embué, l'éclairage dispensé par les réverbères n'en menait pas large.

Les policiers marchèrent côte à côte le long d'Avenuedesplatan jusqu'à Korsning Abba. Le carrefour était désert. Mais alors qu'ils viraient à gauche sur Annifridsgatan une détonation sèche et un claquement de verre percèrent l'atmosphère cotonneuse. D'instinct, les deux hommes s'étaient accroupis. Ils laissèrent passer quelques secondes, en alerte. On entendit le bruit d'une voiture qui s'éloignait rapidement, puis plus rien.

– Qu'est-ce que c'était que ça ? grogna Larsen.

– Sais pas. C'est sur nous qu'on a tiré ?

Maelström vit son acolyte se retourner et lever la tête derrière lui.

– Dans ce cas, c'est un nullard. Par contre, regarde la caméra de feu rouge !

Le commissaire suivit des yeux la direction que lui indiquait Larsen. Dans leur dos, le petit radar fixé au sommet du pylône des feux de circulation avait été déchiqueté par l'impact. Sa vitre avait éclaté, et, pour autant qu'on pût le distinguer à la lumière feutrée du lampadaire à côté, un fil pendouillait vers l'extérieur. Les policiers se rapprochèrent : de petits éclats de verre et de plastique parsemaient la chaussée.

– Si c'est le radar qui était visé, je retire ce que j'ai dit, c'est une fine gâchette. Il devait avoir un fusil à lunette de vision nocturne pour pouvoir faire mouche là-dessus !

Les deux hommes se retournèrent en tous sens. Korsning Abba, un croisement large et dégagé. Les immeubles les plus proches, situés après les feux, se trouvaient à bonne distance de la route. Aucune fenêtre illuminée.

– Des bureaux, fit à haute voix Larsen, devinant les pensées de Maelström. Déserts le soir. Et le coup venait forcément d'en face.

Or, en face, il n'y avait guère qu'un haut mur de soutènement bordant l'étroite terrasse de graviers qui longeait la façade d'un bâtiment néo-classique : le Conservatoire des arts dramatiques, plongé lui aussi dans l'obscurité.

– On va appeler les collègues. Mais je ne crois pas qu'on trouvera grand-chose. J'ai l'impression que le type a tiré de la voiture qu'on a entendue partir. Peut-être de la place d'arrêt de bus, là-bas…

Rentré chez lui, Traknåår Larsen s'était d'abord efforcé d'accepter les choses telles qu'elles étaient et d'accueillir avec compassion pour lui-même son incapacité à dégager la moindre piste dans toute cette affaire, avant de se rabattre plutôt sur un double whisky et d'ouvrir son courrier. Lequel, une fois la série de publicités atterries dans la corbeille à papier, se réduisait au rappel d'une facture déjà payée et à l'habituelle annonce de la hausse de sa prime d'assurance maladie l'année suivante, motivée par l'insouciance coupable des assurés et l'état du monde qui allait chaque jour se dégradant.

Son verre à la main, il s'approcha du bay window prolongeant son salon. La brume avait encore épaissi, enveloppant la masse de l'immeuble en face dont l'entrée était signalée par un lampadaire. Seules trois fenêtres sur la vingtaine que devait compter la façade laissaient deviner de la lumière. Travail ? Insomnie ? Enfant, et plus tard encore, il pouvait passer des heures entières dans le salon de sa grand-mère ou depuis les dortoirs des foyers à imaginer la vie de ces inconnus, là-bas, derrière les fenêtres des maisons alentour, dans leurs intérieurs. Il se plaisait à retrouver d'une fois à l'autre ces silhouettes auxquelles il donnait parfois des noms, prêtait un métier, un destin, en s'inventant des histoires. Il se souvenait des sentiments mêlés qu'il éprouvait alors, tantôt rasséréné, entouré par ces présences qu'il s'était rendu familières, tantôt ramené à l'amer de sa solitude qui lui serrait la poitrine.

Devait-on négliger ce coup de feu, tout à l'heure, sur Korsning Abba ? Simplement un dingue qui fusillait les radars de circulation ? Ou était-ce un avertissement ? En rapport avec le camion de Maelström et la planque éventée ?

« Qu'est-ce qu'ils cherchent ? Intimider la police, nous faire reculer ? On risque de se faire dézinguer à chaque coin de rue, dorénavant ? »

Le cinéma Pacific avait rouvert. Rien à signaler. Ailleurs

non plus, aux dernières nouvelles. La filière du maïs se trouvait placée sous stricte surveillance. Dans tout le pays. Mais cela suffirait-il ?

Et si Maelström voyait juste ? Si le pop-corn n'avait été qu'un moyen parmi d'autres de répandre le toxique cérébral ? Un essai, après celui du théâtre de Gufuborg… Ça voudrait dire qu'il fallait s'attendre à tout. Impossible à anticiper. Ce serait quoi, la prochaine fois ? Et à qui ça peut profiter ? L'horreur à grande échelle ?

En face, une des fenêtres s'était éteinte. Larsen fit tournoyer le reste du whisky au fond de son verre.

Si le cinéma Pacific et le théâtre de Gufuborg avaient été l'un et l'autre des tests, lequel était le plus concluant ? Quel dosage correspondait à l'effet recherché ?

9

– Commissaire Maelström, inspecteur Larsen, inspecteur Ölderlin ? Veuillez me suivre, je vous prie. Monsieur le directeur général Shrapnel va vous recevoir dans un instant.

Juchée sur des chaussures de sotte à semelles surcompensées qui lui haussaient le fessier à la façon d'une autruche, la secrétaire principale se déhancha en précédant les trois hommes le long d'un couloir menant à un salon de réception dont elle ouvrit la porte avant de pivoter d'un quart de tour. Elle était vêtue d'un tailleur strict gris d'où sortaient deux jambes un brin arquées. Un chignon haut perché surplombait son visage en forme de mandorle que balisaient la pâte mauve foncé étalée sur ses paupières et l'enduit de même teinte recouvrant ses lèvres gondolées par une intervention chirurgicale généreuse à laquelle elle devait un vague air d'actrice américaine capricieuse. Sur la gauche de son chemisier crème dans lequel battait une poitrine indécise s'affichait en broche la signalétique de l'entreprise qui l'employait. Elle désigna du doigt trois fauteuils, laissa passer les policiers, referma la porte derrière eux.

Le salon de réception des Assurances Shrapnel baignait dans la lueur vert pomme qui rayonnait de l'épaisse moquette couvrant l'intégralité du sol et qu'aspiraient en vagues successives la série d'appliques murales chargées de l'éclairage indirect de la pièce. Aux murs, trois grandes affiches encadrées de baguettes de métal mordoré imitant le bambou présentaient une petite fille sur un poney devant un champ de blé, un voilier disparaissant dans le soleil couchant, et une virile poignée de mains en très gros plan, toutes trois frappées du sigle de l'établissement, la majuscule A lovée contre un grand S dont la branche supérieure se prolongeait en longue flèche vers l'avant soutenant la devise « Assurances Shrapnel : l'assurance de demain » écrite en vert, la couleur de l'espoir.

– C'est fou, tous ces services qui s'occupent de demain, s'amusa Ölderlin. Ma banque aussi, elle se présente comme la banque du futur. Ça doit être pour ça qu'elle ne propose rien d'intéressant pour aujourd'hui…

Maelström, occupé à imprimer un léger balancement à la chaise de bois souple en forme de S sur laquelle il était assis, ne réagit pas. Quant à Larsen, il fixait, fasciné, la petite statue qui ornait le bureau, en face : un félin d'une vingtaine de centimètres en laiton cuivré, semblait-il, doté de deux yeux immenses, démesurés, tels des yeux de mouche, d'un jaune soutenu et sertis en leur milieu de pastilles de plomb gris foncé figurant les pupilles, énormes elles aussi. L'objet était solidarisé à un socle cubique de bois noir par une tige de métal cannelée qui lui permettait de pivoter sur lui-même.

– En voilà du beau monde ! Un commissaire et deux inspecteurs, m'annonce-t-on… Bonjour Messieurs ! Que me vaut l'honneur de votre visite ? Restez assis, je vous prie.

Précédé d'une fragrance poudrée offensive à dominante de tubéreuse, Brokk Shrapnel avait fait son entrée, pressé. De taille moyenne, la petite cinquantaine à vue de nez, il était habillé d'un costume bleu électrique et d'une cravate de même teinte parsemée d'edelweiss d'un blanc neige qui tranchait avec la nuance ivoire de sa chemise. Son visage arrondi que bombaient encore des joues tombantes et sa bouche charnue courte surlignée par une moustache en chevron lui donnaient un quelque chose de débonnaire, que démentait le regard dur et fureteur émanant de ses petits yeux bruns étonnamment rapprochés. Implantés bas et dirigés vers l'arrière, ses cheveux lisses en voie de raréfaction tapissaient de près un crâne légèrement fuyant. Il serra la main des trois hommes avant de s'asseoir et de les envisager avec cet aplomb caractéristique de ceux qui tombent toujours d'accord avec eux-mêmes.

À lui, on ne la faisait pas.

– Ah, vous regardez mon Lynx d'or, dit-il en surprenant le regard de Larsen. Le Lynx d'or, à vision à 360° puisqu'il tourne, ajouta-t-il en faisant girer la statuette. Le trophée qui récompense l'assurance la plus vigilante. Décerné tous les quatre ans par les meilleurs professionnels de la branche. Comme les Jeux Olympiques, en somme. Nous l'avons remporté l'année dernière. Pour la deuxième fois ! La vigilance, Messieurs, la vigilance, partout, en tout temps, une qualité essentielle dans notre métier. Je dirais même : indispensable ! Pareil pour vous, d'ailleurs. La vigilance de l'enquêteur, la vigilance de l'assureur, une seule et même mission ! La vigilance jour et nuit. Il y a tellement de malhonnêtes, vous le savez bien vous-mêmes. Tous ceux qui tentent de tricher, duper, falsifier… Mais la fraude à l'assurance, c'est la fraude à la société, rien de moins ! Nous faisons front commun, la police et les assurances, vous et nous. La main dans la main, unis contre l'escroquerie. Ensemble au service de la population, mais les gens ne s'en rendent pas compte, c'est malheureux. Que puis-je pour vous ?

Il caressait la tête du Lynx d'or.

– Nous avons souhaité vous voir dans le cadre de l'enquête que nous menons concernant la mort du procureur Svärdfisk, répondit Maelström.

– Une enquête ? Il n'est pas mort dans un accident de la circulation ? C'est ce que les journaux disaient, en tout cas.

– Nous avons des raisons de penser qu'il ne s'agissait pas d'un banal accident.

– Ah bon…

– Des éléments nous incitent à croire qu'il pourrait avoir un rapport avec les Assurances Shrapnel.

– Pardon ?!

Il avait sursauté, jetait maintenant des regards offusqués.

– Je m'explique. Dans notre hypothèse, la mort du procureur serait liée au trafic monté par vos anciens collaborateurs Mykorasson, Niksson et Ålbanberg.

– Liée ?

– C'est d'eux que nous voudrions nous entretenir avec vous.

– À propos de vigilance, justement, ajouta Larsen.

Le directeur écarquilla les yeux, leva les mains vers le ciel.

– Mais… Mais ces messieurs sont sous les verrous depuis deux ans, leur trafic démantelé… Quel lien voulez-vous ?… Enfin, c'est votre affaire. Moi, tout ce que j'avais à déclarer, je l'ai dit à l'époque. Je ne vois pas ce que je peux ajouter.

S'il s'était méfié d'eux ? S'il avait jamais eu un soupçon à propos de leur activité parallèle ? Mais comment aurait-il pu ?! C'était justement une activité parallèle, M. le commissaire venait de le dire lui-même. Cette histoire de trafic de faux médicaments, quel rapport avec une assurance, ils pouvaient le lui expliquer ? D'ailleurs la police n'avait pas trouvé le moindre rapport entre les agissements de ces personnages et le reste du Groupe. Leurs ordinateurs avaient été fouillés, leurs dossiers épluchés, leurs collègues longuement entendus. Rien de rien ! Les conclusions de l'enquête étaient formelles : les Assurances Shrapnel sont blanches comme neige ! Ils avaient organisé leur business entre eux, à l'extérieur de l'entreprise.

– Une vaste connerie, si vous me permettez de m'exprimer comme je le pense.

La gourmette bicolore argent massif et or entourant son poignet droit tintait à chaque mouvement de sa main.

Leur fonction ? Mais on avait déjà répondu à l'époque ! Ole Mykorasson était le principal responsable marketing, Sven Niksson dirigeait les Ressources humaines, Søl Ålbanberg avait changé d'affectation en raison de ses activités de parlementaire, très chronophages. Il était juriste, au département des sinistres. Tout ça était archiconnu des services de police, à quoi rimait cet interrogatoire ?

– Quel poste occupait auparavant M. Ålbanberg ? demanda Larsen. Avant son élection au Parlement.

– Il était déjà aux sinistres, chef du département. Après son élection, j'avais dû le remplacer par une femme, Bodil Raskögsen, remarquable, cela dit. Depuis, il travaillait sous sa direction. Quel gâchis, franchement ! Avec la carrière politique qui se profilait… Il avait tout pour devenir ministre, Ålbanberg. Ministre du Budget !

– Des fonctions importantes, quoi.

Il ne le leur faisait pas dire ! Il avait fallu retrouver des responsables compétents, les intégrer au Groupe, à la philosophie de la maison.

– Et vous pensez au déficit d'image ?! Ça aurait pu foutre en l'air la réputation de nos Assurances ! Ruiner des décennies de relations de confiance ! J'ai hésité à porter plainte contre eux pour tort moral et dommage publicitaire. Ah on peut dire qu'ils nous ont sortis de notre zone de confort ! Heureusement, l'équipe a fait bloc et s'est serré les coudes. On a surmonté l'épreuve ensemble. Ce qui ne nous tue pas nous rend plus forts, comme je dis. Mais je ne vois pas bien en quoi cette discussion peut vous être utile. C'est naturellement un plaisir pour moi de converser avec vous et d'aider la police dans la mesure de mes moyens, mais encore une fois je n'ai rien de neuf à dire et je n'ai pas tout mon temps. Vous savez comme c'est.

Maelström se tut un instant. Puis, regardant fixement Shrapnel :

– Nous vous devons un début d'explication. Il semble qu'il y ait du nouveau, des informations en provenance de l'étranger.

– Du nouveau ? De l'étranger ?...

Avait-il cillé, ou était-ce une illusion ?

– Oui, d'un pays voisin. Je ne peux pas vous en dire plus. Des informations susceptibles de nous mettre sur une piste...

– Mais, saperløtte ! , quelle piste voulez-vous... ? Ces trois hommes ont été arrêtés, jugés, reconnus coupables avec les aveux, les preuves et tout le toutim. Ils sont à l'ombre. Joli travail de la police d'ailleurs, ce n'est pas vous qui me direz le contraire ! Quel rapport avec la mort du procureur Svärdfisk ? Et qu'est-ce que les Assurances Shrapnel ont à voir là-dedans ?

Il battait l'air de ses deux bras.

– Ce sont exactement les questions que nous nous posons.

– Mais puisque je vous dis...

– Nous avons besoin de vos souvenirs sur deux points, coupa Maelström. Un : sur quels critères avez-vous engagé ces trois hommes ? Et deux : se connaissaient-ils déjà lorsqu'ils ont été engagés par votre groupe, ou se sont-ils rencontrés ici ?

– Il arrive qu'après-coup des détails reviennent. Ou alors on apprend des éléments qu'on ignorait, enchaîna Ölderlin. Vous savez comme c'est.

– … souvent de façon fortuite, lors de conversations, au gré de ce que se racontent entre eux des collaborateurs par exemple, ajouta Larsen. Le recul des années est un précieux allié des enquêteurs.

Une onde parcourut fugacement le visage de Brokk Shrapnel, comme un télescopage entre soulagement et irritation. Il prit une ample respiration avant de répondre.

– Vous avez scruté la biographie de ces trois personnages lors de l'enquête, Messieurs, dit-il en fixant les policiers d'un œil indéfinissable. Vous êtes donc en possession de précisions dont je ne dispose pas. Vous savez en tout cas que Mykorasson a été engagé deux ans avant Ålbanberg : je l'ai débauché du groupe pharmaceutique TechTonus. Un as, question marketing. Deux fois désigné Top manager de l'année dans le Groupe. Il en voulait, bouffait du lion ! Ålbanberg venait d'un cabinet d'avocats d'affaires, il m'avait été conseillé par mon vieil ami Bjürst Godmorgensen, qui vous le confirmerait s'il n'était pas mort, le pauvre, il s'est tué avec son planeur l'année dernière, s'est envoyé dans un sapin à l'atterrissage. À quoi ça tient, des fois… Niksson, lui, est entré chez nous dès la fin de ses études. Il a gravi tous les échelons jusqu'au niveau Direction et stratégie. Autant dire que le connais ! Un gagnant, lui aussi. Grosse perte pour nous. Sinon : âges différents, études différentes, je ne vois pas trop comment ils se seraient connus avant de travailler ici. Maintenant, est-ce qu'ils jouaient ensemble au golf ? fréquentaient le même sauna ? se payaient la même… Qu'est-ce que j'en sais moi ? ! Pas mes oignons !

– Vous excluez donc qu'ils aient pu infiltrer les Assurances Shrapnel dans le but d'y abriter leur montage, vous utiliser comme couverture ?

– *Infiltrer les Assurances Shrapnel pour y…*

Il secouait la tête, éberlué. Agacé, aussi.

– Infiltrer les Assurances Shrapnel… Ah, Messieurs, je vois que vous ne faites pas un métier facile… Mais quel avantage en auraient-ils retiré, puisqu'il n'y a eu aucun rapport entre leur trafic et notre Groupe ? Quelle couverture voulez-vous que… ? Je ne comprends pas. Et vous croyez qu'on fait ce qu'on veut comme on veut, ici ?

– Vous écartez aussi l'idée qu'ils aient eu des complices. Des complices qui auraient pu reprendre leur trafic et se venger du procureur ? intervint Larsen. Que pouvez-vous nous dire de leurs fréquentations, leurs réseaux ?

– Des complices dans le Groupe ?

Le directeur soupira. Ferma les paupières, les rouvrit.

– Écoutez, reprit-il avec un sourire narquois, je m'en voudrais de me substituer à la police, mais si j'en juge d'après votre propre travail, rien n'a été découvert dans ce sens. Et pouvez-vous sérieusement croire que des gens, ici, auraient pris le risque de… Avec la condamnation des trois autres, la police en alerte et nous-mêmes sur les dents ?! Bon, pour les réseaux politiques d'Ålbanberg, il vous faut aller regarder du côté de son parti. Sinon, la vie privée de nos collaborateurs ne nous regarde pas, je viens de vous le dire.

Le bracelet métallique de sa montre de prix heurta le bureau au moment où il rabattit sa main.

– Une fois de plus, reprit-il, nos Assurances n'ont aucun rapport avec les malversations de ces individus, aucun. Et elles n'ont pas été infiltrées par qui que ce soit, relisez vos propres conclusions ! Tout ce que je peux vous dire, c'est que rien ne permet de douter qu'ils se soient connus ici. Vous pensez qu'on en a causé, à tous les étages ! Voilà, vous avez votre réponse. D'ailleurs, je ne vois pas ce que ça change qu'ils se soient connus au sein du Groupe ou non.

Et ce qu'ils faisaient en-dehors n'est pas de mon ressort. Maintenant, la mort du procureur Svärdfisk, que voulez-vous que j'en sache ? Aucun lien avec nous, en tout cas.

Il se leva, signifiant que l'entretien était clos.

– Si je résume, reprit-il plus affable, vous avez fait exactement ce qu'il fallait, l'enquête a été efficace, vous les avez pincés, et ils purgent leur juste peine. À votre place je serais tranquille sur ce point, ajouta-t-il en désignant du bras la porte et précédant les trois policiers vers la sortie. Le reste, c'est à vous de voir, et je vous souhaite bonne chance. Nous, il nous faut aller de l'avant, les dossiers ne manquent pas, si je vous disais ! Et il en sera malheureusement ainsi tant que la nature humaine restera ce qu'elle est. À votre service, Messieurs.

– J'ai rêvé, ou tu l'as un peu stressé, ce phacochère ? Quand tu as dit qu'on avait du nouveau…

Ölderlin, Larsen et Maelström marchaient dans Sjöwallgatan. Il ne pleuvait pas, mais la teinte cassiopée du ciel ne présageait rien de bon, le plafond de nimbostratus paraissait prêt à crever. Un vent irrégulier procédant par bourrasques soufflait désagréablement de trois quarts.

– M'a aussi semblé percevoir un tressaillement, mais je ne sais pas si c'est juste parce que je l'espérais.

– Il a moufté quelques fois, intervint Ölderlin. Faut dire que tu y es allé sec ! Mais bon, il n'a peut-être simplement pas envie de voir rappliquer les flics, recommencer les interrogatoires et tout le tremblement. C'est vrai qu'en terme d'image, c'est pas terrible. On peut le comprendre. Il a pu s'alarmer de bonne foi.

– Il nous a quand même beaucoup expliqué que le problème était réglé et qu'il fallait chercher ailleurs.

– Oui, mais ça ne dit pas qu'il ait un os à se reprocher. C'était bien la conclusion de notre enquête.

– N'empêche, il nous a expédiés vite fait.

« Il y aussi que j'ai les aisselles en feu, pensa encore Maelström. Et ça tire un peu du côté des adducteurs. Mais c'est vrai qu'on ne peut pas soupçonner quelqu'un au motif de sa tête de gland. Même si on aurait bien envie. »

Des craillements sur leur droite. À l'angle de la chaussée et du trottoir, deux corneilles disputaient à un goéland les viscères d'un chaton écrasé. Écarté de la compétition, un pigeon contemplait la scène d'un œil morose.

– Qu'est-ce qu'on espérait, au fait ? Ramener un indice qui permette de débloquer les choses du côté de Svärdfisk. Un souvenir, un truc que Shrapnel n'avait pas pensé à raconter à l'époque, n'importe quoi. Ou voir si l'idée d'un rebondissement le pousserait à parler un peu. Résultat : aucune révélation, juste un ou deux frissonnements. Avec des félicitations appuyées pour avoir mis fin à l'affaire. C'est mince…

Ils avancèrent en silence. Maelström avait encore dans les oreilles le crépitement des prothèses ongulaires de la secrétaire martelant le clavier de son ordinateur. À peine si elle avait daigné lever la tête au moment où ils la saluaient en quittant les Assurances.

Devant eux, un chien s'était arrêté à hauteur d'une poussette et, la patte levée, pissait contre la roue arrière, ce dont profitait aussi le filet à provision déposé dans le panier logé sous la nacelle. Ni le maître, occupé à reluquer la pépée rousse qui passait sur le trottoir d'en face, ni la mère, concentrée sur le message qu'elle était en train de rédiger sur son smartphone, ne s'en étaient aperçus. Larsen hésita à s'arrêter pour observer la suite.

– Tu remarques que Shrapnel parle simplement d'une erreur, d'une connerie à propos d'Ålbanberg qui a fusillé sa belle carrière politique dans cette histoire, continuait

Ölderlin. L'aspect illégal et immoral de ce trafic n'a pas l'air d'être son premier souci.

– Et on n'a toujours rien sur l'identité de qui les a dénoncés…

À peine croyable, ça : une simple lettre anonyme parvenue à la Brigade des stups. La bonne vieille délation, avertissant qu'une voiture viendrait charger un lot de faux médicaments. On avait cru au canular, mais installé pourtant une planque à côté de l'entrepôt indiqué, et il n'y avait eu qu'à cueillir les deux hommes, Mykorasson et Niksson. Ålbanberg quant à lui participait à une session parlementaire. Les complices avaient tout de suite craché son nom, sans tenter de le protéger. La police se trouvait là au moment où il sortait du Parlement. Un joli scandale.

– Non. Rien, répondit Ölderlin. On n'a rien.

Une exclamation stridente suivie d'invectives traversées d'aboiements en rafale quelques mètres derrière eux : la mère avait apparemment fini par lever la tête de son portable.

– D'après le rapport, ils n'ont jamais cherché à nier quoi que ce soit.

– Comment veux-tu ? On avait tout, les coupables, les preuves, les pièces du délit. Ils étaient coincés. Presque trop facile.

– Ni tenté de diminuer leur responsabilité ? De mouiller quelqu'un ? Ils n'ont dénoncé personne ?

– Non. Ils ne voient pas qui aurait pu les balancer, non plus. Leur combine semble avoir été strictement compartimentée, à croire qu'ils ont bel et bien monté ça à eux trois, avec comme seul complice le cousin de Mykorasson, un certain Kanasson, chargé de la partie pratique du dispositif. Personne d'autre dans leurs aveux, aucun document mentionnant un nom. Je te dis, c'est presque trop limpide. Trop simple.

– Et leurs clients ?

– De la vente en ligne, surtout. Mais aussi des pharmacies ordinaires, des chaînes, la plupart. Qui ont poussé des hauts cris en apprenant qu'une partie de ce qu'elles vendaient était de la falsification. L'enquête n'a rien trouvé de leur côté. Elles avaient l'air sincère : pour elles comme pour les privés qui commandaient sur Internet, les médicaments arrivaient dans les emballages conformes, pas des imitations. Difficile alors de détecter la fraude : du matériel d'origine, les boîtes et les notices authentiques. Seules les pastilles étaient bidon, dans la capsule il n'y avait que de la farine. Tout pour se faire avoir. Les types se sont immiscés dans un créneau qui roulait, ils n'ont fait que se brancher sur les réseaux de distribution officiels en les parasitant à petite dose seulement : à peine un quart des médicaments étaient des faux, qui se noyaient dans la masse du reste. Ça diminue les risques d'être découvert, et ça pouvait durer longtemps. Habile. Surtout que le marché était stable, les Erektil, tu penses…

– Ça veut dire que quelqu'un avait accès aux emballages, à l'unité de production…

– Attention ! cria Larsen en retenant vivement Maelström par le bras.

Arrivé en trombe à la hauteur des trois hommes, un coupé sport fit hurler son klaxon en voyant le commissaire poser le pied en-dehors du trottoir, sur la chaussée.

Frôlé par le bolide, les pans de son manteau plaqués par le souffle, Maelström sursauta violemment, puis fut saisi de tremblements. Le camion, l'autre jour, et la fatigue accumulée de ses mauvaises nuits qui fondait d'un coup sur lui. Les nerfs. Il lui fallait se reprendre, s'asseoir, un remontant.

– Sigrid ?

– Oui, M. Shrapnel…

– Ces trois messieurs, les policiers Maelström, Ölderlin et l'autre, là, ils sont assurés chez nous ? Vérifiez dans les fichiers et apportez-moi ce que vous trouvez. Ah, et envoyez-moi Røgsson, je voudrais lui parler. Et vous m'amenez aussi le dossier des cliniques privées.

– Bien, M. Shrapnel.

– Les cliniques privées, Sigrid, les cliniques privées, quoi de mieux ?

Tout a dégringolé d'un coup. Et maintenant il est là, vide, défait. Avec cette pesanteur dans la tête, le long de la nuque, sur les épaules. Les oreilles qui bourdonnent. Et ce serrement venu d'on ne sait où qui traverse l'estomac, le plexus solaire, colonise la poitrine, s'accomplit en écœurement général.

L'effort qu'il faut pour respirer.

Rétamé. L'impression d'être arrivé au bout du bout. D'en avoir fini.

Mais il sait bien que ce n'est pas le cas. Pas encore.

L'épuisement, simplement. Avec l'ombre que ça jette sur toute chose.

Les trois policiers étaient assis à une table de café. Au moment de prendre place, Maelström avait aperçu, comme en épure au fond du reflet que lui renvoyait le miroir fixé au mur en face, sa figure après son trépas, le masque mortuaire inscrit en son visage, prêt à faire surface, la rigidité cadavérique tapie dans ses traits, attendant son heure.

Les paroles d'Ölderlin lui parvenaient à travers un brouillard.

– Évidemment que quelqu'un avait accès aux emballages. Le fameux cousin. Il travaillait dans l'unité technique des Laboratoires Siegfried 2000 qui produisent les Erektil. Il était sur place. D'après les aveux, d'un côté il détournait une part des emballages, de l'autre il interceptait des gélules vides et les remplissait de farine. Insérer ce stock de faux dans les canaux de distribution était ensuite l'affaire des trois autres.

– Et les laboratoires en question ne se sont jamais aperçus de rien ? demanda Larsen.

– Ils jurent leurs grands dieux que non. On ne sait pas. Peut-être que Kanasson faisait faire des heures supplémentaires aux machines. Ou il avait un acolyte, du côté de la comptabilité par exemple.

– Parce que, bien sûr, on n'a pas pu l'interroger.

– Ben non, il s'est noyé à peine ses complices arrêtés. Juste avant qu'ils passent aux aveux complets et l'incriminent. Curieux, hein ? Je dis ça, mais à la Scientifique ils n'avaient rien trouvé de particulier en examinant le cadavre. Ni blessure, ni traces de coup, ni empoisonnement. Dans son rapport, Lørdnelsson concluait à un banal accident. Une bête noyade.

– Qui tombait à pic, quand même.

Un choc contre la vitre du café. Dehors, deux adolescents rouaient de coups un enfant qu'ils avaient jeté à terre après avoir crevé son ballon. Par plaisir. Au visage, dans le ventre, coups de poings, de pieds. Comme des sourds. Voyant Larsen sorti pour intervenir ils détalèrent, éclatant de rire, puis se retournèrent en brandissant des doigts d'honneur. Dans les yeux envahis de larmes du gosse étendu, hoquetant, le visage tuméfié, le nez en sang, son ballon crevé serré de toutes ses forces contre lui, la douleur, la terreur, mais plus encore la détresse, le désespoir de la confiance native fracassée d'un coup. Le sans-fond de l'impuissance, et tout le reste à venir. Le mal poursuivait son cours imperturbable. Maelström détourna la tête, une forte envie de vomir.

« Au fond, si on finit par mourir, c'est surtout à cause des dégoûts, des chagrins et des souffrances qui accumulent peu à peu au fond de l'âme des sédiments de deuil », se dit-il.

Il l'avait lu, mais où ?

Il frissonna. De fatigue, d'écœurement. De solitude.

– « *Quel homme es-tu, toi, caché par la nuit, qui trébuches dans mon secret ?* » fredonnait le directeur, enjoué.

– Vous m'avez fait demander, M. Shrapnel ?

– Ah, Røgsson, entrez, asseyez-vous. Voilà : j'ai les chiffres réalisés par votre service ce mois… Pas formidable, pas formidable du tout, il va falloir faire mieux. La motivation, mon petit Røgsson, la motivation, on en revient toujours là. Bon, on en est où avec les bracelets connectés ?

– On ne bouge pas : 50 % du prix versé directement à l'achat, et les 50 % restants échelonnés au prorata de l'utilisation. Plus les assurés font ce qu'on leur prescrit, plus ils ont de temps pour payer. Sur six mois maximum. Et s'ils n'en font pas assez, on adaptera leur prime à la hausse. Bien sûr, acheter le bracelet sera obligatoire pour bénéficier des conditions contractuelles de base. Nos juristes sont en train de peaufiner ce détail.

– Parfait, parfait. Les collègues vont devoir suivre. Vous voyez, avec les hommes, c'est toujours la même chose, les gratifications ne suffisent pas, il faut aussi pouvoir punir. Jamais de carotte sans bâton, retenez ça, Røgsson. Pour leur bien. C'est pour eux qu'on fait ça. Merci, vous pouvez disposer.

Il examina une peau qui s'était détachée de son nez. Sourit.

– « *Le masque de la nuit couvre mon visage, sinon une rougeur de vierge aurait coloré mes joues…* »

– Tout de même, des emballages et des capsules qui disparaissent, ça doit finir par se remarquer, non ? Personne ne s'est aperçu qu'il y avait moins de médicaments produits que de gélules commandées ? On a vérifié la comptabilité du laboratoire ?

Les policiers avaient repris leur marche. Maelström retrouvait un peu de force, ça tanguait moins, même s'il flageolait encore. Il respirait mieux aussi, peut-être l'effet de l'aquavit dans le café.

« On forme une belle cible, les trois, à déambuler ainsi côte à côte », ne put-il s'empêcher de penser.

– Et si c'était Kanasson qui commandait en douce des gélules pour son compte ? fit Larsen. En parallèle.

– On y avait pensé, répondit Ölderlin. On est même allé faire un tour du côté du fabricant de ces gélules. Mais on n'a rien découvert.

– Si ça se trouve, il y a un marché noir de la gélule. Détournement ou contrebande.

– Un trafic de gélules pour mettre sur pied un trafic de médicaments ! marmonna Maelström en secouant la tête.

Ils se turent, chacun dans ses pensées. Le commissaire se prit à siffloter la Marche funèbre de Chopin tandis que Larsen s'amusait à envoyer promener du pied devant lui une cannette de bière écrasée, jusqu'à ce qu'une pichenette plus forte que les autres l'envoie de travers se glisser sous la roue du vélo qui déboulait en face sur le trottoir après avoir traversé au rouge le passage piéton. Le barrissement du cycliste et sa tête affolée au moment du périlleux rétablissement qui lui évita de justesse un vol plané sur le bitume réchauffèrent un peu le cœur des policiers.

Ils étaient arrivés à la hauteur d'un petit square. Assises sur le banc près de l'entrée, protégées du vent par la haie de charmilles adossée au treillis de clôture, deux mères conversaient en berçant distraitement du pied leurs poussettes. Plus loin, au-delà du canard à bascule monté sur ressort et auquel manquait un œil, deux garçons tentaient de faire chuter une fillette de la balançoire afin de prendre sa place. On n'entendait pas ses cris de protestation : à l'angle opposé, un jardinier enharnaché d'un souffleur à hurlement brandi tel un lance-roquettes s'employait à déplacer un tas de feuilles d'un coin du square à l'autre.

– Il y a quand même quelque chose qui me dérange, fit soudain Ölderlin. Dans les déclarations de Shrapnel. Un truc qui ne colle pas. Mais je ne sais pas quoi.

– Une impression ?

– Un peu plus que ça. Mais ça ne me revient pas.

– J'ai vérifié, M. Shrapnel, les policiers ne sont pas dans nos fichiers.

– Aucun ? Nulle part ?

– Nulle part.

– Bon, ils sont peut-être chez Hurrah ! ou Sunshine. Je vais téléphoner à Dvalin et à Fjalar leur demander, ils ne peuvent pas me refuser ces petites informations, les médicaments qu'ils se font rembourser, l'hospitalisation ici ou là, forcément, c'est un métier dangereux, policier. Exposé. Pas sans risques. Ah, vous avez le dossier que je vous ai demandé ?

Elle s'approcha, posa le classeur sur le bureau, se penchait pour l'ouvrir lorsque brusquement le directeur lui agrippa un sein à travers l'étoffe de son chemisier, le palpa, serra, tira, secoua. Elle grimaçait mais parvint à se retenir de geindre, les larmes au bord des yeux.

– Ah, ça n'est pas assez rebondi, Sigrid, pas assez ferme, ça ballotte, c'est flottant. Il faudra faire un effort, je vous l'ai déjà dit. Un petit séjour en clinique lors de vos prochaines vacances. Ça vous a bien réussi, pour les lèvres, n'est-ce pas ? Pourquoi pas chez Kozak-Dudøn ?

– Et du côté des Erektil, c'est redevenu normal ?

– Jusque-là, tous les contrôles ont été négatifs. Plus de farine dans les échantillons prélevés depuis le procès des assureurs.

– Mais que faisait Svärdfisk, alors ? Il a pourtant repris ce trafic, non ? Il en est même mort ! Comment tu expliques ?

– Il a dû être encore plus prudent sur le pourcentage. Et on ne peut pas ouvrir chaque boîte qui sort d'une unité de production ! Et puis, les Erektil, tu vois, les clients n'osent pas toujours aller se plaindre si ça marche mal…

– On ne sait pas comment il le faisait tourner, lui, son trafic, de toute manière. Ni avec qui.

Ils arrivaient en vue de l'Esplanade des Skjaldmös, dont on distinguait le monument central enclos de boucliers ronds.

– Bon, Shrapnel doit se demander ce qu'on est venu faire, on n'avait à peu près rien à lui demander. Sûr qu'il suspecte autre chose, un piège. Et ça le démange, nos informations de l'étranger. Serais curieux de voir comment il réagit.

D'autant que ça ne s'arrangeait pas, du côté des aisselles. Et cette permanente envie d'uriner.

– J'ai bien envie de mettre Tomatiksson dessus.

L'agent Tomatiksson, dit « boussole » vu qu'il ne se déplaçait jamais sans contrôler sa géolocalisation sur son smartphone. Un grand gaillard surmonté d'une copieuse chevelure brune chahutée. Indéniable crack en nouvelles technologies, adepte de gadgets électroniques, c'était un hackeur virtuose, capable de s'introduire partout. Il adorait notamment forcer les systèmes de sécurité de la police, rendant à moitié fou Knuthuvudsson, qui s'était fait le serment de lui casser la gueule à la première occasion. Il s'ennuyait ferme à la circulation lorsque Maelström l'avait fait muter à la Criminelle, où ses talents trouveraient un meilleur usage.

– Il va tâter du côté de sa messagerie électronique, le filer un tantinet. On joue avec les lignes, mais tant pis. Il devra être particulièrement discret, Shrapnel a l'air soupçonneux.

– Plus discret que le parfum, en tout cas, fit Larsen. Vous avez senti ? Dans le genre envahissant... Quasiment une arme, dans les espaces confinés ! Ölderlin, vous avez répertorié ça, aux Stups ?

– C'est Effluence Konstriktør. C'est nouveau, et c'est cher. Je sais, mon beau-frère a le même.

Étendu sur le divan où il avait naguère sondé sa vie psychique, Maelström ruminait la rencontre du matin au siège des Assurances, se repassant en boucle les déclarations de Shrapnel, achoppant sur le contraste entre le regard constamment brutal du directeur et l'impression de bonhomie froissée qu'il s'était efforcé d'afficher. Mauvais, sous son air patelin. Qui était réellement ce type ? « Il dissimule quelque chose, ou n'a-t-il fait que se défendre ? C'est vrai que je l'ai mis en cause, on y est allé sans gants. Comment elle s'appelle, déjà, la pommade qu'ils m'avaient donnée la dernière fois ? C'est pas que ce soit désagréable, se gratter, c'est même plutôt plaisant, un peu orgasme de substitution, mais voilà. »

La sonnerie du téléphone.

– Maelström ? C'est Ölderlin. Écoute, tu te souviens, je t'ai dit ce matin que quelque chose ne collait pas dans les déclarations de Shrapnel. Ça ne me revenait pas. Eh bien, j'ai trouvé : il nous a dit avoir débauché Mykorasson du groupe pharmaceutique TechTonus. C'est faux. Mykorasson bossait pour un consortium immobilier, Skurkarna.

– Tu es sûr ?

– Formel. J'ai son dossier sous les yeux, avec une copie de son dernier bulletin de salaire chez eux et un double de son contrat d'engagement chez Shrapnel. C'est raccord. Il a passé directement de la boîte d'immobilier aux Assurances. D'ailleurs, on a la déposition signée par la direction de Skurkarna au moment du procès. Allô ? Tu es là ?

10

– Elle est pas là, votre collègue avec les airbags de camion ?

– Vous voulez parler de Mme Missåbrevis ?

– Ben, la nana de l'autre fois. Jamais vu des roplφplos pareils ! Vous croyez que…

– … Mme Missåbrevis nous rejoindra plus tard. Elle est occupée pour l'instant.

– Ouais. M'occuperais bien avec, aussi.

Il se grattait la cuisse.

– M. Torsk, je suis venu vous parler…

– Vérifier des trucs de l'autre fois, je parie, hein ? On est malin dans la police ! Des limiers…

Il affichait une sorte de grimace asymétrique en guise de sourire entendu, semblait content de lui.

– Une ou deux précisions, oui. Mais j'apprends que votre séjour ici est un peu mouvementé. Ça se voit, d'ailleurs.

Nils Torsk passa précautionneusement la main sur son œil gauche tuméfié. Toute la zone s'étendant du sourcil au bas de la pommette présentait une teinte violacée piquetée de mouchetures jaunâtres. Deux croûtes aussi ornaient le haut du front, de côté.

L'officier de police responsable venait de mettre Maelström au parfum : Torsk avait uriné dans la gamelle de son compagnon de cellule, un ancien boxeur mi-lourd recyclé dans le proxénétisme de proximité et bagarreur récidiviste, habitué des rixes au couteau à la sortie des boîtes de nuit. Le malabar avait répliqué à sa manière en démolissant le gardien qui s'était interposé dans l'empoignade et dont Torsk, le ceinturant et le maintenant plaqué contre lui, s'était servi comme d'un bouclier contre les coups. Il avait fallu trois policiers pour dégager le geôlier et séparer les deux hommes. Torsk se trouvait depuis dans une cellule isolée.

– Outrage à détenu, voie de fait sur le personnel carcéral : vous n'avez aucune envie de nous quitter, dirait-on. Vous faites tout pour rester en cabane. Même s'il faut payer de votre personne…

L'autre ne répondit pas.

– Éviter une libération conditionnelle jusqu'à votre procès pour l'assassinat de Svärdfisk, c'est ça ?

Le malfrat enfila son pouce et son index sur le devant de sa narine gauche puis tira d'un coup sec avant de contempler en plissant les yeux le poil qu'il avait arraché.

– Vous avez peur… Mais vous savez que vous pourriez bénéficier d'une protection policière.

La lèvre supérieure de Torsk se souleva légèrement : un sourire ironique.

– Pas confiance ?

Non, ça le faisait doucement rigoler.

– Trop dangereux. Je cours pas le risque. Ou je me tirais à l'étranger, ou je stationne à l'ombre ici.

– Pourquoi, trop dangereux ?

Torsk regarda le tatouage sur son avant-bras droit, serra et desserra à plusieurs reprises le poing en faisant pivoter son poignet, de telle façon que le serpent issu de l'orbite du crâne sembla onduler un peu à la surface de la peau.

– Qui est trop dangereux ?

– Vous me prenez pour un con, on dirait.

– Ceux qui ont tué Flåk… Vous voyez, j'étais sûr que

vous ne nous disiez pas tout. Vous savez très bien qu'ils sont au courant, à propos de votre participation au sabotage.

Torsk le regarda en biais. Son visage n'était pas seul à avoir souffert de l'échauffourée, un bouton manquait à sa chemise et le haut de la poche pendait, déchiré.

– Mais comment avez-vous su que c'était lui, dans la bétonneuse ?

– Je vous ai dit, j'étais allé le trouver dans son hangar. Pas de Flåk, mais y avait tout son bazar, avec des papiers. Et rebelote trois jours après, même chose.

– Vous êtes tombé sur son passeport, sa carte d'identité ?

– Sa carte d'identité. Pas son passeport.

– Eh bien voilà… S'il s'était plutôt fait la malle à l'étranger avec votre fric ? Une voiture volée et il s'évanouit dans la nature. En vous plantant là. Qu'est-ce qui vous dit qu'il n'est pas en train de boire tranquillement des verres quelque part avec ses 800'000 couronnes ?

– Et pourquoi il aurait laissé ses affaires ?

– Ben justement, faire croire qu'il était resté ici, ou qu'il lui était arrivé malheur. Brouiller sa piste. Ça ne vous a pas traversé l'esprit ? Pourtant vous êtes allé le trouver, malgré son interdiction, non ? Le soupçon qu'il avait l'intention de vous rouler ?

Torsk gonfla ses joues, puis expulsa l'air.

– Non, finit-il par lâcher. Et c'était qui, sinon, dans la bétonneuse ?

– Ça doit forcément être lui ? Comment pouvez-vous être sûr ?

– J'ai pas pris le risque, c'est tout.

– Quel risque ? Que ce soit bientôt votre tour ? Vous saviez donc qu'il y avait ce risque…

Un reniflement.

– Désolé, mais tout ça n'est pas très clair. Un cadavre découvert sans tête, emmené avant la moindre photo de presse. Et vous, comme par hasard, vous savez que c'est Flåk et personne d'autre…

Pas de réponse, juste un sifflotement. Façon de se dégager.

– C'est quand même étonnant, Torsk. Vous étiez devenus copains, Flåk et vous. En prison. Ça crée des liens, ça. On ne doit plus avoir grand-chose à se cacher, après, non ? On doit pouvoir se parler de tout, échanger quelques tuyaux. Et justement, vous sortez de cabane et il vient vous annoncer qu'il reprend du service en vous proposant d'en être. Parce que ce qu'on lui demande est trop gros pour lui. Il est d'abord assez évasif sur ses nouveaux employeurs, normal, il attend de voir ce que vous décidez. Mais une fois que vous entrez dans la combine, il ne vous en dit pas plus ? Je sais bien qu'on est discret dans le milieu, il faut éviter que l'on puisse remonter les filières, relier les personnes. On cloisonne. Mais tout de même, entre complices directs… Tout d'un coup, il ne vous dit plus rien. Il se méfiait ? Vous n'êtes plus tant copains ?

– C'est peut-être parce qu'on était copains qu'il me disait rien, voulait me couvrir. Pas pensé à ça, hein ? ! Ah, les limiers qu'on a !

Il toisait le commissaire du menton.

« Il se fout de moi. On tourne en rond. Je n'arrive à rien », pensa Maelström.

La salle A du commissariat central était plus petite que celle dans laquelle s'était déroulé l'interrogatoire précédent. Plus intime aussi. Les murs et le plafond abaissé avaient été récemment enduits d'une teinte crème, l'éclairage était assuré par trois rails de spots directionnels sécurisés dispensant une lumière chaude légèrement tamisée. Sur la porte, un hublot permettait de surveiller ce qui se passait à l'intérieur et d'intervenir au moindre geste suspect des prévenus. Les derniers agissements de Torsk avaient rendu gardiens et policiers nerveux, un agent armé ne quittait pas des yeux les deux hommes, prêt à jaillir dans la pièce.

Surgie d'on ne savait où, une mouche voletait d'un mur à l'autre de la pièce. Torsk et le commissaire se mirent à suivre ses évolutions. Après quatre ou cinq traversées puis avoir brusquement obliqué et frôlé l'oreille de Maelström qui en secoua la tête d'irritation, elle finit par se décider pour le plafond, qu'elle parcourut en diagonale sur une trentaine de centimètres, s'envola à nouveau, piqua en direction de la table au milieu de la pièce, où elle atterrit. Elle avançait en direction de Torsk lorsque celui-ci d'un geste extrêmement vif s'en saisit de la main avant de la lâcher, broyée, sur le sol. De l'autre côté du hublot, le gardien avait tressailli. Le malandrin eut un mauvais sourire.

« Il nous nargue, soupira intérieurement le commissaire. Il a le front de nous narguer.

Dire qu'on est toréé par ce défectueux ! »

Il fut le premier à rompre le silence.

– Franchement, Torsk…

– … Veuillez excuser mon retard, messieurs : une séance un peu longue avec la direction nationale de la police et M. le procureur Fallhammare.

Petronille Missåbrevis était entrée et refermait la porte derrière elle en faisant un signe au gardien pour le tranquilliser.

– Bonjour commissaire. Et bonjour M. Torsk, comment allez-vous ? Oh mais je vois que vous vous êtes battu… Oui, j'oubliais, on m'a raconté. Vous vous êtes sacrément défendu contre ce cogneur, bravo ! Vous êtes un homme, un vrai. J'espère que vous n'avez pas trop mal.

Elle s'assit sur la chaise libre en face de lui, qu'elle décala un peu de côté.

« D'où il est, il doit la voir sans être gêné par la table », se dit le commissaire.

– À ce propos, ce n'est pas trop dur de rester cloîtré ici ? Je veux dire, sur le plan physique ?

Elle sourit.

– Quand je pense que vous étiez en train de filer avec un sac plein d'Erektil. Quelle ironie !

Avait-elle brièvement fixé l'entrejambe de Torsk ? Maelström en aurait juré. D'ailleurs l'homme eut un bref sursaut et se troubla. Sa morgue en avait pris un coup.

– Enfin, il faut savoir accepter ce que la vie nous donne et ce que la vie peut nous reprendre aussi, n'est-ce pas ?

– Euh...

– Et puis ce n'est pas pour toujours, bien sûr ! Vous n'allez pas demeurer *ad aeternam* chez nous. Du moins en principe.

Le visage de la jeune femme s'assombrit.

– Quoique, on ne sait pas trop. Cela dépend de beaucoup de choses.

Elle croisa ses jambes. Maelström ne l'avait jamais rencontrée habillée de la sorte, jupe de cuir courte et fines bottes noires. Comme il ne se souvenait pas lui avoir vu cette couleur carmin intense sur les lèvres.

– Et savez-vous vous-même ce que vous voudriez, M. Torsk ? Savez-vous clairement ce que vous attendez de la vie ? Non ? Plus tellement. De moins en moins peut-être. Mais l'avez-vous réellement su un jour ? L'existence que mènent la plupart des hommes n'est qu'une attente sotte, des souffrances ineptes, une marche titubante à travers les quatre âges de la vie, M. Torsk.

Elle se pencha pour plonger la main dans le sac déposé à ses pieds. Torsk n'avait pu manquer le mouvement ondoyant de sa poitrine hyperbolique sous le fin cachemire de son pull à col montant.

Elle sortit un gros volume, le feuilleta un instant.

– La vie, la vie que nous menons… écoutez ceci :

« La vie de chacun de nous, à la considérer en général, d'un seul coup d'œil, et quand on n'en retient que les traits significatifs, est toujours au fond une tragédie ; mais lorsqu'on la parcourt pas à pas, dans ses détails, elle prend la tournure d'une comédie. »

Elle s'interrompit, reprit à voix plus basse, les sourcils froncés :

« Chaque jour apporte son travail, son souci ; chaque instant, sa duperie nouvelle ; chaque semaine, son désir, sa crainte ; chaque heure, ses désappointements, car le hasard est là, toujours aux aguets pour tramer quelque farce. Pures scènes comiques que tout cela ! Mais les souhaits jamais exaucés, la peine toujours dépensée en vain, les espérances brisées sans pitié par le destin, les mécomptes cruels, qui composent la vie entière, la souffrance qui va grandissant, avec, à la fin, la mort : en voilà assez pour faire une tragédie. »

– C'est d'un philosophe, Arthur Schopenhauer. Vous en avez déjà entendu parler ? Un génie, M. Torsk, un génie. Grandiose, mais impitoyable. Attendez, je continue :

« On dirait que la fatalité veut, dans notre existence, compléter la torture par la dérision ; elle y met toutes les douleurs de la tragédie ; mais, pour ne pas nous laisser au moins la dignité des personnages tragiques, elle nous réduit, dans les détails de la vie, au rôle de bouffons. »

– Pas de grandeur, commenta-t-elle, les yeux dans le vague. Pas d'élévation. Aucun panache. Nous sommes de risibles coquilles de noix sur les flots du destin. Ballottés. Menés là où nous ne voudrions pas par les caprices du sort. Avez-vous souhaité aboutir ici, en prison, M. Torsk ?

Elle passa la main sur sa fine nuque dégagée par le chignon qui retenait ses cheveux blonds. Puis suivit délicatement du médius le tracé de son cou jusqu'à l'encolure de son pull, qu'elle tirailla un peu.

– Des bouffons, des clowns, alors que nous pensions être des héros. Fiers et libres. Maîtres de notre destinée. Mais rien de tout cela, illusions ! Nous ne sommes jamais celui ou celle que nous souhaiterions être. L'existence se moque de nous, de ce que nous désirons.

Elle plongea son regard dans les yeux du détenu, qui se racla la gorge.

– Mais désirer, M. Torsk, désirer… si l'on y songe, n'est-ce pas la vie même ? La vie n'est-elle pas tout entière envie, soif, passion ! Et en même temps, pour quel résultat ? Écoutez encore :

Elle porta son long index à ses lèvres, l'y maintint un temps, avant de feuilleter à nouveau le livre. Plusieurs secondes s'évanouirent.

– Voilà : « *Le désir est long, et ses exigences sont sans fin ; la satisfaction est courte, et chichement comptée…* »

Cette fois le commissaire en était certain, la policière en levant les yeux de l'ouvrage s'était attardée sur la braguette du truand.

– Tant de désir pour si peu de satisfaction… Comme une grande vague qui promet de nous emporter mais nous laisse choir presque aussitôt. Après quoi courons-nous donc ? Tout cela ne serait que fantaisies, fantasmes ?

– Ben…

– Désir et frustration iraient ainsi sans cesse de pair. Désir… frustration…

Elle avait décroisé ses jambes et se tenait maintenant à l'avant de sa chaise, très droite, les épaules légèrement tirées en arrière.

« Pauvre Torsk ! », ne put s'empêcher de penser Maelström.

– Et pourtant, comment faire autrement ? Nous ne sommes pas des saints ! Nous n'avons pas aboli toute cette envie qui bouillonne en nous. Qui bouillonne et nous semble indispensable à notre bonheur. Je lis encore, écoutez bien : « *Craindre le malheur ou chercher la jouissance, c'est en réalité la même chose. Et sans repos du désir, le bonheur est impossible.* » Entendez-vous cela ? Sans repos du désir, le bonheur est impossible… Rechercher la jouissance dans l'idée de fuir le malheur, n'est-ce pas ce que nous faisons tous ? Jouir pour être heureux ! Comme les philosophes nous ouvrent les yeux sur la réalité !, vous ne trouvez pas, M. Torsk ?

Ses yeux ronds de merlan frit rivés sur la policière, l'arsouille respirait courtement. Il n'en menait pas large, le sourire narquois qu'il s'était d'abord efforcé d'arborer avait viré en grimace indécise. Un coup de chaud lui était venu en surprenant le premier regard de la jeune femme sur son entrejambe. Trahi par un sursaut, il avait bien tenté de jouer l'indifférent en relevant le menton et en tournant négligemment la tête de-ci de-là, mais la véritable œillade qu'elle lui avait lancée après son second regard sur sa braguette l'avait ramené à elle. Et lorsqu'il crut deviner au mouvement qu'elle fit en se redressant sur sa chaise que la policière ne portait pas de soutien-gorge, il n'eut plus moyen de détacher les yeux de son buste, qu'il scrutait, aimanté, afin de s'en assurer.

Elle l'avait englué, ce qui lui restait de lucidité fondait à grande vitesse. Il ne comprenait pas ce qu'elle était venue fabriquer dans cette salle d'interrogatoire et de quoi elle lui parlait exactement. Où est-ce qu'elle voulait en venir avec son foutu philosophe ? Il avait vite perdu le fil, mais se méfiait qu'elle veuille l'embrouiller pour le coincer quelque part, tentait de rester sur ses gardes, en même temps ce truc de désir sans fin et de jouissance avec sa façon de croiser et décroiser ses longues jambes achevaient de lui mettre le feu et de le faire dévisser. Et puis ses regards en coin, là, elle le cherchait ou pas ? Il arrivait pas à savoir. Par instants il lui semblait que oui, qu'elle le baratinait franchement. Qu'est-ce qu'elle avait à mater comme ça sa braguette ?

Putain ! Il lui aurait bien sauté dessus, mais on oublie : avec le commissaire à deux mètres de lui et le gardien armé. Alors il en était réduit à reluquer son pull en bougeant insensiblement la tête pour varier les angles de vue dans l'espoir que les ondulations de l'étoffe lui en apprennent davantage. Il transpirait, ne cherchait pas à masquer l'érection qui l'avait gagné. Et elle qui arrêtait pas avec son histoire de frustration !

Ça devenait critique. Peut-être qu'elle le baladait. Il savait plus. Tout s'emmêlait, il frôlait le court-circuit.

Réagir, tenter de retrouver pied. Il prit soudain une ample respiration, pivota sur sa chaise, détourna les yeux en direction de Maelström.

Ce fut ce moment que Petronille choisit pour lui annoncer qu'elle n'était pas certaine de pouvoir le maintenir en cellule.

– Je suis venue vous le dire, M. le procureur Fallhammare n'est pas d'accord que l'on vous retienne en prison. Il souhaite à votre endroit un régime de liberté surveillée. C'est ce qu'il est venu notifier tout à l'heure à la direction nationale de la Police.

– Quoi ? !

Torsk s'était retourné brusquement vers elle.

– Oui. Nous allons devoir procéder à votre mise en liberté sous surveillance. Le temps que dure l'enquête.

– C'est quoi ces conneries ?

Sa voix s'était gauchie. La lèvre inférieure, désolidarisée

du haut de sa bouche, pendait ahurie. Il semblait avoir reçu un plein seau d'eau froide.

– M. le procureur estime que nous n'avons pas suffisamment d'éléments pour vous garder en détention préventive jusqu'au procès. Il pense notamment que vos déclarations ne constituent pas une preuve suffisante de votre participation à la mort de Svärdfisk.

– Quoi ?! Mais bordel à cul, puisque je vous dis…

– … il pense en effet que vous pouvez avoir dit cela sous la pression de l'interrogatoire, précisa-t-elle en battant des paupières. Et que les indices sont insuffisants. Vous serez libéré, avec obligation de vous rendre disponible pour l'instruction.

– Complètement con ! Puisque c'est moi qu'ai aidé au sabotage, je vous ai même expliqué comment ! Ils ont qu'à vérifier, le siège !

Il se défaisait à vue d'œil. Son érection devait lui être passée.

– Mais nous n'avons que votre témoignage, sans aucun élément qui puisse le confirmer continua-t-elle doucement en le fixant dans les yeux. Moi, je serais toute prête à vous croire, vos aveux m'ont l'air sincères. Cependant ils ont tardé, vous nous avez d'abord menti à propos du sac de médicaments de M. Svärfisk. Mettez-vous à la place du procureur, il doit prendre en considération tous les scénarios. Comment pouvons-nous être certains que vous avez agi sur la demande de Sten Flåk ? Qui nous dit même qu'il a été mêlé à cet assassinat ?

– Pourquoi il se serait retrouvé dans la bétonneuse, sinon ?

Il roulait des yeux.

– Justement, M. Torsk, le cadavre dans la bétonneuse n'était pas M. Flåk. Les empreintes digitales ne correspondent pas.

– Hein ?! C'est quoi ça, encore ?

– La Police scientifique est formelle…

– … formelle, formelle… mon cul !

– Formelle : il s'agit de quelqu'un d'autre. Que nous ne connaissons pas. Ses empreintes ne sont pas enregistrées au fichier central. M. le commissaire ne vous l'a pas dit ?

Elle tourna la tête en direction de Maelström.

– Il aura oublié. Ou peut-être ne le savait-il pas. Mais dites-moi, serait-ce si grave d'être en liberté conditionnelle ? Ne seriez-vous pas mieux que dans votre cellule, tout de même ? Vous ne voyez pas ce que vous pourriez faire dehors ? Il n'y a personne que vous auriez plaisir à voir ? Je ne sais pas moi, vous avez bien une petite amie, une compagnie…

Elle cambra le bas de son dos et étira ses bras, bombant son buste.

« On devrait pouvoir avancer, cette fois », se dit Maelström.

– Mais non ! C'est impossible, impossible !

Il avait presque crié.

– Qu'est-ce qui est impossible ?

Il y eut un choc sur la vitre : de l'autre côté de la porte, le gardien s'était rapproché trop vivement du hublot pour mieux lorgner la policière et s'était écrasé le nez. Le sang commençait à pisser.

– Impossible ! C'était forcément lui dans la bétonneuse !

– Pourquoi « forcément » ?

– La mallette…

– Quoi, la mallette ?

– Ils cherchaient la mallette. C'est pour ça que c'était Sten. C'était Sten, je vous dis, personne d'autre !

Il était tassé sur lui-même, vidé de son air. Groggy.

– Vous devriez tout me raconter, M. Torsk. Tout, cette fois. Qu'est-ce que c'est que cette histoire de mallette ?

Elle avait croisé ses bras et s'était penchée en direction du prévenu, qu'elle regardait par en-dessous, étirant sa nuque.

– Plus vous m'en direz, mieux je pourrai intercéder en votre faveur auprès de M. le procureur Fallhammare, ajouta-t-elle. N'oubliez pas qu'il veut vous vous voir sorti d'ici. Dehors.

Torsk bougeait la tête en tous sens tel un hibou, fuyant les yeux de Petronille Missåbrevis posés sur lui.

– Que s'est-il passé M. Torsk ? Vous avez subtilisé une mallette à votre ami ? Et c'était elle que recherchaient ceux qui lui avaient commandité l'accident du procureur Svärdfisk ? Vous vous dites que c'est un peu de votre faute si M. Flåk a fini dans la bétonneuse ?

Torsk ne répondit pas. Mais sa façon de se mordre la lèvre inférieure et de frotter l'un contre l'autre ses poignets réunis entre ses jambes parlait à sa place.

« Conflit intérieur. On se rapproche », observa le commissaire.

– C'est cela, n'est-ce pas ?

– Je... j'ai pas pensé qu'ils le mettraient dans la bétonneuse. Je savais pas trop. Je voulais juste être sûr qu'il me file mon fric. Alors j'ai piqué la mallette sans qu'il s'en rende compte.

– Vous ne saviez pas ce qu'elle contenait ?

– Non, j'avais pas ouvert. C'est après que j'ai vu les médocs dedans.

– Comment avez-vous fait pour que M. Flåk ne s'aperçoive pas que vous l'aviez subtilisée ?

– Il m'avait dit qu'elle devait être dans la bagnole, les types voulaient la récupérer. Je suis monté dans le 4x4, mais rien. Alors j'ai fait semblant d'avoir entendu un bruit au fond du garage, il est allé voir, et j'ai eu juste le temps de la dégoter à la place de la roue de secours et de la planquer. Quand il est revenu, on l'a cherchée pour rien, forcément. Sten était emmerdé mais on a dû se mettre au sabotage, le type allait rappliquer pour prendre sa bagnole. On est parti chacun de son côté ensuite, mais moi, je suis retourné fissa la prendre.

– Ça veut dire que vous l'avez revu par la suite, contrairement à ce que vous nous avez déclaré.

Torsk eut un mouvement de tête.

– En fait ouais. Quatre ou cinq jours après l'accident, il a voulu me voir. Il était inquiet. M'a dit que les gars paieraient seulement la moitié s'il leur filait pas la mallette.

Il se tâta l'intérieur de la cuisse avant de reprendre.

– Vous êtes pas une de ces têtes de glands de flics, vous. Vous avez quelque chose dans la citrouille.

« Même concédée à regret, l'admiration grandit toujours celui qui en fait preuve », songea Maelström. Cette manière déjà de désarmer la voix et les traits du visage, de déjouer un instant les poses.

– Bon, pas que dans la citrouille...

– Ensuite ? reprit la policière sans broncher.

– Je suis allé lui dire que c'est moi qu'avais la mallette. Que je voulais négocier la prime. Je l'aurais d'abord secoué un peu.

– Vous alliez trahir votre accord.

– Votre bon copain Flåk... glissa le commissaire.

– Dans la jungle, c'est le plus fort qui dicte les conditions.

– Et combien demandiez-vous ?

– 550'000 pour moi, 250'000 pour lui si je rendais la mallette. Correct.

– Et là, vous ne l'avez pas trouvé.

– Non. Il était pas chez lui. Je suis entré, j'ai fouillé, mais tranquille, hein, pas mis le chaos. Juste regardé un peu.

– Et lorsque vous êtes revenu, trois jours après ?

– Là, tout était en bordel. Pas comme la première fois.

– Quelqu'un était venu.

– Mmm.

– Ce n'est pas ce que vous nous aviez dit la dernière fois.

– Ni à moi, tout à l'heure encore, intervint Maelström.

Torsk regarda le plafond, sans répondre.

– C'était pas risqué, d'aller deux fois chez lui ? Vous pensiez pas qu'ils pouvaient vous repérer ? insista le commissaire.

L'autre haussa les épaules.

– J'ai fait gaffe, finit-il par dire.

– Mais vous ne pouvez pas être sûr que…

– … Et qu'avez-vous fait ensuite ? coupa Petronille Missåbrevis.

– Là, j'ai commencé à avoir les boules. Il avait peut-être parlé de moi. J'ai décidé de me tirer.

« Ou alors ils t'avaient déjà détecté à un moment ou à un autre, crétin de base », marmonna intérieurement Maelström.

– J'ai été prudent, je suis revenu par l'arrière à l'immeuble où je squatte, y a une fenêtre qui ferme pas bien, au rez, la piaule d'un pote, je suis passé par là. Ils pouvaient pas me voir s'ils étaient dehors à guetter l'entrée. En plus, coup de bol, y avait du monde devant à cause de la mémé renversée par un quad. Dans ma turne, les mecs avaient tout retourné.

– Et donc ?

– J'ai pris mon fourbi, ce que je pouvais. Je suis repassé par l'arrière le poser dans un coin que je connais, si jamais ils m'avaient mis un traceur GPS que j'aurais pas vu, et je suis allé me planquer ailleurs dans une cave où j'avais caché la mallette. Putain de nuit ! Le matin, j'ai été rechercher mon barda, personne était venu. J'ai mis les Erektils dans un sac de sport et laissé la mallette. Après, j'ai piqué la bagnole pour me tirer. Et vous m'avez arrêté à la frontière. C'est pour ça que c'était Flåk dans la bétonneuse.

– Je comprends, fit Petronille Missåbrevis. Mais qu'est-ce qui les intéressait tant que ça dans cette mallette ?

Il haussa les épaules.

– Sais pas. Y a quand même pas mal de matos dedans, ça doit faire du pognon. Ou ils voulaient récupérer les papiers.

– Hmm... Bon, on va vous reconduire en cellule, et je vais contacter M. le procureur. Il ne sera plus nécessaire d'uriner dans les affaires des autres détenus, M. Torsk, je pense qu'avec vos déclarations d'aujourd'hui on a maintenant de quoi vous garder.

– Pas très fracassants, ces nouveaux aveux. En tout cas ils ne nous avancent pas beaucoup.

Maelström et Petronille Missåbrevis buvaient un café au distributeur du deuxième étage, à côté des salles d'interrogatoires. Des gardiens étaient venus récupérer Torsk pour le ramener dans sa cellule.

– Pourquoi est-ce qu'il en a gardé sous la semelle et nous a caché la fin, l'autre jour ? demanda Maelström, faisant tourner le gobelet en carton dans sa main. Il m'a encore servi la première version, avant votre venue.

– Il a tenté depuis le début d'estimer la peine qu'il encourt, dit la policière. À son avis, participer à l'élimination de Svärdfisk, qui est une ordure, est moins grave que d'avoir pris part au trafic de faux médicaments et s'être trouvé du côté de Svärdfisk. Voilà pourquoi il a avoué sa participation au sabotage, lors du premier interrogatoire. Il s'est dit qu'il était plutôt de notre bord de cette façon, qu'il pouvait espérer une condamnation allégée. Alors que, dans sa tête, il aggrave son cas en avouant qu'il avait tenté de faire chanter Flåk et d'être en partie la cause de sa mort. Parfaite illusion bien sûr, Flåk aurait été liquidé quoi qu'il en soit. Mais vu que je lui ai fait croire à sa libération conditionnelle, il se charge, pensant ainsi pouvoir rester en prison, parce que c'est ça qui lui importe maintenant. C'est un calcul assez compliqué pour lui. Il essaie à chaque fois de nous faire jouer son jeu. Mais en effet, on n'a pas beaucoup avancé. Dites, vous me regardez où, commissaire ?

Maelström toussota.

– Je me demande, reprit-elle, si les commanditaires se faisaient une priorité de récupérer cette fameuse mallette ou s'il s'agissait d'un prétexte dans le but de faire pression sur Flåk et l'amener à dénoncer un éventuel complice. Vérifier s'il avait agi seul ou non.

– Ça fait pas mal de gélules et de faux médocs...

– ... oui, mais sortis de leurs réseaux de distribution, pharmacies et vente en ligne. C'est bizarre, non ?

Un lampion s'alluma quelque part dans le néocortex du commissaire. Qu'il jugea préférable de garder pour lui.

– À supposer que Svärdfisk ait continué à vouloir utiliser ces mêmes réseaux, dit-il après un temps.

– De quelle façon, sinon ? Vous le voyez faire du porte-à-porte avec ses pilules ? S'improviser représentant auprès de chaînes pharmaceutiques en s'amenant avec des valises de médicaments ? Ouvrir son propre site de vente ou déposer sa marchandise du côté du Darknet ? Bref, risquer de se faire repérer ? Non, à coup sûr, c'est la distribution normale qu'il visait. C'est pour cela que cette mallette de médicaments isolée m'étonne.

– Hmm.

– D'autant que l'enquête une fois bouclée et les assureurs condamnés, les Erektil avaient retrouvé leurs voies d'acheminement habituelles. Tout était retourné dans l'ordre, et c'est bien ce qu'il fallait à ce trafic. Je suis persuadée, et M. le chef de la police avec moi, que Svärdfisk avait repris l'intégralité de l'affaire. Le processus entier. De la fabrication à la livraison. Reste à savoir comment il y est parvenu.

– Le crime attire le crime, fit Maelström, songeur. Antique leçon.

Il s'interrompit un instant, les yeux mi-clos.

– Et nous nous démenons jour après jour pour réparer comme nous le pouvons ? Raccommoder...

Petronille Missåbrevis le regarda, amusée.

– *Réparer*, commissaire ? Je ne vous connaissais pas cet humour... Alors que nous laisserons ce monde aussi sot et aussi méchant que nous l'avons trouvé en y arrivant !

Il la dévisagea, surpris.

– C'est encore de Schopenhauer, ça ?

– Non, commissaire. Voltaire.

11

« – Prends-moi tout entière !
– Je te prends au mot :
Ne m'appelle plus qu'amour, et je serai rebaptisé ;
Dorénavant je ne serai plus jamais Roméo. »

On n'entendit plus la suite. Juché sur un élévateur, Roméo, alias Åmilcar Jakobsson, tendait les mains vers Carmen Bellini en Juliette vêtue d'un uniforme militaire est-allemand qui lui faisait face de l'autre côté d'un segment du Mur de Berlin (*Roméo et Juliette* est une pièce politique). Ils continuaient à se parler, mais leur dialogue était couvert désormais (*Roméo et Juliette* présente la déroute de la communication) par le fracas des marteaux-piqueurs qu'actionnaient les deux ouvriers turcs en charge de la critique sociale véhiculée par la pièce. À la fin de l'échange, six minutes plus tard selon la grande horloge numérique à affichage rouge battant tel l'implacable balancier de la vie au-dessus des acteurs, Juliette une fois retournée dans son mirador où l'attendait une poupée gonflable parée d'un kimono suggérant Madame Butterfly (intertextualité), Roméo sauta de sa plate-forme, se saisit du godemiché géant que lui tendait la nourrice au visage voilé d'un portrait de Freud et le brandit vers le public avant de le promener contre lui-même, indiquant par là qu'il ne renoncerait pas à sa bisexualité (*Roméo et Juliette* s'inscrit dialectiquement contre les normes du désir et la réification du genre), tandis que des images vidéos projetées contre le fond de la scène montraient une baleine éventrée sur le pont d'un chalutier japonais, à dessein de déconstruire l'amour comme sentiment océanique.

Maelström souffrait. Il enviait Larsen qui avait réussi à fuir dans la somnolence, à en juger par la régularité de son souffle et l'accent posé sur les expirations. Le commissaire espérait qu'il se trahisse d'un ronflement ou d'une secousse hypnique, mais même pas. Sur scène, frère Laurent déguisé en djihadiste venait d'entrer juché sur une trottinette électrique en tendant de la main un miroir rond dans lequel le public pourrait prendre acte de lui-même. Maelström hésita à pousser légèrement du coude le bras de son collègue afin de provoquer au moins un grognement.

Ce ne fut pas nécessaire. Il le sentit resurgir au moment où lui-même perçut la vibration de son téléphone portable dans la poche intérieure de son veston. Un message avait été envoyé simultanément aux deux policiers.

– C'est qui, Olga ?

Voilà. Ça n'avait pas manqué. Anja venait de remarquer le tatouage sur son sexe et elle le regardait d'un drôle d'air. Son membre n'allait pas tarder à fléchir. Une fois de plus.

L'affaire se présentait pourtant au mieux. La fille avait proposé d'aller chez lui parce qu'elle habitait avec son copain, qui était du genre possessif et violent. Il était parti le matin à Åarosurlebødet, dans le nord du pays, avec un car de supporters de l'Ølympic, les Narvals Insubmersibles. Ils voulaient arriver plusieurs heures avant le match, pour pouvoir mettre l'ambiance. Il ne serait de retour que le lendemain après-midi, mais elle préférait être prudente, ne pas ramener Viksen chez elle.

Ils étaient allés manger des beignets de morue et des

testicules de morse frits chez Enzø, un fast-food jeune et branché du centre. C'est elle qui l'avait appelé après la réouverture du cinéma Pacific, elle voulait le revoir. Une soirée top : il avait parlé tout du long tandis qu'elle l'écoutait la tête penchée de côté, ses lèvres entrouvertes, mordillant parfois le bout de son auriculaire, se passant abondamment la main dans les cheveux dont elle entortillait de temps à autre une mèche autour de son index, croisant et décroisant sans arrêt les jambes. Et elle était habillée plutôt court. Avec un décolleté conciliant. Elle avait poussé des exclamations admiratives, aussi. Et suçoté la paille de son soda. Pas de doute, il la bottait, il ne s'était pas trompé l'autre jour au cinéma. Faut dire qu'il savait bien décoder ce genre de signes, on n'est pas dans la police pour rien. Il avait pu alors sans autre la tenir par la hanche et lui flatter la croupe en sortant du resto.

En arrivant chez lui, il avait tenté de commencer dans le parking, faire ça dans la voiture ça l'arrangeait, à cause de la pénombre. Avec un peu de chance elle verrait rien. Bref, tout semblait rouler, mais à peine avait-elle ouvert la fermeture éclair de son jean et dégagé son sexe que quelque chose lui avait paru bizarre. Elle avait allumé le plafonnier pour en avoir le cœur net. Et voilà, sous ses yeux s'élançait le prénom d'Olga. Qui ne ferait pas long avant de se ratatiner.

À l'entracte, leur premier geste avait bien entendu été pour leur smartphone. Un bref message : « Shrap au Théâtre ». Venant de Tomatiksson. La surveillance s'était donc mise en place, l'agent avait pris sa cible en filature ou intercepté une communication.

– Il goûte le théâtre, le directeur général ? demanda Larsen, un sourire en coin. Paraît pourtant pas tellement son genre.

– Va savoir…

Les deux hommes s'insérèrent dans la coulée qui s'acheminait en direction du foyer. Ne pas sembler aux aguets, paraître aussi naturel que possible si l'on croisait l'assureur.

Après avoir fendu la procession qui s'était formée devant les toilettes et débordait désormais dans l'escalier principal, ils parvinrent dans le vaste espace du foyer où se pressait la foule. Les plus prompts avaient déjà un rafraîchissement en main et tâchaient de gagner les tables hautes circulaires alignées de part et d'autre de l'axe d'entrée. Soigneusement étudiée, la chaude lumière diffusée par les six grands lustres tombant du plafond mettait en valeur tant les fresques tout récemment restaurées présentant des satyres poursuivant dans des bosquets de jolies nymphes semi-farouches que le teint des spectateurs. Plusieurs, hommes et femmes, profitaient des longs miroirs muraux biseautés disposés de chaque côté des cariatides d'inspiration néo-classique énumérant les arts du spectacle pour vérifier leur mise, rectifier l'alignement d'une cravate ou remettre d'aplomb un corsage, s'examiner de profil.

Arriver jusqu'aux boissons paraissait sans espoir. Des cinq files d'attente parallèles prévues à cet effet, deux étaient en panne. À entendre les remarques des veinards qui refluaient avec un ou deux verres dans chaque main, le serveur en charge de la table de dressage située tout à gauche n'avait plus de monnaie, et son terminal de paiement hors service. Tandis que la deuxième table du côté droit était privée de ses flûtes de champagne depuis qu'une grosse dame dupée par la hauteur de ses talons avait tenté de ralentir sa chute en s'agrippant à la nappe sur laquelle elles se trouvaient disposées. Les confluences qui s'ensuivaient, où s'étaient engagées les immanquables manœuvres d'infiltration, de débordement et de passage en force entre les files, achevaient d'envaser la situation. Abandonnant le projet de se désaltérer, les deux policiers se résolurent à un slalom parmi les toilettes de soirée et les effluves de parfums entremêlés jusqu'à une table haute déjà colonisée par un couple escorté d'un adolescent visiblement mécontent d'être là, et de tout. Ils s'y accoudèrent à leur tour.

L'ouverture de la saison avait attiré du monde, on affichait complet. La pièce bien sûr, et Shakespeare, de toute manière : on remplit toujours avec Shakespeare, ainsi que le faisait justement remarquer à l'effigie plâtrée de fond de teint qu'il tenait par le bras l'homme joufflu compacté dans un costume bleu nuit trop ajusté qui venait de s'arrimer à une table voisine. Et il y avait la réputation de l'illustre metteur en scène Rainer Szenowisz, le druide des planches, « concasseur visionnaire » comme le qualifiait dans son édition du matin le *Nørdik Dagbladet*, « Napalm », plus simplement, pour ses fans, dont c'était la première production au Théâtre royal. La critique avait averti : on allait voir ce qu'on allait voir. Jusque-là cependant, l' « effet Attila » annoncé ne produisait pas tous ses résultats. Des spectateurs s'en étaient certes allés durant les deux premiers actes, mais isolément, et dans les bords surtout, pour éviter de déranger. D'autres profitaient de l'entracte pour déserter. Un certain nombre, sûrement, resteraient au bar la deuxième partie. Et il y eut bien quelques sifflets. Pourtant, à en juger aux visages, l'ennui et une forme d'accablement résigné passaient de beaucoup l'indignation, d'ailleurs les menues emballées prosélytes du premier rang avaient fait long feu, absorbées par la torpeur générale un peu peinée qui s'était installée dans le public. Par les ricanements aussi, il y en avait eu pas mal. Les conversations s'étendaient nettement moins du reste sur la pièce que sur les coûteuses restaurations effectuées durant l'entre-saison, les fresques du grand plafond en particulier, que tout le monde souhaitait constater par soi-même, d'autant qu'il y était allé de l'argent public. Le nez en l'air, on commentait, appréciait, jaugeait, estimait. Un loustic se félicita à la ronde de ce que le Théâtre royal ne proposait pas de pop-corn. Il y eut des rires.

On apercevait, venue de l'autre côté du foyer, la haute silhouette de Fasølt Gœtzen-Dæmmerung, le directeur du Théâtre, qui déambulait en serrant des mains, passait entre les tables, échangeant quelques mots, souriant aux uns et aux autres à la façon d'un prélat à ses ouailles. Comment trouvait-on cette production du grand Rainer Szenowisz ? Décapante, non ? Quelle chance qu'il fût venu monter cette pièce dans notre maison. Sacré début de saison !

– Shakespeare transcendé pour être ramené à lui-même ! hasarda un quidam, responsable culturel ou enseignant d'après son écharpe jetée par-dessus l'épaule.

– Il faut dépoussiérer les classiques, reprit Gœtzen-Dæmmerung en écartant les bras. Afin qu'ils puissent à nouveau nous parler.

– Pas de salut hors l'extradition des champs de vocables ! abonda l'expert Krizøstom Blitzkrig en tâtant le foulard de soie grenat qu'il arborait à chacune de ses apparitions publiques et s'assurant qu'on l'entendait suffisamment à la ronde.

– Parfaitement ! souscrivit le chroniqueur théâtral du *Nørdik Dagbladet* qui se trouvait là. D'ailleurs, un classique ne peut l'être s'il l'est, je veux dire, il ne faut pas laisser les classiques tranquilles, mais les sauver d'eux-mêmes par l'exfiltration, les harceler, les arracher à leur ghetto !

– Exactement ! Leur faire rendre gorge ! renchérit un

personnage que Maelström identifia comme l'administrateur Øder-Neisse. Taïaut ! Sus !

– Ainsi l'exige la configuration nietzschéenne de l'éternel contemporain, ajouta quelqu'un.

Mais le directeur avait déjà passé à une autre table.

À côté de Larsen, l'adolescent refusait obstinément d'éteindre le smartphone qu'il tripotait depuis le début de l'entracte avec l'irritante musique de synthèse qui cadençait son jeu consistant, semblait-il, à faire déchiqueter un maximum de jeunes filles vêtues de robes courtes et socquettes blanches par un mégalosaure dans une forêt primaire en l'espace de deux minutes. Il faisait complète sourde oreille aux réprimandes et menaces alternées que lui adressaient de moins en moins discrètement ses parents, et soulignait d'un rictus ses opérations digitales victorieuses, marmonnant de plus en plus fort à mesure que les points accumulés s'affichaient dans une colonne en forme de baobab. La sonnerie de trompettes appelant les spectateurs à regagner leurs places retentit sans qu'il se décide à faire le moindre pas ni à lever la tête. Sa mère finit par le tirer par le bras mais il se dégagea en braillant de toute sa voix de mue qu'il ne bougerait pas de là, avant de savourer, triomphant, la honte qu'il occasionnait à ses géniteurs devenus le centre des regards mortifiants que leur lançaient les personnes alentour.

– Dis, Gunnar, demanda Larsen en s'apprêtant à remonter le grand escalier, je me souviens plus, c'est Kant ou Churchill qui déclare que si le fils d'Abraham avait été un adolescent, on ne parlerait pas d'un sacrifice ?

Ça s'est finalement bien arrangé. Faut dire qu'Anja a été très compréhensive. Il lui avait raconté pour le tatouage, l'histoire avec Olga Spoutnik, l'envie qu'elle avait eue d'être inscrite sur sa peau, la rupture et tout.

Elle avait répondu qu'elle comprenait. Lui, il pensait que ça allait s'arrêter là, mais non, c'est elle qui avait proposé de monter dans son appartement et repartir du bon pied. Incroyable, cette nana ! Après un aquavit pour se remettre, il s'assura qu'il y avait un rouleau de papier de toilette au dérouleur dans les WC pendant qu'elle visitait son salon. Il l'avait ensuite déshabillée. Elle tenait ses promesses : la taille était fine, et les nénés hauts, fermes et ronds comme des coupes, lui plurent beaucoup, avec leurs tétons très décidés. Mais il remarqua surtout le tatouage sur l'arrière, lorsqu'il lui enleva son string ficelle, les grandes ailes d'aigle polychromes qui sortaient de la raie et se déployaient sur chacune des deux fesses rebondies. Mythique ! Et stimulant, parce que selon la position et suivant comment, les ailes paraissaient bouger. Magique ! Et puis ce clitoris guilleret.... Bref, on pouvait reprendre confiance en la vie. Mais là, il sentait un peu la fatigue.

Au moment où Juliette s'emparait du cimeterre de Roméo pour le retourner contre elle-même et se percer le cœur, les lumières dans le théâtre s'allumèrent toutes grandes à dessein de garantir l'effet de distanciation, tandis que des spectateurs complices disséminés dans les rangs se levaient et quittaient la salle en incommodant le plus de monde possible. Maelström et Larsen profitèrent de s'éclipser eux aussi, avec d'autres. Après s'être ébroués un instant, ils descendirent le grand escalier puis obliquèrent et prirent le couloir longeant les premières galeries afin de gagner le petit salon attenant aux loges des artistes. Quelques personnes s'y trouvaient déjà, parmi lesquelles l'agent en civil chargé du bouquet de fleurs que le commissaire avait commandé à l'intention de Carmen Bellini.

Il dormait maintenant. En ronflotant. Anja se leva furtivement, s'empara de la veste de cuir déposée sur la chaise et partit s'enfermer aux toilettes. Le portefeuille se trouvait dans la poche intérieure droite. Elle ne fut pas longue à tomber sur sa carte : Agent Knud Viksen, Police, Brigade des stupéfiants. Avec la photo. Elle en était sûre ! Conseiller financier, tu parles ! Elle l'avait vu arriver au cinéma Pacific, le jour de la réouverture, déposé en voiture par le commissaire et son collègue, celui qui devait la rappeler une fois l'opération Cordon sanitaire préventif close. Close, mon œil ! Pourquoi ils s'étaient ramenés avec ce type, alors ? Ils avaient eu beau le déposer plusieurs mètres avant le cinéma, elle les avait vus : depuis le bar, avec le grand miroir de fond, on a un bon angle sur l'entrée et la rue. Et pourquoi ils étaient revenus à la séance suivante ? Seulement lui demander à elle comment s'était passée la réouverture ? Et puis leur échange de signes avec lui à la sortie de la séance de 20h30… Trop louche.

C'est pour ça qu'elle l'avait dragué, ce type, Viksen. Mais il lâchait rien. Il lui racontait des bobards sur son job, c'était clair. Pas possible d'obtenir quoi que ce soit. Il fallait y aller plus fort. Elle lui avait donc donné rendez-vous ce soir.

Maintenant elle savait. Elle avait vu juste.

Les Stups et la Criminelle : il se passait un truc sérieux. Que l'on cachait à tout le monde.

Elle finirait bien par apprendre quoi. Il fallait encore travailler ce type au corps.

C'est vrai qu'il avait l'air con avec sa biroute tatouée.

Elle se gratta le pied.

Ah ils pensaient qu'ils pouvaient la prendre pour une débile ! Ils allaient voir ! Aucun l'avait remarquée, l'autre jour, quand elle s'était planquée derrière l'abribus vers le commissariat et qu'elle avait pris des photos…

Le portable se trouvait dans la poche extérieure de la veste. À tous les coups il contenait les numéros des autres flics. Avec peut-être des messages qui lui en auraient appris davantage. Mais pas moyen de l'ouvrir.

Elle trouverait une façon d'avoir le code.

Il ne faisait pas chaud, assise comme ça nue sur la cuvette. Elle sortit des toilettes en frissonnant, traversa le salon, s'arrêta au seuil de la chambre à coucher le temps de constater le ronflement régulier de Viksen. Ce crétin ne s'était pas réveillé. Elle entra, reposa la veste sur la chaise, se coula dans le lit.

Elle n'avait pas aperçu les premiers flocons de neige dansant devant la fenêtre.

– Madame Bellini va vous recevoir un instant dans sa loge, annonça le directeur Gœtzen-Dæmmerung aux privilégiés qui avaient été séparés des autres admirateurs par une cordelette estampillée VIP coupant en deux le salon rouge. Tout le monde n'aurait pas accès à l'actrice, elle supportait mal l'envahissement.

Il avait fallu poireauter. Les applaudissements, les rappels, pas si nombreux semblait-il mais quand même, puis le temps qu'elle se change et se démaquille. Arrivés parmi les premiers, Maelström et Larsen devaient surtout au somptueux bouquet qu'ils arboraient de pouvoir être admis, la comédienne était sensible aux hommages fleuris, c'était connu. Elle-même exigeait qu'il y eût chaque jour dans sa loge une brassée de lys blancs, où qu'elle jouât. Elle ne pouvait entrer sur scène sans avoir respiré le parfum du lys blanc. Un rituel contracté, colportaient les magazines, à l'époque où elle était la maîtresse d'un maharaja en exil, mais certains parlaient plutôt d'un célèbre armateur chypriote, qui la couvrait de cette fleur, entre autres choses. Une petite vingtaine d'élus seulement seraient reçus, en deux groupes. La loge ne permettait pas d'accueillir plus de monde.

La porte s'ouvrit, un premier contingent put entrer. Des familiers, des proches, précédés par le ministre de la culture Lilla-Sjöjunfrun et le chroniqueur du *Nørdik Dagbladet* qui avait réussi à s'introduire. Des jappements de protestation se firent entendre du côté des recalés, derrière la cordelette.

– Allons, allons, Mesdames, Messieurs, chers amis, déclara Gœtzen-Dæmmerung en joignant les mains, la tête légèrement inclinée sur le côté. Madame Bellini est fatiguée, on l'imagine, quelle performance, n'est-ce pas ? Elle ne souhaite pas trop de visites. Respectons les volontés de notre artiste ! Mais il reste quatre représentations, vous le savez. Vous reviendrez tenter votre chance.

Il leur désignait maintenant du bras la sortie.

Des grognements de dépit, une ou deux exclamations, des soupirs excédés. Quelques-uns rebroussaient déjà chemin.

Dix minutes plus tard à peine, la première équipe d'admirateurs sortait. Le ministre de la culture demeura un instant sur le seuil, tourné vers l'intérieur de la loge, à échanger deux ou trois mots encore avec la comédienne, puis s'en alla, l'air satisfait, portant la main à la poche intérieure gauche de son veston pour y glisser ce qui semblait être une feuille de papier pliée en deux.

Ce fut le tour du second groupe. Les deux policiers entrèrent en tête, précédés par leur bouquet.

La loge était tout entière tapissée d'un tissu rose cuisse de nymphe rythmé de fins motifs floraux. Sur l'arrière, un paravent baroque en triptyque matelassé de velours vieux-rose plus foncé isolait la coiffeuse et la penderie du reste de la pièce. Un ample tapis de laine vierge grenat parcouru d'acanthes ivoires entrelacées couvrait aux trois-quarts le parquet en point de Hongrie. À la droite de l'entrée, déposée sur un guéridon noir, une aiguière en étain à patine de craie recueillait trois lys blancs. Un lustre vénitien venu du plafond répandait sur l'ensemble sa lumière poudrée.

« Bonbonnière ! » s'amusa Larsen à part lui.

Carmen Bellini attendait, déposée sur un fauteuil Louis-Philippe blanc crème tendu de soie vert pâle, la tête légèrement relevée, ses longs bras épousant la courbe des accoudoirs, les chevilles croisées sous sa robe crêpe de Chine noire. Une fois tout le monde dans la loge et la porte refermée vers laquelle se tenait Gœtzen-Dæmmerung, elle parcourut d'un regard panoramique étudié la dizaine d'admirateurs rassemblés en demi-cercle, puis se leva pour se porter lentement, un peu solennelle, au-devant d'eux. Après avoir fait mine d'hésiter elle tendit les bras vers Maelström, se saisit de ses fleurs, le remercia d'une courte inclinaison de la tête en esquissant un sourire convenu, recula doucement penchée en avant comme si elle saluait son public, se rassit, tenant contre elle le bouquet. Pas un seul mot. On avait juste entendu le grommellement émis par le type à côté de Larsen, dépité que la diva eût négligé les roses rouges qu'il portait emballées dans un papier azur où était glissé un billet de compliments.

C'était une femme grande. Maelström, face à elle, estima sa taille identique à la sienne, elle dépassait le mètre quatre-vingt, même une fois déduits les talons carrés de ses grands escarpins noirs. Ça ne devait pas toujours être simple pour un metteur en scène, une prima donna de plus d'un mètre quatre-vingt chaussant du 42.

Son allure était déliée compte tenu de sa constitution assez charpentée, à moins qu'il ne fallût considérer les choses dans l'autre sens. Des épaules bien dessinées plutôt spacieuses, des hanches évasées généreuses ouvrant sur des cuisses longues mais soutenues et des fesses que l'on devinait nobles. Avec cela une taille étroite qui affinait en l'étirant la silhouette. Elle paraissait ainsi tout à la fois mince et solide.

Séparés par une raie médiane, ses cheveux lisses ébène encadraient un visage difficile à décrire. Allongé, anguleux, il présentait des méplats sur lesquels s'attardaient des ombres. Deux joues creuses mélancoliques bordaient une bouche bien délinéée, large, légèrement descendante, austère en dépit des lèvres pleines en arc de cupidon. De ses fameux yeux gris surmontés de fins sourcils arqués émanait un regard simultanément intense et lointain. Chaud et froid. Il se dégageait d'elle un singulier mélange de gravité, d'ennui et de tourment contenu.

« Beauté ténébreuse », se dit Maelström un peu troublé.

« Jument tragique », pensa de son côté Larsen, vaguement agacé.

– « *Comment es-tu venu, dis-moi, et pourquoi ? Les murs du jardin sont hauts, durs à franchir* » fit-elle enfin en levant lentement la tête de son bouquet vers ses admirateurs.

C'était le signal des hommages.

– Ah chère Carmen, merveilleux ! Quel état de grâce ! Cet enchantement, une fois de plus ! s'exclama Gœtzen-Dæmmerung pour ouvrir les feux.

– C'était formidable ! ajouta aussitôt le type à côté de Larsen en s'avançant d'un pas et agitant son bouquet.

Un concert d'éloges s'ensuivit, unanime. On n'avait jamais vu ça, une Juliette pareille. Quelle performance éblouissante, quelle présence dramatique, cette intensité dans son jeu. Carmen Bellini accueillait ces louanges les yeux mi-clos, hochant courtoisement la tête, un début de sourire sur les lèvres.

– Merci, merci, lâcha-t-elle doucement après quelques instants.

Quant à Rainer Szenowisz, elle le confirma : un visionnaire. Personne ne savait à ce point sublimer le théâtre par la vie et la vie par le théâtre. Mais quelle exigence ! Rien ne pouvait le faire dévier de sa ligne, l'intransigeance des authentiques créateurs. Oui, éprouvant pour une artiste, surtout une artiste vibrante comme elle. Mais exaltant. Et Åmilcar était un partenaire parfait.

– C'est sûr, un Roméo pareil, ça ne doit pas courir les rues ! abonda le type à côté de Larsen.

– *« Bonne nuit ! Séparation est un si doux chagrin… »* déclama la comédienne. L'entrevue était terminée.

– Toute notre gratitude, très chère, mille mercis, fit le directeur. Et merci à vous, chers amis. Nous allons laisser notre artiste se retirer maintenant. Il lui faut se reposer.

Il avait ouvert la porte. Les admirateurs se mirent à refluer en bon ordre.

– Vous savez, je vous ai mise en fond d'écran ! tenta encore le type.

Impossible pour lui cependant de faire mouvement arrière afin de s'approcher d'elle et lui tendre son bouquet. Elle avait du reste toujours celui de Maelström dans les bras et portait ses yeux ailleurs. Il balaya la loge du regard, avisa le guéridon, avança un pas en sa direction, mais l'aiguière contenant les lys occupait toute la place. Il pivota autour de lui-même, hésita, passa d'une jambe sur l'autre, ne vit aucune solution, haussa les épaules, reflua, éleva des deux mains ses fleurs tel un ciboire avant de les déposer à terre vers le seuil et de sortir en maugréant.

– *Roméo, je viens ! C'est à toi que je bois, Roméo ! Tagadatsointsoin !* brocardait Larsen tandis que les deux policiers s'éloignaient dans la nuit. Ils venaient de laisser l'Avenue du Théâtre et ses rangées de réverbères Art Nouveau, obliquaient sur Ibsen indkorsel. Des flocons de neige virevoltaient autour d'eux, une légère pellicule recouvrait déjà le sol.

– On fait suivre la diva ? demanda-t-il en se passant la main dans les cheveux pour se défaire d'un premier duvet.

– Håkon s'en occupe. Après nous avoir livré le bouquet il est allé se poster dans une voiture banalisée. Il va la filer.

Quelques pas encore, en silence. Puis Maelström s'arrêta.

– On n'a pas aperçu Shrapnel, ce soir.

– Eh non.

– Et pourtant il était au théâtre, Tomatiksson nous l'a signalé.

– Eh oui.

– La porte des loges est restée close durant toute la représentation, personne n'a pu y entrer, Håkon est formel. Et nous, avant le début de la pièce, on n'a pas pu accéder même au salon attenant, toujours fermé.

– C'est ça.

– Alors comment tu expliques qu'on ait senti l'odeur de son parfum dans la loge ?

12

« *Ou si tu penses que je suis trop vite conquise… N'impute pas à la légèreté mon abandon… N'es-tu pas Roméo ?…* »

La tête rejetée en arrière, les yeux clos, la bouche entrouverte, ses longs bras répandus, Carmen Bellini haletait, abandonnée, des bribes éparses de son rôle à la cadence du plaisir qui la gagnait par vagues. Gémissant, son corps se soulevait sous la caresse tandis que Maelström, enivré par les senteurs épicées s'exhalant de la peau soyeuse, promenait ses doigts dans la toison sombre et drue qui s'offrait toute à lui.

La suite Hélène & Pâris du Grand Hôtel Odin baignait dans la lueur tamisée que diffluaient les fins luminaires de verre dépoli rose dragée en forme de cornes d'abondance accrochés à mi-hauteur de chacun des quatre montants de métal ouvragés du haut lit à baldaquin. Au plafond et sur le mur en face s'allongeait en se balançant l'ombre portée du soutien-gorge de Carmen Bellini qui avait atterri sur l'un d'eux après que le commissaire l'eut dégrafé et projeté en l'air derrière lui.

Maelström s'interrompit un instant, puis s'aventura plus avant dans les chairs velouteuses de la belle, qui en frémit, le souffle presque coupé. L'éternité, ou ce qui s'en rapprochait, semblait s'être ouverte. Mais il s'immobilisa soudain, sentant quelque chose d'inhabituel dans le sexe de la comédienne. Quelque chose de dur. Surpris, il s'écarta d'elle afin de porter le regard sur son entrejambe et vit alors, horrifié, émerger lentement de la vulve un long nain de jardin filiforme qui tourna les yeux dans sa direction et éclata de rire tandis que Petronille Missåbrevis, vêtue d'un débardeur échancré nettement trop étroit et coiffée d'une casquette de supporter, lui brandissait sous le nez un escarpin noir dégoulinant de confiture.

Il se réveilla en hurlant et se retrouva assis, pantelant, en sueur, égaré au milieu de son lit. De lourdes secondes s'écoulèrent sans qu'il ne bouge, le cœur battant, la respiration courte, tout à la fois épouvanté, furieux et frustré.

Misère de Dieu, ce rêve !

Il secoua la tête, hagard. Souffla de dépit. Finit par se lever, transi encore, gagna la cuisine pour prendre un verre d'eau. Puis demeura adossé au frigidaire, les jambes molles, à boire par petites gorgées dans l'obscurité. Son rêve dansait devant lui, il ne voyait pas comment s'en débarrasser alors qu'une bonne moitié de lui-même aspirait bien sûr à en conserver l'essentiel.

03 : 17 selon l'horloge à affichage digital intégrée du micro-ondes. L'heure la plus sombre. La plus noire. Destinée au tourment des hommes.

Bon. Retrouver ses esprits, un peu de calme. Il se mit à arpenter les pièces de son appartement.

Carmen Bellini… Ainsi la coïncidence était devenue une piste.

D'abord son nom sur une affiche, au cinéma Pacific, près du cadavre de ce pauvre projectionniste grillé du bulbe. Puis sur une autre affiche, Ingmarbergmantorget, juste avant qu'il n'échappe au camion qui lui arrivait dessus. Par contre elle jouait en chair et en os au Théâtre national d'Iskandja à Gufuborg le jour où trois techniciens s'étaient trouvés mal. C'est d'ailleurs grâce à ce téléphone d'Emilidickinson que les fils avaient commencé à se rassembler dans son cerveau pour former un début d'hypothèse.

Carmen Bellini…

Il n'y croyait pas trop, à vrai dire. Mais avait quand même échafaudé ce petit dispositif, la loge surveillée, le gros bouquet de fleurs afin de s'y faire admettre après le spectacle. Au moins aurait-on l'occasion de découvrir la diva de près, ce serait déjà ça. Se faire une idée. Ensuite la filer jusqu'à son hôtel. Vérifier.

Et voilà qu'on avait rencontré flottant dans la loge l'effluve de choc senti chez Shrapnel. Effluence Konstriktør, impossible de se tromper. Larsen l'avait du reste aussitôt reconnu lui aussi.

Mais pouvait-on être sûr qu'il s'agissait bien de l'assureur ?

Qui d'autre ? C'est nouveau et cher, avait dit Ölderlin de ce parfum. Tapageur, démonstratif, affirmation d'une robuste confiance en soi, il allait à Shrapnel comme une seconde peau.

Mais qu'est-ce qu'il fabriquait dans la loge de Carmen Bellini ? Et comment y était-il entré ? Selon Håkon, pas moyen durant le spectacle, le salon lui-même était resté fermé presque jusqu'à la fin, il avait vu l'employé du théâtre l'ouvrir de l'intérieur pour permettre aux admirateurs de faire antichambre devant la loge close. Shrapnel ne possédait tout de même pas la clé de ce salon ! Qu'est-ce que c'était que ce mystère ?

Maelström s'était approché de la porte-fenêtre donnant sur son balcon. Il ne neigeait plus, une couche virginale recouvrait le parc. Il entrouvrit. L'air était allégé, adouci, renouvelé. Les neiges de la mi-août.

« Le jour de la première, à Gufuborg, il y a eu utilisation du toxique cérébral. Et aujourd'hui ? Sans doute non. Ici, c'est le Pacific qui a servi.

Si du moins j'ai bien compris. »

Rien de neuf sur son téléphone portable depuis le

message de Håkon l'avertissant du retour de Carmen Bellini à son hôtel en taxi. Seule. L'agent était resté deux heures en faction, histoire de surveiller les allées et venues. Mais pas question d'approcher le personnel de l'hôtel pour en savoir davantage sur les fréquentations de la comédienne. Pas encore.

« Mais qu'est-ce qu'elle vient faire dans cette histoire ? »

Rien non plus du côté de Tomatiksson. Est-ce qu'il aurait raté la sortie de Shrapnel, après la représentation ? Perdu dans la foule ?

On devait resserrer le dispositif autour de la diva. Sérieusement.

Il se remit à marcher, dans le noir. Réverbérée par le manteau de neige, la lumière dégagée par les lampadaires disposés le long du chemin traversant le parc suffisait à ce qu'il se repère d'une fenêtre à l'autre. Il donna cependant du tibia contre l'angle de la table basse du salon, se retint de sacrer à haute voix.

Resserrer la surveillance.

Bon, à part ça, imaginer Carmen Bellini avec l'assureur l'irritait. Se dire que ce fat, que ce sinistre mariole enrobé de son parfum d'assaut…

Mais pouvait-on croire qu'il puisse être son genre ?

Se calmer. Souffler un peu. Éloigner les images de son rêve. Penser à autre chose. À la beauté du monde, par exemple.

Il inspira profondément. S'assit en se prenant le visage dans les mains.

« Dire que cet effarant trou du cul est peut-être… »

Réagir. Il fallait réagir. Vite.

Il ouvrit tout grand la fenêtre. Assailli par l'air gelé et pur de la neige, il resta à respirer jusqu'à ce qu'il sente son agitation baisser de quelques degrés, puis vint s'étendre sur son divan.

Se ressaisir, et procéder méthodiquement. C'est-à-dire partir du lapsus à peine croyable de Shrapnel prétendant avoir débauché Ole Mykorasson du groupe pharmaceutique TechTonus. Or Mykorasson n'avait jamais fichu les pieds chez TechTonus. Il était passé directement du consortium immobilier Skurkarna aux Assurances Shrapnel. C'était un lapsus, un pur et simple lapsus.

Un groupe pharmaceutique…

L'assureur s'était trahi.

« Si c'est bien ce que je pense, on a tout. Enfin, pas pourquoi Carmen Bellini. Mais tout le reste. Tout le reste. »

Les choses s'étaient ajustées dans son esprit. Grâce aux derniers aveux de Torsk à propos de la mallette, et grâce à la remarque de Petronille Missåbrevis sur le réseau des Erektil.

Torsk, Flåk dans sa bétonneuse, le pop-corn empoisonné du Pacific, tout cela ne faisait en réalité qu'une seule et même affaire ! Contrairement à ce qu'il avait prétendu à Petronille, on avait beaucoup avancé avec Torsk, la dernière fois. Beaucoup.

On y était, en fait. Restait à fournir les preuves.

Ça n'irait pas tout seul. Le groupe pharmaceutique, on pouvait tout de suite oublier, on ne trouverait jamais un prétexte pour y aller voir. Non, ce serait Shrapnel ou rien.

« Gare à ton cul, Konstriktør !

Mais comment ? Il me connaît, il connaît Larsen. Nyderbipp aussi, et chacun des hommes qui ont participé aux investigations concernant Flåk. Tous surveillés. Mon équipe est épiée.

Laisser la Criminelle hors de ça.

Mais qui, sinon ? Quelqu'un d'un autre service… Pourquoi pas ce jeune type, là, Viksen ? Il est resté en-dehors des recherches jusque-là, personne ne l'a identifié. Et Ölderlin semble content de lui. »

Maelström se redressa.

La Brigade des stups. Knud Viksen. Oui, c'était une bonne idée. Avec Tomatiksson en appui technique.

Il se leva pour gagner sa chambre à coucher.

Et le ministre de la culture, Lilla-Sjöjunfrun… Bon, normal qu'il se soit trouvé là le jour de la première, qui coïncidait avec la réouverture du Théâtre royal après les travaux de restauration. Dans une mise en scène de Napalm, en plus. Bien normal. Mais c'était quoi ce papier qu'il avait glissé dans son veston, au sortir de la loge ?

On n'allait quand même pas surveiller le ministre de la culture !

Il s'arrêta au seuil de la chambre.

« Lilla-Sjöjunfrun. Est-ce qu'il était proche d'Ålbanberg, à l'époque ? Du même parti ? »

Il rejoignit son lit. S'allongea lentement. Tenter de faire le vide.

Kjerstin l'avait un jour traîné dans un centre de méditation. Pour qu'il apprenne à faire le vide, précisément, et en même temps qu'il se retrouve lui-même, ce n'était pas très clair. Or en fait d'intériorité authentique, il avait surtout senti un vague sifflement dans ses oreilles tout du long. Puis ses lombaires, trois jours durant, à cause de la position du lotus.

Foutu rêve… C'est qu'il y avait en outre le débardeur échancré de Petronille Missåbrevis. Très échancré.

Pauvre de lui !

Petronille : il fallait au plus vite l'inclure dans le dispositif de surveillance de la Bellini. Oui. Une femme devine mieux une autre femme.

Il se tourna sur le côté, ferma les yeux, s'efforça de sentir tout son corps devenir lourd, faire en sorte de s'assoupir.

« Et si c'était le parfum d'un autre gars que Shrapnel, dans la loge ? »

13

« Pas facile de célébrer la vie avec une tronche pareille ! » se disait Larsen en s'observant dans le miroir. Il s'était rasé et scrutait à même les dégradations déjà installées sur son visage les annonces des désastres à venir. Fatalement, les ridules sous les yeux rejoindraient un jour ou l'autre les lézardes verticales s'amorçant sur ses joues, pour donner en fin de parcours un vague air de diagramme pétrographique à ses deux profils. Quant au détaché de ses pommettes et à sa mâchoire nette, qui conféraient vigueur et précision à sa physionomie, on les verrait bientôt entraînés par le mouvement général d'affaissement qui emporterait le tout en l'arrondissant, amolli, défait, vers le bas. La cinquantaine est une décennie impitoyable. Direction générale : l'estompement, la liquéfaction, via le ravinement et l'éboulement. La victoire annoncée de la ptôse, le triomphe sans appel de la pesanteur. À tous les étages. Avec la tâche d'accommoder les restes : Sisyphe en marcel.

Autant dire que pour l'allégresse, c'est pas gagné.

« Sans parler des dernières illusions envolées », ajouta-t-il en regardant pissoter le robinet dont il venait pourtant de changer le joint.

Il sortait de la salle de bain en sifflotant les *Gurrelieder* d'Arnold Schoenberg lorsqu'une indication sonore retentit sur son téléphone portable. Un message collectif de Maelström qui le convoquait au commissariat de la Criminelle à 9h30. Avec Tomatiksson, Håkon et Petronille Missåbrevis.

« Tiens, Petronille… Il doit se dire qu'une femme saura mieux deviner la femme qu'est Carmen Bellini. »

Un peu plus tard, alors qu'il s'occupait à retirer lambeau par lambeau l'étiquette du prix solidement collée au beau milieu de la notice exposant la composition de la confiture de hjortron qu'il venait d'acheter, il entendit son portable bruire à nouveau.

Une communication prioritaire de Wunderhørn : « Fusillade sur Vägskäl. Toute urgence. »

La pagaille était complète. Arrivé en véhicule de police par Peer Gynt Avenue, Maelström demanda au chauffeur de le laisser descendre à la vue de l'embouteillage amoncelé en double file sur deux bonnes centaines de mètres. À moitié engagée, immobilisée de travers par son bras de suspension arrière défoncé, une camionnette qui avait tenté de rebrousser chemin en franchissant le terre-plein central maçonné obstruait le trafic venu d'en face, qu'elle contraignait à se resserrer sur la seule voie de droite. Des amabilités s'échangeaient de part et d'autre des vitres baissées pour l'occasion.

Frôlant dangereusement les voitures qui venaient s'agglutiner à l'encombrement, le commissaire franchit en zigzags la route jusqu'au trottoir. Des coups de klaxons se répondant les uns les autres, stridents, criards, aigres, en double trompettes, sirènes, cornes de brume et beuglements dilacéraient l'atmosphère.

Il remonta l'avenue, se frayant un chemin à travers la cohue des piétons. Beaucoup affluaient attirés par le bouchon. Certains s'attardaient à la hauteur de la camionnette échouée pour la prendre en photo, mais la plupart se portaient en direction du croisement, avides d'en apprendre davantage. On ne sentait aucun affolement, pour autant, ni de crainte. Simplement la curiosité ordinaire, l'espoir d'assister à quelque chose que l'on pourrait raconter et dont on ramènerait l'une ou l'autre image.

« Ils ignorent donc qu'il s'agit d'une fusillade ? » s'étonna le commissaire, hâtant le pas.

Parvenu à la hauteur de Vägskäl, l'embranchement le plus encombré de la capitale, il franchit un barrage policier et fut autorisé à enjamber les banderoles tendues pour endiguer le flot des passants et permettre les premières investigations. Il repéra Wunderhørn flanqué de trois hommes en uniforme à côté d'une voiture de police garée en travers de la chaussée, puis Larsen, qui arrivait à pied depuis Stenhammar Boulevard, en face. Pas d'ambulance, en revanche.

« Qu'est-ce que c'est que cette fusillade, alors ? » grommela-t-il.

Formant un îlot au milieu du carrefour, deux véhicules étaient emboutis, avec encore une moto encastrée dessous. Un policier constatait les faits avec les conducteurs apparemment indemnes alors que deux autres s'occupaient à ceinturer un motard, sans doute le possesseur de l'engin enfoncé, qui, en rage, balançait de grands coups de bottes contre un conteneur à déchets posé là. Trois agents de la circulation tentaient de faire face au trafic en le déviant par des gestes sémaphoriques de chaque côté de l'entassement.

Obstrué par les véhicules de police, l'accès du sud, sur Carl Nielsens Gade, était momentanément bouclé, un bouchon s'étirait aussi loin que portait le regard tandis qu'un homme de la Routière improvisait une pantomime pour intimer aux conducteurs d'éteindre leur moteur. Sans grand succès. Au quatrième rang, l'occupant d'une Jeep urbaine appuyait même assidument sur la pédale des gaz à dessein d'asphyxier le cycliste qui s'était immiscé par le trottoir et se trouvait coincé entre son capot arrière et le pare-chocs avant de la fourgonnette arrivée dans son dos. D'autres s'activaient à faire rugir leur moteur par saccades dans le but de protester contre la situation. Quelques doigts d'honneur adressés au monde entier sortaient des fenêtres ouvertes. Et l'on entendait, qui portait sur les nerfs, le couinement insistant du klaxon d'un scooter bloqué par une voiture de livraison délibérément positionnée de deux ou trois décimètres en travers pour l'empêcher de progresser par le bord ou de s'échapper par le trottoir. Des insultes fusaient, l'exaspération était générale, alors que resplendissait cette intelligence valant à l'espèce sa place éminente dans l'univers.

La quatrième branche du croisement se trouvait barrée quant à elle par l'autobus articulé qui avait réussi à éviter les voitures accidentées mais ne disposait plus du rayon nécessaire pour parachever sa manœuvre de contournement et, entravé, avait dû s'arrêter.

Maelström s'avança. Rejoignant Wunderhørn et ses hommes il aperçut un agent accroupi en train de récolter des débris dans les résidus de neige sale sur la chaussée.

– Bonjour Maelström, fit le chef de la police. On dirait que le tireur de l'autre soir a récidivé. La Balistique vérifiera, mais je vous parie qu'il s'agit de la même arme.

Il désignait la potence de signalisation.

Les feux de circulation des côtés sud et ouest du carrefour ainsi que les caméras radars avaient été mis hors service, proprement canardés. À l'exception d'une ampoule verte.

– C'était donc ça, votre fusillade, dit Maelström avec humeur. J'imaginais déjà le pire…

– Je vous ai transmis le message tel que je l'ai reçu, je suis moi-même venu en urgence sans savoir ce qu'il en était. Évidemment que je ne vous aurais pas fait déplacer, sinon !

– Notez que c'est bien une fusillade, techniquement parlant, fit l'un de policiers qui se tenait près du chef de la police. Agent Knippelsson, ajouta-t-il en portant sa main à la visière de sa casquette. Knippel Knippelsson.

Grand, large, carré, un cou très court, les épaules hautes, les bras légèrement écartés du tronc par les renflements des biceps, on aurait dit une figurine de policier pour jeu d'enfant.

– Comment avez-vous su vous-mêmes ? demanda Maelström.

– On patrouillait avec Jørgen…

– … Jørgen Jørgensson, fit l'agent à côté de lui en touchant à son tour sa visière.

– … on patrouillait donc en voiture, la routine. On arrivait par Carl Nielsens et on a vu les véhicules emboutis. Des collègues étaient déjà là, mais ils étaient venus de Stenhammar, en face, ils pouvaient rien voir. Nous, c'est en regardant les feux qu'on a compris ce qui s'était passé. Fusillés net. C'est pour ça qu'on a appelé le commissariat central.

– Il a tiré dans les ampoules rouges, ajouta le troisième policier. Sur l'installation de droite, ça a suffi à péter le tout. À gauche non, mais on dirait que ça a bloqué le système sur vert. Agent Åren Årensson, enchanté, M. le commissaire.

– Voilà qui explique la collision, résuma Wunderhørn. Le feu était vert simultanément dans les deux directions opposées. Les conducteurs se sont tous deux engagés et se sont rentrés dedans.

– Et la moto qui arrivait juste derrière a pilé sur les freins histoire d'éviter la collision, reprit Jørgensson, mais avec les restes de neige, ça l'a envoyé en tête à queue finir dans la portière. Par chance, le type a été éjecté avant l'impact. Il a glissé jusqu'au trottoir.

– Il va d'ailleurs falloir qu'on l'emmène pour le calmer, ajouta le chef de la police en regardant le motard qui continuait à tempêter et se débattre. Il semble avoir de la peine à accepter ce qui est.

– Ça correspond à combien de coups, ça ? demanda Maelström en montrant du doigt les feux détruits.

– À première vue au moins quatre, répondit Årensson. En admettant qu'il ait fait mouche à chaque coup. Sinon, plus, évidemment.

– Ça veut dire qu'un individu armé d'un fusil à lunette a pu tirer au minimum quatre fois en pleine matinée sans être inquiété ni repéré ! fit le chef de la police. Quatre détonations, en plein jour ! Tranquille !

– Ouais. Logiquement, vu l'angle, il devait se tenir par là-bas, repris l'agent en désignant un point à l'arrière.

Des rangées d'immeubles bordaient les deux côtés de l'avenue. Des appartements, des bureaux. Ça allait être coton de mener l'enquête.

– Vous n'allez pas me dire que personne n'a rien entendu ! Parmi tous ces curieux, là...

Aux fenêtres et sur les balcons, des habitants, des employés s'étaient agglutinés pour regarder. Beaucoup avaient défouraillé leur smartphone.

– Curieux aussi qu'aucun automobiliste ne vous ait averti, dit Maelström. Ceux qui se trouvaient juste devant les feux les ont forcément vus éclater. Ou ceux qui ont pris des débris sur leur parebrise. Personne n'a pris peur et n'a appelé ?

– Faudra voir avec le central.

– Pendant que Jørgen expliquait aux collègues ce qui s'était passé, je suis vite allé voir s'il y avait quelque chose, intervint Knippelsson. Des traces, les douilles. Mais j'ai rien trouvé.

– On devra inspecter les lieux de près. En commençant par délimiter la zone de tir à partir de l'angle des impacts, de la grosseur des cibles et du type d'arme, reprit Wunderhørn. Et repérer les renfoncements ou les recoins où il a pu se cacher. Il devait être à l'abri des regards, au moins.

– Peut-être qu'on trouvera quand même les douilles, comme l'autre soir, intervint Årensson. Elles étaient environ à cents mètres des caméras fusillées. Je les avais ramassées moi-même.

– Mais il y avait du brouillard. Ce matin, il a sûrement tiré de plus loin.

Des vociférations, dans leur dos. Un automobiliste venait apparemment d'infliger une longue rayure à la carrosserie de la voiture immobilisée à côté de la sienne en brandissant hors de sa vitre la perche à selfie avec laquelle il entendait prendre une vue du bouchon accumulé derrière lui. Le conducteur lésé avait baissé sa fenêtre pour faire savoir ce qu'il en pensait.

– S'il est venu à pied, il a une arme démontable, pensa tout haut Wunderhørn. Pas nécessaire s'il est venu en voiture.

– Celui qui a canardé les radars sur Korsning Abba lorsqu'on est passé dessous semble avoir été en voiture, en tout cas, intervint Larsen, muet jusque-là. On a entendu un bruit de moteur après le tir.

– Faudra vérifier où il aurait pu stationner, il n'y a pas de place de parc dans l'avenue.

– Il s'est peut-être engagé dans le trafic, entre-temps. Si ça se trouve il est dans le bouchon, fit Jørgensson en désignant l'embouteillage.

– Imagine, c'est peut-être même un de ceux qui klaxonnent, nom de Dieu, maugréa Knippelsson en serrant les poings.

– Mais on ne va pas fouiller les trois cents véhicules à

l'arrêt en expliquant qu'on cherche un fusil à lunette ! fit Årensson. Eh, mais qu'est-ce qu'ils foutent, là-bas ?

En partie abrités par l'autobus à l'arrêt, des adolescents s'étaient mis à ramasser ce qu'il restait de neige brunâtre et mouillée accumulée contre les rebords des trottoirs pour en bombarder les automobiles immobilisées. Quelques projectiles étaient entrés dans les habitacles par les vitres semi-ouvertes, déclenchant coups de klaxons et aboiements de colère. Jørgensson courut disperser les jeunes.

– Une bonne grenade lacrymogène dans le tas ! marmonnait Knippelsson.

– Voilà du moins la preuve que c'est bien le radar qui était visé l'autre soir, sur Korsning Abba, et non pas vous, reprit le chef de la police en se tournant vers Maelström et Larsen. Mais qu'est-ce que c'est que ça, bon sang ? Un récidiviste du flash fâché par ses amendes ? Une démarche anarchiste ? On veut nous faire passer un message ?

La stridence désespérée d'un sifflet de service les fit se retourner. Se méprenant sur le geste équivoque de l'un des préposés à la circulation, un véhicule utilitaire venu de Peer Gynt Avenue s'était engagé dans le carrefour mais le violent coup de frein qu'il dut donner afin d'éviter la berline arrivant sur lui depuis la gauche lui fit encaisser dans son pare-chocs arrière la dépanneuse dépêchée sur les lieux pour évacuer les voitures et la moto embouties. Le fracas caractéristique de carrosserie enfoncée traversa tout Vägskäl.

– Finalement, ça valait la peine de venir, railla Larsen. On a une dépanneuse pour la dépanneuse ?

– On se demande parfois si on fait bien de se lever le matin, maugréa Wunderhørn, résigné. Bon, on va tripler les agents de circulation, la Routière s'en occupera, je les appelle. Ah, voilà le *Nørdik Dagbladet*, signala-t-il en désignant deux hommes venus de Stenhammar Boulevard et que Maelström reconnut comme le journaliste et le photographe qui l'avaient assailli à la sortie du cinéma Pacific. Est-ce que par hasard l'un d'entre vous… Tenez, Knippelsson, vous direz bien quelques mots à la presse ?

– Si vous m'expliquiez tout depuis le début, M. le commissaire ? En n'omettant rien, cette fois. Ce serait plus clair. Vous m'avez convoquée, qu'attendez-vous de moi exactement ?

Elle avait prononcé ces mots en réassurant élégamment son chignon, la tête légèrement penchée de côté.

– Je pourrai vous aider plus efficacement, de la sorte, ajouta-t-elle.

Maelström hocha la tête, une moue aux lèvres. Inutile de tenter de ruser avec Petronille Missåbrevis, il allait devoir cracher le morceau entier.

Il était près de midi, la réunion retardée par la fusillade sur Vägskäl. Maelström avait relaté la visite dans la loge de Carmen Bellini, la surprise d'y avoir senti flotter le parfum de Brokk Shrapnel, impossible à confondre. Sa légère hésitation au moment de justifier le dispositif mis en place pour approcher la comédienne n'échappa pas à la policière.

– Deux affiches et un téléphone reçu d'Iskandja… Ténu, en effet, remarqua-t-elle. Audacieux, votre recoupement. Dites, il ne vous dérange pas, ce néon ?

Håkon répéta ensuite que le salon permettant au public de parvenir dans la loge était resté fermé durant la représentation, personne n'avait pu passer par là. Quant à savoir s'il existait un autre accès que l'assureur aurait pu emprunter, il faudrait visiter le théâtre en détail, ce ne serait peut-être pas tout à fait simple de faire ça discrètement. Sinon, Mme Bellini n'avait plus bougé du Grand Hôtel Odin une fois rentrée. Et il n'avait vu personne qui corresponde au signalement de Shrapnel arriver à l'hôtel, du moins jusqu'à la fin de sa mission, à 3h.

– C'est Kelin qui assure la surveillance depuis, conclut-il. Il n'a encore rien signalé. Elle ne doit pas être sortie, aujourd'hui. C'est vrai qu'elle recevait la presse.

– Mais en quoi la présence de ce Shrapnel dans la loge vous dérange-t-elle exactement ? demanda Petronille. Et puis, un parfum, c'est porté par pas mal de monde. Est-on sûr qu'il s'agissait bien de lui ? Au fait, comment M. Tomatiksson a-t-il eu connaissance de sa venue au théâtre ?

Elle s'était tournée vers l'agent.

– Filature, Madame. Façon traditionnelle, répondit celui-ci, se gardant de dire qu'il avait déjà piraté la messagerie de Shrapnel et qu'il s'activait à forcer l'accès aux fichiers de son disque dur.

La policière lissa les plis du short à carreaux qu'elle portait sur des collants épais gris foncé. Puis releva les yeux.

– Vous l'avez suivi jusqu'à son entrée dans le théâtre, M. Tomatiksson ? Vous l'avez vu entrer dans le bâtiment.

– Affirmatif. Il est arrivé seul, à pied. Je me suis ensuite installé à une table près de la fenêtre à l'Euripid, vous savez, la brasserie en face du théâtre. Ne l'ai pas vu ressortir à la fin, il était peut-être noyé dans la foule.

– Pourtant MM. Maelström et Larsen ne l'ont pas repéré parmi les spectateurs. Bon. Mais pourquoi vous intéresse-t-il tant ? Il a été l'employeur des trois organisateurs du trafic de médicaments falsifiés, d'accord, mais enfin, il n'y était pour rien, et quel rapport avec notre affaire ? Voyez-vous, je ne comprends pas la piste qui est la vôtre, commissaire, je crois qu'il me manque un ou deux éléments…

Maelström tenta d'abord d'éluder en racontant l'entretien chez Shrapnel, le tressautement du directeur quand ils avaient parlé d'informations nouvelles, et son lapsus, confirmé par les vérifications d'Ölderlin. C'est à ce moment que la policière l'avait interrompu.

Son regard se porta vers la fenêtre. Dehors, le temps était au redoux : de la couverture nuageuse qui se densifiait depuis quelques heures filtrait une lueur terreuse. La pluie n'allait pas tarder, elle emporterait en les diluant les dernières plaques de neige.

Il soupira, avant de se rendre.

– Håkon, je place la surveillance de Mme Bellini sous votre responsabilité. Vous l'assurez avec Kelin et un autre collègue à votre choix. Vous vous relayerez, je veux une couverture complète. Tomatiksson, vous continuez seul à pister Shrapnel, jusqu'à nouvel ordre. Mais soyez très prudent, il doit être sur ses gardes. Vos filatures vont peut-être se recouper, ajouta-t-il en regardant les deux hommes, c'est même ce que j'espère. Vous m'avertissez de tout ce qui se passe.

Les agent sortis, il se leva pour s'adosser contre le mur de son bureau face à Petronille Missåbrevis et Larsen.

– Vous avez raison, Madame Missåbrevis, commença-t-il, je ne vous ai pas dit toute ma pensée sur cette affaire. Voilà : depuis les derniers aveux de Torsk et la déclaration erronée de Shrapnel sur le précédent emploi de Mykorasson, j'ai la conviction que l'assureur a repris ou est en train de reprendre le trafic de médicaments, et qu'il a fait éliminer Svärdfisk.

– Ah oui ?

– Il aurait relancé les faux Erektil ? Il veut à son tour se faire du fric avec de la farine ? demanda Larsen.

– Pas la farine. Ce qu'il veut, c'est le circuit de distribution, et les gélules vides.

– Mais pour en faire quoi ? intervint la policière. Que devraient contenir ces gélules alors ?

– Le shvlt-54.

– Le dévastateur de cerveau ?

Larsen émit un sifflement admiratif.

– Vous êtes en train de dire que Shrapnel aurait fait main basse sur le montage réalisé par ses anciens employés, en éliminant au passage le procureur Svärdfisk qui l'avait lui-même auparavant repris à son compte, afin de diffuser le toxique cérébral ? résuma Petronille Missabrevis. Mais dans quel but ? Semer la terreur ?

– Non. Ça ne lui rapporterait rien. Et il n'est pas un psychopathe de ce genre. Je crois plutôt qu'il veut répandre par ce moyen un dérangement cérébral que l'on soignerait ensuite avec un traitement sur lequel il aurait le monopole. Propager la maladie pour pouvoir vendre le remède. Avec aussi de jolies hausses sur les primes d'assurance. Bref, de quoi engranger un fric colossal. Mais ça suppose de maîtriser le dosage de ce toxique. Ce qui est hautement délicat, comme me l'a expliqué Kurwenal Lørdnelsson. Ça veut dire un laboratoire performant, des professionnels de pointe.

– TechTonus..., fit Petronille.

– Ses essais à Gufuborg et au cinéma Pacific, acquiesça Larsen.

– À mon avis, il tâtonne toujours, teste pour parvenir au bon dosage. Si on suit mon hypothèse, à Gufuborg, c'était trop faible, et au Pacific, trop fort. Il n'a pas encore trouvé. Lorsque ce sera fait, il pourra lancer ça à grande échelle par les faux Erektil. Une certaine proportion de ces comprimés seront contaminés, exactement comme une partie d'entre eux étaient simplement remplis de farine à l'époque où ses trois employés dirigeaient leur magouille. Il a porté le business à un niveau supérieur. Nettement supérieur.

Il fit quelques pas, s'assit à demi sur l'angle de son bureau, fixa la policière.

– C'est là où se trouve le lien avec Flåk et Torsk. La mallette, Madame Missåbrevis, vous vous souvenez ? C'est votre réflexion qui m'a ouvert les yeux. Bien sûr que les commanditaires de l'assassinat y tenaient, à cette foutue mallette ! Ils se sont même drôlement activés, jusqu'à mettre sens dessus dessous les logements de ces deux primates... Parce que tous ces faux médicaments, ces gélules vides dans leurs emballages standard, ça fait un matériel de premier ordre pour préparer la diffusion du décérébrateur. Propager une substance dans des médicaments via un réseau de distribution homologué, officiel et éprouvé que l'on a infiltré, c'est quand même nettement plus confortable et plus efficace que d'empoisonner au coup par coup du pop-corn dans des cinémas ou des distributeurs de billets dans des parkings. Et moins risqué ! La mort de Svärdfisk, celle de Sardin au cinéma Pacific, la tête de Sten Flåk dans la bétonneuse, ça n'est qu'une seule affaire.

Elle l'écoutait, hochant doucement la tête et se mordillant la lèvre inférieure.

« On l'épate, là », se dit Larsen.

– Les Erektil, ça ne toucherait que la population masculine, fit-elle après un instant. Mais en effet c'est plus commode que le pop-corn par-ci par-là. Notez que s'il a repris toute l'organisation, comme vous le dites, il pouvait aisément se procurer d'autres gélules que celles de la mallette.

– C'est ce qui me fait penser que le processus en est au début. Shrapnel doit être en train de s'en emparer et de le réorienter. Après tout, il n'y a pas six mois que Svärdfisk est mort.

– C'est vrai... Cela dit, vous imaginez le risque, pour le groupe pharmaceutique ?

– Peut-être que ça n'engage pas TechTonus entier. Une petite cellule, trois ou quatre de leurs chimistes qui travaillent en douce là-dessus, je ne sais pas.

– Des gars qui sont donc à la fois sur le dosage du toxique et sur un palliatif, résuma Larsen.

– C'est ce que je me dis.

– Il a dû franchement rigoler, Shrapnel, en lisant la presse à propos de Cordon sanitaire préventif et des alarmes sur le maïs… Mais est-ce qu'il est capable de croire qu'on n'a pas remarqué le shvlt dans le pop-corn ?

– Tout cela se noue fort bien, commissaire, intervint la policière. On ignore si ces gens utilisent des stocks existants de ce dévastateur cérébral ou s'ils le fabriquent. Mais c'est très dangereux à manipuler, vous l'avez répété. Ça ne s'improvise pas. Vous trouvez que ça colle avec trois techniciens travaillant en catimini le dimanche ? Elle ne fait pas un peu complot, votre idée ?

– Je n'ai rien d'autre à vous proposer. Mais je ne crois pas me tromper.

Maelström préféra garder pour lui ses aisselles apaisées ainsi que la trêve conclue avec sa vessie et son urètre depuis que sa conjecture avait achevé de se former dans son esprit.

– Ce n'est qu'une hypothèse… Vous avez conscience que nous marchons sur des œufs, là ?

Jambes croisées, la policière regardait le bout de sa bottine droite qu'elle bougeait en faisant tournoyer sa cheville.

« Elle doit avoir un microbiote intestinal du tonnerre », rêvassait Larsen.

– Je vois M. le commissaire général tout à l'heure, reprit-elle, je lui en parle. Il voudra sans doute vous rencontrer au plus vite. C'est le troisième bâillement que vous étouffez, commissaire, toujours vos insomnies ?

– On se disait que Shrapnel procède à ses essais dans des pays différents, dit Larsen. Sûrement pour éviter les rapprochements. Mais pourquoi Gufuborg ?

– Sais pas. Le seul lien que je faisais, c'était Carmen Bellini. Autrement dit rien, quasiment rien. Du moins jusqu'à hier soir.

– Je comprends mieux maintenant ma présence ici, fit Petronille Missåbrevis. Madame Bellini est la pièce qui vous a permis de finaliser votre puzzle. Maintenant, est-elle une complice ou plutôt une idée fixe de l'assureur, une façon démente de baliser ses essais criminels ? Et vous vous dites qu'une femme saura mieux cerner une autre femme… Eh bien soit, j'irai au théâtre ce soir. Je ferai jouer les relations de M. Wunderhørn pour obtenir une place et me faire admettre dans la loge.

Elle se leva.

– À ce propos, quelles fleurs me conseillez-vous d'apporter ?

14

– Et vous comptez vous y prendre comment ?

Un peu après 17h dans le bureau de Wunderhørn, au commissariat central. La chaleureuse lumière dispensée par le lampadaire arqué surplombant la table de réunion contrastait avec la pénombre pesante installée dehors. L'eau qui depuis deux heures tombait dru du plafond gris fer venu coiffer la capitale claquait contre les fenêtres. Le redoux se confirmait. « C'est bien, cette pluie, elle nous rappelle qu'on n'est pas encore tout à fait en hiver », avait ironisé le commissaire général.

– On va s'agiter autour de Flåk. Vider puis sceller son hangar, installer très discrètement une nouvelle planque en face. Ça devrait déjà les titiller.

– Parce qu'ils vont bien sûr la repérer, la planque très discrète.

– Exact. Et on attaque sur Torsk. C'est lui l'élément-clé. Recherche, pêche aux renseignements, comme si on était à ses trousses. Pour leur faire croire qu'on a quelque chose. Eux aussi le traquent, avec sa mallette. Il faut qu'ils se demandent comment on a été mis sur sa piste. Et même s'ils se disent qu'on bluffe, ils ne pourront pas se permettre de manquer un truc, devront sortir. C'est notre seul moyen de reprendre la main.

– Ils vont vous marquer plus serré.

– Justement. On va donc déployer un second cordon. Des hommes chargés de détecter ceux qui vont surveiller nos manœuvres. Planques mobiles, filature à distance de nos propres agents pour surprendre ceux qui les guettent. On emploiera nos nouveaux drones furtifs avec caméras nocturnes. On va déjouer leur pistage. Retourner la nasse, quoi.

– Délicat. Et s'ils s'en doutent ?

– Ils nous serreront d'autant plus. On les oblige à bouger. Par ailleurs, je fais suivre Shrapnel. Filature et écoutes téléphoniques si j'en ai l'autorisation, ajouta Maelström en passant sous silence le piratage informatique mené par Tomatiksson. Je veux connaître sa réaction à nos mouvements.

– S'il réagit, fit Wunderhørn en fixant le commissaire de son regard bleu limpide. J'espère que vous ne faites pas fausse route. C'est un dispositif lourd. Pas sans danger. Et il ne sera pas tout simple d'éviter les fuites.

– Je n'ai pas d'autre scénario. Mais je pense avoir vu juste.

« Je ne vais quand même pas lui raconter que mes fosses poplitées et mes roubignoles ont cessé de faire du rififi depuis deux jours que les choses sont claires dans ma tête ! »

– J'ai trois hommes aussi en couverture totale sur Carmen Bellini. Elle est peut-être notre meilleur accès à Shrapnel. Mais je sais que c'est mince.

La *Marche de Radetzky* retentit dans la pièce. Wunderhørn se saisit de son mobile, le reposa sur la table.

– Pas urgent, ça attendra. Oui, reprit-il, trois hommes, auxquels il faut ajouter mon adjointe, Mme Missåbrevis, dont vous sollicitez le jugement, si j'ai bien compris. Elle se rend ce soir à la représentation. Elle sera reçue dans la loge, aux côtés du ministre de la santé publique, c'est arrangé. Serai curieux de voir ce qui sortira de ça.

La *Marche de Radetsky*, derechef. Le commissaire général jeta un œil à l'écran, prit la communication. À l'autre bout, une voix féminine au débit légèrement saccadé. Il opina deux ou trois fois du larynx avant de conclure par un bref « ok » et de couper.

– Le bureau de la communication du secrétaire d'État à l'Intelligence artificielle, M. Persson, expliqua-t-il en reposant son appareil sur la table. Ils organisent une réunion d'information à l'intention des responsables de tous les services de police. C'est à propos de la mise en place de Sigurd XXI, vous savez, le nouveau système numérique global. Œil-de-Serpent, nom complet. Vous serez convoqué. À part ça, ils ont pu débloquer vos accès informatiques, j'ai appris.

– Oui, hier. Pas été facile. Et on ignore l'origine de l'attaque. Œil-de-Serpent ? Ça promet !

– Cyber-sécurité, interconnectivité généralisée, logiciels de reconnaissance tous azimuts. Une nouvelle ère, ils disent. On en était où ?

– Je vais aller parler à Mykorasson du groupe Tech-Tonus, à tout hasard. Tenter d'exploiter le lapsus de Shrapnel.

– Parce que le groupe pharmaceutique directement, ça paraît cuit, en effet. Ils ne vont pas vous faire une visite guidée.

Radetsky.

– Oui. Eh bien ? Quoi ?! Encore ?!

Wunderhørn se vida de son air.

– Ah, Amundsen est déjà sur les lieux. Tant mieux. Oui, il s'en occupe et se mettra directement en relation avec la Scientifique. Il me fera savoir. Réunion demain matin à 7h30 !

Il reposa son téléphone.

– Nom de Dieu, le tireur a encore frappé : un radar, sur l'autoroute, juste avant la sortie de l'aéroport.

– Depuis une voiture, avec un complice au volant ?

– Pas forcément. Il y a un pont qui enjambe l'autoroute, pas loin. Il a pu tirer de là. Planqué derrière le parapet.

– Un radar, comme l'autre soir… Et pour ce matin, on en est où ?

– La même arme que sur Korsning Abba, dit la Scientifique. Un tir à environ deux cents cinquante mètres. D'après l'impact, la balle a touché en trajectoire montante. Il devait être accroupi, sans doute dans un renfoncement de mur. On examine les lieux, interroge les résidents. Maintenant tout le monde sait qu'il y a un type qui s'amuse à dézinguer des feux et des caméras de circulation. Pour sûr un article demain dans le *Nørdik Dagbladet*… Et regardez ça : une photo des ampoules fusillées, prise par un conducteur ou un passant et postée sur les réseaux. 37'000 likes depuis ce matin ! 37'000 ! Ils le prennent pour Robin des bois, ou quoi ? Zorro ? Le vengeur masqué ?

Soupir.

– Dites, Maelström, tout à fait entre nous, ça ne vous arrive jamais de vous rêver en quelqu'un d'autre, je ne sais pas, acteur de cinéma ou écrivain à succès ? Non ? Bon, prudence avec les écoutes téléphoniques…

– Thorvald ? C'est Maelström. Je veux toute la brigade au commissariat de la Criminelle demain matin à 8h30. Oui, toute. Réunion extraordinaire. La Scientifique sera là aussi. On remet la compresse sur Flåk et Norra Distriktet. Torsk, aussi. Grosse opération. Encercler l'encerclement. On va les faire sortir du bois.

– Allô, Tomatiksson ? C'est Maelström.

– Ah, commissaire, j'ai réussi à cracker son système ! Pas facile, il était drôlement protégé, le bâtard. Mais j'ai capté ses mots de passe, je peux entrer dans ses fichiers.

Par contre, son smartphone, j'hésite, c'est facile à détecter, j'ai peur qu'il s'en rende compte.

– Parfait. Regardez tout spécialement si vous trouvez le mot TechTonus, je vous l'épelle. Dans les fichiers et dans les mails. C'est un groupe pharmaceutique. Vous me ratissez aussi tout ce qui porte un nom de médicament, de substance chimique, de pharmacie, de...

– Chez un assureur, il doit y en avoir une chiée... mais compris : je chope tout ce qui frétille dans l'éprouvette !

« Quand est-ce que cette belle humeur m'a abandonné, moi ? » se demanda fugacement le commissaire.

– Vous me dites dès que vous avez quelque chose. Pour les écoutes, j'ai obtenu l'autorisation, un agent du central va s'en charger. Sinon, vous restez seul sur la filature de Shrapnel comme convenu. Mais on vous adjoint quelqu'un au besoin.

– Pas nécessaire. Je me déplace avec mes machines. Ah, il vous faudra recharger votre téléphone, je vois depuis le mien qu'il est quasi à plat.

Justice immanente ? Balance universelle ? Rééquilibrage cosmique ? se demandait-il.

Conformément à une loi aussi sûre que celles régissant les événements du monde physique, Maelström se trouvait engagé dans la plus lente des deux files d'attente aux caisses du petit supermarché sur Kalopsgatan, à deux pas de chez lui. D'autant que la caissière avait dû quitter son poste pour aller vérifier à l'autre bout du magasin le prix d'un emballage dont le code-barres, froissé, était illisible. Comme tous ceux devant et derrière lui, le commissaire contemplait ainsi avec une jalousie résignée le rang d'à-côté défiler à un rythme convenable. Jusqu'au moment du moins où la femme au chapeau cloche vert canard arrivée à son tour en tête, qui avait vidé son panier sur le tapis roulant tout en parlant au téléphone qu'elle maintenait coincé entre sa joue et son épaule gauches, eut, distraite par la conversation dont elle faisait généreusement bénéficier le monde (« Je t'assure ! Et tu ne devineras jamais ce qu'on dit d'elle au bureau ! Il paraît même qu'avec le chef comptable… »), enfoncé à l'envers et en forçant sa carte bancaire dans la machine à paiement, bloquant l'appareil. Une petite lampe rouge s'était allumée au-dessus de la caisse, l'employée avait déjà en main l'interphone de service pour appeler à l'aide un technicien. Ça prendrait du temps. Et le magasin fermait ses portes dans moins de dix minutes… À l'instar des autres, le commissaire se retint d'exprimer trop visiblement sa mauvaise joie, où se mêlait un obscur et métaphysique soulagement : allons ! les choses se rétablissaient, les contrariétés réparties, les irritations correctement redistribuées, on pouvait espérer en la belle harmonie de l'univers, il y en a pour tout le monde.

Seule dans sa loge, ses admirateurs ressortis, Carmen Bellini ruminait, contrariée. Rien ne s'était passé normalement ce soir. Il y avait eu d'abord le message de Rainer Szenowisz avertissant la troupe qu'il s'en allait. Il était passé dire son fait au directeur Gœtzen-Dæmmerung, oui, parfaitement, il foutait le camp en le laissant avec son public de rudimentaires, d'attardés culturels incapables de sortir de leur abyssale torpeur mentale. Avec ça, deux lys seulement dans l'aiguière de sa loge. Heurtée, elle avait pensé débrayer, mais une artiste de son rang ne se dérobe pas et elle s'était ressaisie pour donner finalement le meilleur d'elle-même. Contrairement à Åmilcar, lui semblait-il, qui avait manqué un peu d'agressivité dans le duo d'amour de l'acte II.

Puis elle s'était montrée parfaite, là encore, avec ses

admirateurs. Mais il y avait eu cette jeune femme blonde à la poitrine inhabituelle… Qu'est-ce qu'elle fichait dans sa loge avec le ministre je ne sais plus qui ? Sa maîtresse ? Elle n'avait cessé de la dévisager tout du long. Pas par admiration, ça elle connaissait bien, ces regards émus, fervents, cette vénération muette, non, là c'était différent, elle avait été inspectée. Exactement : scrutée. Radiographiée. « Et le mieux, c'est qu'elle n'a même pas baissé les yeux lorsque je l'ai fixée en retour ! Mais qu'est-ce qu'elle cherchait, cette mousmé ? Et pour qui elle se prend ? Elle sait qui je suis ? Carmen Bellini, ça lui dit quelque chose ? Et puis cette façon qu'ont eue les hommes de la lorgner, avec ses nichons effervescents… Deux ou trois lui auraient même refilé le bouquet qu'ils m'avaient apporté, je l'ai vu. Les grossiers ! Les goujats ! Les culs-terreux ! Les…

Me reprendre, je deviens ordinaire. Être au-dessus ça. Carmen Bellini ne s'abaisse pas au commun. »

Elle haussa le menton.

Mais cette moukère lui avait ravi une part des hommages, tout à l'heure, volé à moitié la vedette, aucun doute là-dessus.

« Si c'est ainsi, je vais interdire l'accès à ma loge et personne n'entrera plus à la fin du spectacle ! "*Adieu, cérémonie ! Le monde sera amoureux de la nuit et ne rendra plus culte à l'éclatant soleil.*" »

Elle avait déclamé en levant ses bras. Elle contempla un instant ses mains ramenées en arceau au-dessus de sa tête.

Puis se leva, agacée, se dirigea vers le guéridon noir, respira les lys.

« Et lui ? Invisible. Mais il a fait livrer ce châle de cachemire ancien, hier soir. Imbibé de parfum. Avec une simple carte. Rien d'autre. Son nouveau style ? Même pas de compliments enflammés assortis de promesses éternelles, la loge parsemée de fleurs. Ce châle… on ne sent que lui. Il espère quoi ? M'envelopper, m'étourdir ?

Une fragrance ostentatoire. Bling-bling. Un parfum de butor.

De connard.

S'il imagine pouvoir obtenir ce qu'il veut en s'imposant de cette manière… Mais qui croit-il que je suis ? Une place-forte à assiéger ? Une province à envahir ? On pourrait coloniser Carmen Bellini ? !

Il pense qu'il me tient. Juste parce que… »

Elle éclata d'un rire nerveux. Puis vint se rasseoir sur le fauteuil Louis-Philippe, laissant ses bras pendre de chaque côté des accoudoirs. Ferma les yeux, la tête relevée appuyée sur le haut du dossier. Respira lentement.

« Ça veut dire qu'il est là. Il est sans doute venu me voir jouer, hier ou ce soir. Ou les deux. »

Elle demeura immobile une ou deux minutes. Aucun bruit ne lui parvenait. Le théâtre devait être vide à cette heure, sauf deux ou trois portiers et le concierge principal.

– Bon, mon taxi, maintenant.

Elle avait parlé à voix haute.

Sortit son téléphone du sac déposé à ses pieds.

C'est alors qu'on frappa trois coups secs à la porte de sa loge.

Dans le salon, les dernières irisations de *Konx-Om-Pax* de Giacinto Scelsi. L'ultime tenue monosyllabique du chœur sur un ostinato de la.

Mais personne pour entendre.

Maelström gisait sur son divan, écrasé.

Il avait mangé une pizza, crevettes et miettes de hareng fermenté, bu deux bières. Fait sa petite vaisselle. Puis s'était risqué à allumer la télévision, envie de se changer les idées. Il y avait du choix : un reportage sur le trafic d'enfants tout juste démantelé à Åarosurlebødet, dans le nord du pays, le jeu où on peut gagner de l'argent en crachant des noyaux de pêche au milieu d'une cible sensible permettant de faire pisser de l'eau sur la tête du concurrent d'en face, les inévitables séries policières dans lesquelles des commissaires se rachètent de leur passé alcoolique ou trempent eux-mêmes dans les trafics de drogue qu'ils pourchassent, un documentaire historique sur les prisons de la Stasi, *L'enclume de Thor 1*, la rétrospective consacrée à l'époque héroïque de la chasse aux bébés phoques, deux émissions de variétés, un direct sur des attentats à la voiture piégée au Moyen-Orient, la télé-réalité où le jeune type bronzé doit aller repêcher des strings avec ses dents au fond d'une piscine. Dépité, il éteignit le poste après s'être attardé un moment sur une rencontre de catch féminin, Lily Pitbull vs Hécate Thanatos.

Il retrouva au fond de sa poche le somnifère qu'il avait obtenu de Freija Donersdåg, la responsable de l'infirmerie au commissariat central. Ça n'avait pas été tout seul, elle n'était pas bien chaude à l'idée, Freija : pour l'endormissement, elle était plutôt le genre massage du plexus solaire avec disque de chant des baleines. Il avait dû insister, et elle ne lui en avait donné qu'un seul. Il le décacheta précautionneusement sur la table basse du salon pour éviter toute mauvaise surprise. Nobis-Requiem, à effet rapide : deux comprimés neutralisent un yak en six minutes, assurait un avis consulté sur Internet. Puis déambula dans la pièce, bientôt gagné par l'étourdissement et cette légère griserie qui accompagne la certitude de dormir après une suite de nuits difficiles, la calme euphorie de perdre conscience, douce allégresse de l'éclipse annoncée. Glorieuse pharmacopée, revanche de l'homme sur toutes les lunes ! Aucun des services que l'humanité s'était rendus à elle-même, répétait du reste volontiers Larsen, ne rivalisait avec l'invention des soporifiques. Sinon celle des anesthésiants.

Décramponner, se départir, s'absenter. Dégager.

Lucide Larsen.

« Penser à braquer la petite armoire à pharmacie du commissariat central, la prochaine fois. Quitte à assommer Freija. »

Il hésita un peu, choisit la musique de Scelsi, décidé à en profiter au calme, s'étendit chancelant sur le divan, sombra sans s'en rendre compte.

Konx-Om-Pax. Les iridescences du Finale.

Pour l'espace seul.

Défailli, le commissaire Maelström ronflait.

15

– Et le nom de TechTonus, ça vous dit quelque chose ?

Pas particulièrement sexy, le parloir à la prison centrale Regnbue. Murs de béton enduits d'une teinte lichen pâle, porte de sécurité grillagée, quatre chaises métalliques fixées au sol, une table minimaliste en acier foncé elle aussi solidement boulonnée.

– Ben, comme tout le monde : c'est une pharma. Ils produisent des médicaments, un analgésique, un anti-inflammatoire, NobisRequiem, le somnifère, l'antidépresseur Ståopp ! .

– Vous êtes plutôt au courant…

Le sol recouvert d'un linoléum gris uni virant à l'anthracite sale sur une mince frange à la jointure des murs. Au pied de la table, une vieille tache brunâtre pâlie, sang ou vomi, qui a résisté aux tentatives de la faire disparaître. Vingt centimètres de diamètre environ.

– Il y a aussi le Trøpisk. Contre le paludisme. Ben oui, forcément, on en remboursait un tas, au département Maladies & accidents. Ah, ils développent aussi une division Silicone : prothèses mammaires et implants fessiers, si ça vous intéresse. Une grosse boîte. Pourquoi ?

– Vous n'avez jamais travaillé chez eux ?

– Moi ? Jamais, non.

Ole Mykorasson : la trentaine, sur la fin. Des cheveux blonds bouclés casquant un visage encore poupin, un incarnat prononcé sur le haut des joues, la bouche un peu ronde qui se rétablit cependant aux commissures, un pli vertical au-dessus du nez, entre deux sourcils minces. Le genre ange baroque déterminé. On ne l'imaginait pas facilement en canaille.

– Où travailliez-vous avant d'être engagé par les Assurances Shrapnel ?

– J'étais dans l'immobilier. Le groupe Skurkarna.

– Et pourquoi en êtes-vous parti ?

– Poste plus intéressant, davantage de perspectives, meilleur salaire. Mais je croyais que vous aviez tout ça dans vos dossiers, à la Police.

Il ne semblait pas avoir été entamé par ses deux années de détention.

Maelström hésita.

– Je vous demande ça parce que Brokk Shrapnel nous a déclaré vous avoir débauché de TechTonus.

– Il vous a dit ça ? Vous êtes sûrs d'avoir bien compris ?

– C'est ce que nous avons entendu, confirma Larsen.

– Il s'est trompé. Ou alors il déraille.

Il regarda ses ongles impeccablement coupés. Prendre soin de lui devait mobiliser une bonne part de son temps et canaliser sa vie psychique. Sa façon de résister à la prison, sans doute : être chaque jour prêt pour sa sortie.

– Aurait-il confondu ? Il a engagé quelqu'un d'autre de TechTonus ?

– Pas que je sache, non. Il vous a dit ça quand ? Vous l'avez rencontré ? Vous êtes allés l'interroger ?

Ni provocation ni franche raillerie dans son ton. Tout juste un début de sourire, mais l'air concentré. Un type intelligent. Et certainement habile.

– On peut lire les journaux, en prison, ou on regarde la télévision. On est au courant de ce qui se passe dehors, non ? intervint Larsen.

– Oui. Et ?

– Vous avez donc sans doute appris, à propos du procureur Svärdfisk.

– Oui. Il a mal fini. Vous pensez que Shrapnel a à voir avec ça ? Les médias parlaient d'un accident.

– Quels étaient vos rapports avec M. Shrapnel ? coupa Maleström.

– C'est vous qui posez les questions, naturellement...

Il s'interrompit avant de reprendre.

– Pour vous répondre : strictement professionnels.

– Et dans ce cadre ?

– Que voulez-vous savoir ? Un boss sérieux. Pas une grande allure, mais sérieux. Plutôt maniaque, obsédé du contrôle même, ça oui. Et il exige du chiffre, pas très original.

– Un visionnaire ? persifla Larsen.

– Je ne dirais pas ça. Un tactique, plutôt. Pragmatique. Il s'adapte.

– Quand vous dites obsédé du contrôle ?... reprit le commissaire.

– Eh bien, il veut être au courant de tout. Absolument tout. Ça fait qu'en plus des séances de direction et des réunions de bilan, il débarque à tout bout de champ, s'informe, questionne. Ou convoque.

– Vous aviez l'impression d'être surveillés en permanence ?

– On l'avait beaucoup sur le paletot, il relance sans arrêt. Son dernier truc à l'époque, c'était d'envoyer des alarmes pour rappeler le listing des tâches et nous demander où on en était. On devait aller sur une plateforme cocher ce qui avait été fait, déposer des rapports. Il avait installé ça avec le service informatique. Il disait que ça nous aiderait à nous organiser, rendrait la boîte plus transparente et stimulerait l'esprit d'équipe dans le sens de l'excellence... là, il nous prenait vraiment pour des cons !

Il secouait la tête en souriant en coin.

– Depuis, il a sûrement passé aux logiciels espions dans les ordinateurs des collaborateurs.

– Mais vous vous entendiez avec lui, tout de même ?

– Il reconnaît le travail soigneux. Des gratifications confortables quand les objectifs sont dépassés. Et il adore distinguer ceux qui obtiennent les meilleurs bilans, il dresse des classements avec photos, cérémonie de félicitations et distribution des trophées, ça lui plaît, les trophées. Émulation positive, il appelle ça. Et au département marketing, j'avais pas mal de latitude, on est des créatifs. Il a paru affecté de me perdre, quand j'ai été arrêté avec les autres.

– Et côté vie privée ?

– Shrapnel ?

– Oui, Shrapnel.

– Classique. Marié, deux enfants en internat à l'étranger. Il est très discret là-dessus. On a vu une ou deux fois son épouse, pas plus. Elle est régulièrement en maison de repos, paraît-il.

– Ça vous surprend, ça ? lâcha Larsen.

– J'en sais rien. Pas mon affaire.

– Vous ne le voyiez jamais en-dehors du travail ?

– Négatif, je vous ai déjà dit. Il compartimentait. D'ailleurs moi aussi. Comme mes collègues.

– On ne connaît pas ses intérêts en-dehors, s'il a des passions, ses goûts ?…

– Bon, ses goûts, vous l'avez vu… Et il aime les trophées, je l'ai dit. Pour le reste, aucune idée.

– Le théâtre ?

Ses sourcils se soulevèrent tandis que son menton entraînait de son côté la bouche dans son bref mouvement d'affaissement.

– Pffff, a priori, je ne dirais pas. Ou Boulevard, peut-être. Mais allez savoir ! On est parfois surpris des jardins secrets.

Un début de sourire. Ironique.

– Vous-même, vous jouez au golf ? demanda Larsen après un instant.

– Moi ? Non. Je n'exclus pas, notez, une fois que je serai dehors. C'est Shrapnel qui vous a dit ça, aussi ?

Un silence. On entendait, filtrées par les cloisons épaisses, des bribes de la vie alentour, la voix d'un homme qui en interpellait un autre, le heurt d'une porte de métal contre son cadre, un pêne de serrure bruyamment refermé. Dans le parloir d'à côté, du monde venait d'entrer.

– Selon vous, qui aurait pu avoir intérêt à la mort du procureur Svärdfisk ? relança Maelström.

– Vous pensez donc que ce n'est pas un accident ?

– On ne doit écarter aucune piste, répondit le commissaire, vaguement irrité d'avoir à réchauffer la formule.

– Vous croyez que c'est nous ? Par rétorsion, nos complices dehors ? Là, vous vous fourrez franchement le doigt dans l'œil ! On a monté notre affaire juste entre nous, c'était une petite structure. On l'a dit et redit. Maintenant, le ramdam autour du procès à l'époque, les journaux, la télévision, vous vous souvenez, non ? Une sacrée publicité. Tous les projecteurs du pays braqués sur nous ! Ça a pu donner des idées, attirer des convoitises. Il y a peut-être eu des repreneurs pour notre trafic !

Il partit d'un petit rire agile.

– Les Erektil, ou autre chose, reprit-il. Il fallait donc se méfier de lui. Rappelez-vous, il avait éclaffé tous nos avocats. Peine exemplaire, condamnation de salubrité nationale, il était en pleine forme, le procureur, on a frôlé la dégradation civique à vie ! De quoi inquiéter les candidats à notre succession. Mais je suis en train de faire votre boulot, là.

« Il n'imagine donc pas que Svärdfisk a repris leur montage à son compte et a été tué pour ça ? Aucune rumeur à ce propos n'aurait remonté jusqu'à lui ? Ou il nous ment à fond ? » se demanda Maelström.

– Des politiques ? risqua Larsen.

– Vous pensez à des personnages haut-placés qui auraient été mouillés dans notre combine et qui craignaient...

Un cri lacéra l'air. Ou plutôt un meuglement douloureux, qui se perdit dans les hauteurs, suivi par deux brefs glapissements désespérés. Les policiers se regardèrent.

Mykorasson n'avait pas cillé.

– Les nomophobes, dit-il calmement.

– Les quoi ?

– Les nomophobes. Les toqués du smartphone, si vous préférez. En prison les mobiles et les smartphones sont interdits. Confisqués. Alors certains deviennent timbrés. Ils se mettent à tourner en rond, ils ont des tremblements nerveux, tapotent de l'index dans la paume de leur main. Quelques-uns parlent tout seuls à leur poing, il y en a qui se frottent l'oreille la moitié de la journée ou se promènent avec un doigt vrillé dedans. L'autre jour ils ont dû en hospitaliser un qui s'était planté des cure-dents dans le conduit auditif en guise d'oreillette. Souvent ils poussent des mugissements, comme celui qu'on vient d'entendre. On leur donne un jouet en plastique avec des touches qui font du bruit pour les calmer. Et ils crient dès qu'ils entendent une sonnerie. On s'y habitue.

Il se passa la main dans les cheveux.

– Moi, à votre place, j'utiliserais le filon. Confisquez son smartphone au type durant une nuit de garde à vue. Vous verrez, le matin, à midi au plus tard, il est à point, il avoue tout ce que vous voulez. Tout, et le reste. Cuit et recuit, il est ! Ah, ça va simplifier votre travail !

Il se marrait franchement.

Un mélange de sang-froid et de drôlerie, Mykorasson. Pas facile à cerner.

Quant à la piste politique, ils pouvaient se la mettre où il pensait. Pure foutaise ! Leur stratagème, une fois de plus, ils l'avaient monté à trois, aidés du cousin Kanasson, lui c'était la logistique, les gélules, et eux la diffusion. Ça s'arrêtait là, montait pas plus haut. Une entreprise familiale en somme, conclut Larsen.

– Vous n'avez donc pas la moindre idée de qui a pu vous balancer ?

C'était évidemment la question à un million. Où est-ce que ça avait pu fuiter ? Une négligence, un mail ou un texto mal adressés, pourtant ils avaient évité au maximum d'utiliser ça, un mot de trop dans une conversation ? Une imprudence du côté de Kanasson au laboratoire ? On pouvait tout imaginer, mais non, il ne voyait pas. C'était bien ça l'emmerdant.

– Tu parles ! Il sait exactement qui les a vendus !

Larsen et Maelström avaient quitté la prison centrale et arpentaient Knølhvalgate afin de rejoindre le commissariat central. L'épais bandeau de nuages gris pelucheux qui s'étirait sur la ville menaçait, mais il ne pleuvait pas. Pas encore.

– Surtout qu'on est venu le lui confirmer sur un plateau, répondit Maelström en raclant à nouveau sa semelle dans l'idée de se débarrasser du gros chewing-gum sur lequel il avait marché. Sur le bitume derrière lui s'étiraient de longs fils blancs rosâtres festonnés de petits grumeaux caoutchouteux, mais il devait en rester une plaque sous la crêpe, à sentir l'irritante adhérence exigeant un léger effort à chaque pas pour libérer le soulier, que scandait un mesquin petit lapement humide. « Obsédé du contrôle », c'est assez clair ! Ils ont dû merder un jour ou l'autre sur une communication.

« Le contrôle : si jamais on peut tenir Shrapnel, ce sera par là. Le levier. Saisir les fous par leur folie. »

– Mais il fait semblant de pas savoir… Il a peur de Shrapnel ?

– Ou alors ils lui mijotent un joli truc une fois sortis.

Ça s'arrangeait un peu du côté de la semelle, ça collait moins. Les résidus devaient s'être incrustés dans les profils.

– On peut donc bel et bien parier que c'est Shrapnel aussi qui a fait éliminer Svärdkfsik : ils se sont trouvés en concurrence sur la reprise du trafic. Bon, inutile d'aller interroger les deux autres assureurs, on en sait plus qu'eux, et ils nous serviraient de toute façon la même version. Ou alors on envoie Ölderlin, pour la forme.

Il avisa une petite flaque d'eau et y déposa son soulier.

– Ce qui compte, c'est d'avoir mouillé Shrapnel. Ce serait pas mal qu'il apprenne notre visite à Mykorasson.

– S'il nous fait suivre, il le sait sûrement déjà.

Difficiles tout d'abord à isoler des stridences de la circulation mais de plus en plus distinctes à mesure qu'ils s'en rapprochaient, des trilles de flûte accueillirent les deux policiers aux abords du commissariat central. Sur le trottoir, à quelques mètres de l'entrée, un jeune type entièrement vêtu de noir et coiffé d'un bonnet docker soufflait avec conviction dans une flûte traversière devant la petite dizaine de personnes attroupées pour l'écouter. « Tiens, du Jacques Ibert », reconnut Larsen.

– Il vient jouer ici depuis avant-hier, expliqua-t-il à Maelström. Ou sous le porche à côté quand il pleut. Il reste environ une demi-heure, ensuite va plus loin. Badinerie de Bach ou Vivaldi, la plupart du temps. Vivant, gai. D'ailleurs, ça marche.

Il désignait le bol posé sur le trottoir, rempli au bon tiers de pièces de monnaie.

Il y déposa lui-même trente couronnes.

Maelström fouillait les poches de son imperméable.

– Dis, je n'ai pas de monnaie, tu ne pourrais pas ?...

Mais le flûtiste sortit de sa veste un petit boîtier et le tendit au commissaire.

– On peut donner comme ça aussi, fit-il avec un grand sourire. Smartphone. Tout simple !

Un terminal de paiement de poche.

– Ah on se modernise, du côté de la musique de rue, rigola Larsen pendant que Maelström, éberlué, approchait son téléphone portable du parallélépipède de plastic blanc. Ils s'adaptent !

Le flûtiste attendit le signal ratifiant la transaction, inclina la tête en signe de remerciement, rembarra son terminal et se mit à jouer *Sequenza 1* de Luciano Berio.

« Vous avez l'air de connaisseurs » semblait dire le clin d'œil qu'il leur lança.

– On en est où ?

Larsen n'avait jamais remarqué encore la très fine cicatrice croisant sur deux petits centimètres la pommette droite de Knåben Wunderhørn, trahie par la forte lampe de bureau.

– Une équipe de la Scientifique a été envoyée pour inspecter le hangar de Flåk et embarquer tout son bazar. Ils poseront des scellés, répondit Maelström au chef de la police. Un de mes hommes va se glisser discrètement dans une planque tout près de l'ancienne, y installer une caméra. Il se fera repérer. Un drone avec caméra embarquée est déjà sur les toits et balayera le périmètre : quatre techniciens se relayeront. Nyderbipp démarre ses recherches sur Torsk. Trois hommes déguisés en techniciens géomètres sont déployés depuis le début de l'après-midi, dirigés par un professionnel. Ils ratissent le secteur sous prétexte de faire des relevés. Des agents vont aller guetter le squat où vivait Torsk. Tomatiksson est sur les communications téléphoniques de Shrapnel avec Hølger Surt, votre spécialiste au central. Et j'ai quatre hommes de réserve. Deux voitures banalisées. On va assurer une permanence vingt-quatre heures sur vingt-quatre au commissariat de la Criminelle, en alternance, Traknåår et moi. Les choses sérieuses commencent.

– Nom de code de l'opération ?

– « Kayak dans la mangrove. »

– Pardon ?

– Oui. Ça m'est venu ce matin, au réveil.

– Vous avez enfin dormi, commissaire ? demanda Petronille Missåbrevis. C'est vrai que vous avez l'air plus frais.

– Chimie, Madame Missåbrevis. Chimie.

– Le somnifère, triomphe d'*Homo sapiens* sur lui-même, glosa Larsen. Enfin une trouvaille qui lui permet de se dégager de soi. Et de la nature. Immense victoire ! Calmer dans le sommeil les affreux battements du cœur…

– Vous maintenez « Kayak dans la mangrove », Maelström ?

Il maintenait.

– C'est bien le sentiment que ça me donne : on louvoie à vue dans une sorte de marécage enchevêtré, sans visibilité ou presque, à la recherche d'on ne sait pas trop quoi…

– … de crabes, glissa Larsen. C'est des crabes qu'on trouve dans les mangroves.

– … en espérant lever quelque chose.

– Bon. Noté. Je vous souhaite bonne chance. Accessoirement, vous avez lu le *Nørdik Dagbladet* d'aujourd'hui ? Il y a une double page sur le fusilleur, avec un débat :

« Garde-fou démocratique ou dérive anarchiste ? » Vous verrez. Sur les réseaux, sa popularité est au top. L'expression « Mère Teresa des conducteurs » a été plébiscitée des milliers de fois. Devant « Robin des bois du macadam », qui arrive deuxième. Ça, c'est pour la culture. Sinon, une bonne centaine de types lui recommandent de tirer plutôt sur des flics la prochaine fois, en imaginant aussi une variante avec lance-flamme. Bon, d'autres estiment au contraire qu'on devrait rétablir la peine de mort pour entrave à la circulation par création délibérée de bouchons routiers.

– Auriez-vous un instant, commissaire ? Je souhaiterais vous parler de la petite mission que vous m'aviez confiée, au théâtre.

Petronille Missåbrevis désigna la porte ouverte de son bureau à Maelström et lui tendit une série de journaux.

– Mme Bellini a reçu la presse hier matin, voici ce que cela donne. Mais asseyez-vous, je vous en prie.

Elle-même prit place de l'autre côté de la petite table au plateau de marbre moucheté.

– Non, fit-elle après un moment.

– Pardon ?

– Ce M. Shrapnel. Selon ce que vous m'en dites, ça me paraît exclu.

– Quoi donc ?

– Qu'elle puisse être sa complice, tremper avec lui. Bien sûr le cœur d'un être reste impénétrable et son secret le suit dans la tombe, mais je l'ai observée, et vous l'avez vue vous-même : madame Bellini est une personne consciente de son talent, très occupée d'elle-même et de l'effet qu'elle produit, jalouse de son succès. En représentation permanente. Tendance hystérique, je dirais. Et campée sur sa tour d'ivoire. Tout sauf une aventurière !

Pour elle, il ne peut être qu'un adulateur tenu à bonne distance, une groupie si vous préférez. Elle le regarde de haut, le snobe. Argent ou pas. Lui, ça l'attise sûrement d'ailleurs, le fouette, il doit chauffer. Mais en pure perte. Le fossé est infranchissable. À moins que…

– … à moins que ?

– À moins qu'il y ait quelque chose d'inavouable là-dessous, quelque chose qu'elle doive payer, s'il la tient d'une façon ou d'une autre. Mais comment savoir ?

– Vous en êtes sûre ?

– Les femmes sentent ce genre de choses. N'est-ce pas précisément pour cela que vous m'avez envoyée, commissaire ?

Maelström pinça la racine de son nez entre son pouce et son index.

– Tout cela vous paraît un peu… romanesque ? Peut-être éprouvez-vous un soulagement, aussi ? Cette femme est troublante, je le conçois. J'espère qu'elle ne vous donne pas de mauvais rêves.

16

La pluie drue occupée à châtier la ville depuis la fin de l'après-midi a faibli et se rendra bientôt au vent d'ouest qui s'est levé charriant avec lui des effluves venus de la mer, présages d'un temps meilleur.

Il entrouvre la porte de métal, risque un regard, le souffle retenu. Quelques secondes. Ouvre davantage, passe la tête, balaie les alentours. Toujours rien. Dans le lointain, le son étiré et distordu d'une sirène, le rugissement d'un moteur en haut régime, moto sans doute, des crissements de pneus, rappels fragmentaires de la vie nocturne qui finissent par s'évanouir. L'obscurité unie de la zone. Il s'extrait furtivement de la halle, referme la porte à clef derrière lui, ne peut empêcher un claquement métallique. Se retourne, scrute à nouveau, ramassé sur lui-même. Puis rase précautionneusement la façade, regarde par-dessus son épaule, vire à l'angle du bâtiment et glisse dans la nuit.

Il n'a pas vu l'homme qui le guettait dissimulé derrière des palettes empilées dans le prolongement de l'entrepôt vis-à-vis. À vingt mètres.

Celui-ci extrait de sa poche un téléphone portable, le consulte en protégeant l'écran de sa main. 01 : 30. Attend une minute, se hasarde de côté, s'immobilise, abrité encore par l'arête de l'empilement. Se décide à quitter sa cachette pour longer lentement l'entrepôt, stoppe un peu avant de se trouver en face de la porte d'où est sorti l'autre. S'accroupit, s'empare des jumelles de vision nocturne qu'il porte autour du cou, les pointe en direction de l'entrée surmontée de trois petites fenêtres rectangulaires. Grommelle, se relève, fait prudemment trois pas, hésite, recule légèrement, s'accroupit à nouveau : chercher le bon angle. Braque ses jumelles, et un rictus asymétrique soulève sa lèvre supérieure gauche. La voilà, il l'a trouvée. Il en était sûr.

Une caméra miniature qui balaie l'aire devant la porte de la halle. Fixée au haut de la fenêtre centrale, à l'intérieur. « Les salauds, ils l'ont bien cachée ! » Impossible à repérer, sinon sous l'inclinaison qu'il a prise.

D'après son orientation, elle doit couvrir l'espace jusqu'à l'entrepôt qu'il a longé, sur cinq ou six mètres de largeur. Un peu plus et il passait dans son champ. « Les salauds ! »

Mais il a ce qu'il cherchait. Ils ont doublé la caméra fixant le hangar perpendiculaire par celle-ci, qui épie l'entrée latérale, le seul accès, il n'y en a pas d'autre. De façon à repérer quiconque s'approcherait de leur planque. « Ah, ils ont appris depuis la dernière fois ! Ils surveillent ceux qui les surveillent. »

Quelques pas à reculons et il se retourne, suit la façade de l'entrepôt jusqu'à son extrémité, vire à gauche, s'éloigne en direction de la partie sud de la zone.

Il n'a pas entendu le bourdonnement à peine perceptible du drone furtif sur le toit de l'entrepôt dont les yeux électroniques ont enregistré toute la scène et qui maintenant s'est élevé pour le suivre.

« *Sentinelle, que dis-tu de la nuit ?* », fredonne doucement Njål Rådjur en jetant un œil à sa montre. 01 : 45. Bientôt quatre plombes qu'il poireaute dans le local à vélos de cet immeuble, à observer le squat en face. Pas seulement à vélos, d'ailleurs, le local. Il y a aussi deux containers en acier, un pour le verre, sur lequel il est assis afin de guetter à travers l'imposte rectangulaire grillagée près du plafond, l'autre réservé aux sacs poubelles. Et ils fouettent, ces sacs ! Quand il est venu le relever, Bjorn lui a dit que c'était la meilleure planque du coin pour surveiller l'immeuble, et c'est vrai qu'on est pile dessus. Mais c'est un peu pénible cette odeur.

Bientôt quatre plombes. Et rien à signaler, comme il vient de l'écrire au commissaire. Au début, il y a eu du va-et-vient, des gens arrivaient, d'autres partaient, c'est normal, c'est vivant un squat. Mais passé minuit ça s'était calmé. Et depuis une heure, plus rien. Juste un type bourré qui a uriné contre l'abribus, à gauche sur le trottoir.

Ça devient long. Surtout qu'on ne sait pas trop ce qu'on cherche. Aucun événement suspect remarqué, en tout cas.

Il descend silencieusement de son perchoir, fait quelques mouvements histoire de se dégourdir. Consulte son téléphone portable, pas de réponse de Maelström. Remonte s'asseoir. En principe, il a fini à 3h.

« *Sentinelle, que dis-tu de la nuit ? Et la sentinelle répond : le matin vient, la nuit aussi...* » Oh mais voilà qu'il se passe quelque chose, tout à coup. Un mouvement sur la droite, on dirait que ça se rapproche du local.

– Épatant, ce bidule, fait Eirik en visionnant les images transmises par le drone que pilote son collègue Ragnvald assis à côté de lui. Et vous avez vu la résolution ? Caméra thermique dernière génération !

Sur l'écran moniteur, on distingue nettement la silhouette de l'homme qui traverse le sud de Norra Distriktet en direction de Vennlig Nabolaget. Penchés par-dessus l'épaule du technicien, Maelström et Larsen suivent en direct sa déambulation dans la zone.

– On va le filer aussi longtemps que possible, dit le commissaire. L'idéal serait de repérer où il crèche et d'envoyer quelqu'un sur place au matin. Est-ce qu'on peut agrandir une des images du début, lorsqu'il est en face de notre planque ?

– Affirmatif. J'ai fait des captures. Mais bon, ça reste des images prises de haut.

Alignées au bas de l'écran, une série de vues sélectionnées : le type au moment où il dégage de derrière les palettes, lorsqu'il longe la façade de l'entrepôt, puis quand il recule, ou accroupi en train de scruter avec ses jumelles.

– Celle-là, fait Larsen. Il a le visage tourné vers nous.

Le technicien agrandit la photo. En plongée, un début de faciès. Sous une casquette enfoncée bas, un nez proéminent, une barbe touffue. Une bouche plutôt épaisse. Mais contractée, sur la prise de vue.

– Comme ça, ça dit pas grand-chose, fait Eirik. Je vais l'envoyer au fichier central pour leur demander de l'identifier, s'ils l'ont.

Bientôt deux heures du matin au commissariat de la Criminelle, le bureau de Maelström transformé en quartier général de l'opération. Écrans, bornes wifi, boîtiers de commande, trente ou quarante mètres de fils électriques qui serpentent à travers la pièce. Même une petite génératrice de secours au cas où, sur laquelle Maelström a failli s'étaler.

Nyderbipp est venu vers minuit faire son rapport. Il a dès l'après-midi repris le chemin de Norra Distriktet. Là-bas, ils l'ont donc vu revenir, mais avec une autre photo. Dans les bars où on lui avait déjà répondu la dernière fois, ils ont pas mal rigolé. Ah il faut ravaler sa fierté. Et inutile de cacher qu'on est de la police ! « Non, aucun élément nouveau. Personne n'a réagi à la photo de Torsk. D'accord, ce n'était pas son quartier, d'après ses aveux il ne s'était pointé que deux fois dans le secteur, et discrètement. Pas étonnant qu'on ne le remette pas. » Bon, les nouvelles allant vite, beaucoup de monde dans la zone devait savoir que la police recherche un certain Nils Torsk. C'était le but. L'enquêteur avait aussi fait un tour du côté du hangar voir la Scientifique au travail. Les gars n'avaient pas lésiné : véhicule de service stationné devant, fourgonnette pour embarquer ce qu'on trouverait. Inratables.

Åke, lui, est allé enquêter dans le squat de Torsk. En civil, l'allure érodée, genre épave sympathique. S'est fait passer pour un pote cherchant son copain Torsk. Torsk ? On ne l'avait pas revu ça faisait des jours et des jours. Parti sans avertir, avec son barda. Non, aucune idée où. Sa piaule ? Bah, refourguée à quelqu'un d'autre. Ben oui, il l'avait vidée. S'il recevait des visites ? On ne savait pas trop. Si, une fois, un type, se rappelait quelqu'un. Åke avait alors montré la photo de Flåk. Lui ? Ah peut-être, oui. Mais c'est bizarre de se promener comme ça avec une photo, on dirait la police. Les visages s'étaient fermés, plus moyen de rien apprendre. « Il est recherché, Torsk ? Il a fait quoi ? » avait juste demandé une fille.

Et maintenant on voit sur l'écran déambuler le type qui surveillait la planque-appât.

– Ça a mordu vite, fait Maelström à mi-voix.

L'homme avance ferme, mais sans se presser. Une allure régulière, ne soupçonne pas qu'il est filé. On a dépassé les entrepôts frigorifiques, direction la gare routière, on arrive sur le carrefour, le premier alignement de bus se profile tout au haut de l'écran. L'espace est entièrement dégagé.

Ragnvald n'aime pas tellement ça.

– On repère plus facilement un drone à découvert. Je vais le laisser prendre du champ.

Mais tout se passe bien. L'homme a traversé le carrefour et au lieu de longer la gare routière part dans l'artère formée par la halle d'entretien des autobus et le quai de débarquement de l'atelier mécanique désaffecté transformé en centre de culture alternative.

– Compris, commente Eirik. Il veut gagner la place Nils Bohlin.

Au bout du passage, une aire bétonnée en demi-cercle. L'homme contourne la sculpture métallique abstraite qui trône au centre à même le revêtement et poursuit tout droit, progresse parmi les façades hautes des immeubles 1950 qui assurent la transition entre la zone d'activité et les quartiers bourgeois du centre-nord. Une petite centaine de mètres, avant de s'arrêter devant une porte d'entrée. Le dernier bâtiment, à l'angle. Il entre sans se retourner.

02 : 15. Il n'a croisé rigoureusement personne.

– On localise l'endroit et on envoie quelqu'un au début de la matinée, fait Maelström.

« Et au théâtre, il s'est passé quelque chose ? »

Il ne les a pas vus venir et maintenant ils sont là. Juste à côté. Ç'a dû être quand il est descendu se dégourdir. Est-ce qu'il a fait du bruit ? Une fois regrimpé sur le container il a distingué un mouvement du côté droit, une masse qui se déplaçait dans sa direction. Rien de plus précis, mais il n'a pas voulu coller son visage contre la fenêtre de peur de se faire repérer, bruissement ou remuement d'ombre. Le local est plongé dans le noir mais il y a les deux réverbères sur la rue et on ne sait pas exactement quels reflets ça peut produire. Donc il n'a pas bougé.

Et maintenant ils sont là. « Ils » parce qu'on dirait qu'il n'y a pas qu'une personne, c'est une impression, il semble que ça ne s'impose pas pareil à l'atmosphère, quelqu'un tout seul. L'imposte à battant est ouverte vers l'intérieur, sans doute à cause de l'odeur. Écartement minimum. Deux centimètres. Suffisant pour sentir un léger courant d'air frais. Et pour entendre.

Mais c'est confus. Il distingue une sorte de chuintement, souffle court ou respiration rauque. Et un chuchotement aussi, croirait-on, mais c'est peut-être son imagination. Ils doivent être près du mur. À quoi ? un mètre, ou moins. Qu'est-ce qu'ils foutent ?

Bon, ça n'a peut-être aucun rapport avec sa présence. Mais quelle connerie d'être descendu de son poste s'ébrouer. Juste au moment où ils se pointaient !

Aïe, il y pense : la lumière de son écran de mobile lorsqu'il l'avait allumé… est-ce que ça pouvait s'être vu de l'extérieur ?

Son sang se fige.

S'il se fait repérer par les gars qu'on doit pister, ça va crever l'opération, tout bousiller. Putain !

Mais là il ne peut rien faire, il est coincé.

Son arme de service est dans son ceinturon, sous sa veste. Pas question pourtant de s'en saisir, s'il bouge il risque de se signaler, le container est en métal, ça résonne, et le claquement du couvercle…

Le temps a cessé de s'écouler.

Puis quelque chose se passe, un frottement qui s'éloigne, des semelles raclant le revêtement. Sans hâte. Mais le chuintement rauque, cette respiration d'asthmatique n'a pas bougé. Ils sont bel et bien deux.

Plusieurs secondes, un entrechoc, ensuite le bruit d'une poubelle de plastique à roulettes fend le silence de la nuit.

« Ils amènent une poubelle. Ils vont grimper dessus pour atteindre la fenêtre et regarder dans le local ! En utilisant la lampe de poche de leur smartphone, sûrement. Ils se disent donc qu'il y a quelqu'un. »

Au moins ça va lui donner le temps de se couler derrière son container en profitant du bousin qu'ils vont faire en se hissant.

Deux coups secs, les roues ont franchi le trottoir l'une

après l'autre, et maintenant les types calent la poubelle contre le mur.

Njål Rådjur a pivoté sur la gauche. Il attend qu'ils escaladent le parallélépipède. À moins qu'ils se contentent de le coucher par terre et de s'en servir comme marchepied, mais ce sera peut-être insuffisant.

Il a jeté un œil au plafond.

Un frottement, le son mat d'un contrefort de chaussure sur la paroi de plastique, un ahanement, puis la stridence caractéristique de mains qui glissent le long d'une surface unie. Et un choc mou. Juron étouffé, deux grognements qui s'échangent. Ce ne leur sera pas si facile que ça.

Il en a profité pour girer d'un quart de tour encore. Prend appui sur ses mains, passe précautionneusement d'une fesse sur l'autre, se retourne, doucement, surtout ne pas faire taper le couvercle de métal contre le caisson. Il se retrouve sur le ventre, ses jambes pendant le long du container, ses pieds touchent déjà le sol. Dehors, une nouvelle tentative. À entendre les grommellements et anhélations, l'un des deux types doit aider l'autre à se hisser en le poussant. Njål achève de se laisser glisser silencieusement, se redresse, retire lentement ses mains du couvercle. S'accroupit.

Normalement, recroquevillé derrière son container, il sera invisible de l'extérieur. Quel que soit l'angle.

Mais au même instant on entend un coup contre la porte du local. La poignée bouge à trois reprises, quelqu'un tente d'entrer. Du raffut, un gémissement étouffé. Puis le bruit d'une clé qui entre dans le cylindre.

Merde ! Il a oublié d'enfiler la clé de blocage dans la serrure pour empêcher qu'on puisse entrer, après le départ de Bjorn. Triple con ! Elle est là, dans sa poche !

Il se jette de l'autre côté du container et se tasse contre le mur, aussi près que possible du coin, histoire d'échapper en même temps aux types dehors, quoiqu'il n'ait guère de doute qu'ils le repéreront s'ils parviennent à diriger leur faisceau lumineux latéralement vers le bas.

Il est presque à la diagonale de l'entrée. Peut-être que la masse de la caisse métallique fera écran. Mais si l'autre allume la lumière en entrant... Bordel, qui peut bien, à cette heure ?...

Un complice des deux autres ?

Il a dégainé son pistolet. Son rythme cardiaque s'est emballé, le sang bat à ses tempes.

Un dernier claquement de pêne et la porte s'ouvre. Dans le cône de lumière diffusé par le plafonnier du corridor attenant, une mêlée confuse. Un homme traîne une jeune femme qu'il tient enserrée contre lui, bâillonnée de sa main. Elle tente de se dégager en gémissant. Il la tire vers l'avant mais elle s'arc-boute de toute ses forces, il sent qu'elle lui glisse des bras, veut réassurer sa prise. Elle se penche désespérément puis opère un brusque mouvement de recul, elle s'est presque dégagée en dépit de ses hauts talons qui la gênent lorsqu'il parvient à la frapper sèchement du coude à la base du crâne. Elle tombe sur les genoux. Il la prend alors par la taille, la soulève, avance de deux pas, projette sa tête contre le container. Le bruit sur la paroi de métal est affreux. Elle s'écroule fracassée, sans vie.

Le type la regarde, haletant, le souffle rauque. Lui décoche un coup de pied dans les côtes, un deuxième, se penche sur elle avec rage. Veut la redresser mais son corps inerte lui échappe, elle retombe. Il s'y reprend, la saisit sous les aisselles. Jurant, il la plaque contre lui, s'incline afin de passer son bras entre les jambes flaccides et la hisse, désarticulée, sur ses épaules. De sa main libre il soulève le couvercle, pivote, laisse choir le corps parmi les ordures.

Il a refermé la caisse avec fureur, hors d'haleine, les yeux fous. C'est alors qu'il lève la tête et croise le rayon lumineux braqué de l'extérieur dans le local par l'imposte, sous le plafond.

– Et l'autre caméra, celle sur le hangar de Flåk ? demande Maelström.

– La voilà, répond Eirik en passant sur un autre moniteur. C'est le calme plat depuis des heures.

Sur l'écran, une ouverture à gonds ménagée dans la tôle d'une large porte coulissante.

– On voit les scellés si on agrandit, fait le technicien en grossissant l'image.

À hauteur de la poignée, les attaches et l'avis officiels posés par les hommes de la police scientifique. Ostensibles.

– Comme l'a dit l'inspecteur Nyderbipp, la Scientifique est venue dans l'après-midi. On a tout enregistré. Voyez :

L'arrivée d'une voiture de police, suivie d'une fourgonnette. Deux hommes descendent de chacun des véhicules. Un agent sort de sa poche un passe-partout, ouvre la porte d'accès.

– J'accélère, je vous montre quand ils embarquent le bazar du gars.

Déroulement rapide d'images, puis reprise là où les policiers transportent des affaires à l'intérieur du fourgon dans des sacs stériles.

– Et regardez le nombre de personnes qui sont là !

Une bonne douzaine de badauds assistent à la scène. D'autres arrivent.

– Et ça se succède pareil tout du long jusqu'au moment où les collègues posent les scellés et s'en vont. Tout le quartier nord est au courant.

– On a aussi posé une caméra dans le hangar de Flåk ? demande Larsen.

– Affirmatif. De cette façon on a les visages de ceux qui

s'arrêtent. En fait, ils sont pris entre la caméra du hangar et celle de notre planque. Là, j'ai les deux images vidéos en simultané. Ah ils sont cernés !

Il est aussi excité qu'un petit garçon qui reçoit sa première mitraillette.

– Attendez… je vais vous faire voir…

Défilement des images en arrière, puis en avant, puis en arrière à nouveau.

– C'est par là…

Deux petits coups en avant, un pour reculer.

– Voilà, pile ! Regardez, à gauche du petit groupe.

On reconnaît de face Thorvald Nyderbipp parmi les passants stationnés près des véhicules de police, assistant à la pose des scellés.

– Efficace, pas de doute, fait Maelström.

– Et c'est que le début ! Avec Œil-de-Serpent XXI, on aura un combo reconnaissance faciale et algorithme d'analyse comportementale avec liaison directe sur le fichier central. On pourra identifier n'importe qui n'importe où, faire des recoupements instantanés, détecter tout comportement suspect ou suspect d'être suspect. Plus un qui bouge, bientôt !

« Radieux, le monde qui vient », pense Maelström.

« *Oh ! salut, flambeau, jour dans la nuit* », marmonne Larsen.

Les deux hommes se regardent.

– Et ensuite ? demande le commissaire.

– Des gens sont venus voir les scellés, lire l'avis de police. Surtout des types qui bossent dans les usines et les ateliers du coin, ils passent devant. Ça a duré jusqu'au début de la soirée, après le secteur se vide. Depuis, comme j'ai dit, calme plat. Plus personne d'enregistré. Dites, c'est emmerdant ce néon, faudrait le changer.

– Bien. Njål m'a envoyé un message, tout est tranquille

de son côté aussi. J'ai l'impression qu'il ne va plus rien se passer cette nuit. Je vais aller me reposer quelques heures. Et pour vous ?

– Pas de souci, commissaire, vous pouvez y aller. Inspecteur Larsen aussi. Nous, on est relevé par Jens et Lars dans moins d'une heure. On vous fait signe s'il y a quoi que ce soit. Et tout est enregistré, ne vous en faites pas. Oups, attention à la génératrice !

Ça s'est passé très vite. Lorsqu'il a vu le rayon lumineux braqué sur lui, le type a poussé un rugissement et s'est précipité hors du local en laissant la porte grande ouverte. On l'a entendu courir, puis plus rien. Il n'est certainement pas sorti, il serait arrivé sur les deux autres, dehors. Non, il doit être quelque part dans l'immeuble, d'ailleurs il avait la clé du local.

Les deux autres, justement. Ils ont dû assister à une bonne partie de la scène. Njål ne se souvient pas du moment exact où il a pris conscience qu'un rais de lumière blafarde avait pénétré dans la pièce, mais c'était en tout cas avant que le forcené jette la fille dans le container. Il ne se rappelle pas non plus les avoir entendus réagir, mais il faut dire que l'échauffourée était bruyante, la fille geignait, poussait des cris étouffés, le type jurait en ahanant, on ne pouvait guère entendre autre chose, et enfin la violence de ce qui se passait l'avait complètement envahi.

Est-ce qu'ils étaient partis ? Il n'entend plus rien, ni souffle ni échanges de voix. Et la lumière a disparu, elle s'est évanouie dès que le type a détalé.

Ils ont dû penser que leur attention avait été attirée par cette empoignade, que c'est ça qu'ils avaient entendu. Ils n'ont pas vu entrer le type tirant la fille, Njål en est quasiment sûr maintenant. C'était quand il lui a cogné dessus qu'ils sont arrivés, enfin que celui qui est monté sur la poubelle a pu voir ce qui se passait. Ils ne soupçonnent rien d'autre.

L'irruption de ce salopard l'a sauvé.

Il ne sent plus son cœur battre jusque dans son cou, il respire mieux. Tassé derrière son container il tente de démêler ses impressions, de les organiser en souvenirs. Tout s'est passé si vite. A-t-il entendu bruire la poubelle ensuite ? Le frottement feutré d'un vêtement qui glisse le long d'une surface polie ou l'impact d'un corps qui se réceptionne sur le revêtement ? Des pas qui s'éloignent ?

Ça fait combien de temps que l'enragé a décampé ? Le faisceau conique qui éclairait l'entrée du local est éteint, il s'en avise soudain. Un moment déjà. Une minuterie. Qu'est-ce que ça dure, une phase de minuterie ? Trois, quatre minutes ?

Pas un bruit. Dehors, ils doivent avoir décarré.

Il a toujours son flingue à la main. Il va donner un coup de crosse contre la paroi latérale du container, la plus proche de l'imposte. Pas trop fort. Pour voir.

Il tape. C'est timide encore.

Rien.

Il compte lentement jusqu'à cent, l'oreille dressée. Le temps qu'ils puissent revenir s'ils devaient être restés dans les parages immédiats.

Aucune réaction. Du moins il n'entend rien. Ce n'était peut-être pas assez fort.

Il se décolle alors du mur et gagne à quatre pattes le grand côté du container, sur sa gauche. Pose son arme par terre, fait pivoter en la saisissant de ses deux bras la caisse de métal. Un ou deux décimètres. Suffisant pour être invisible de l'extérieur s'il reste accroupi. Il n'ose pas traverser le local, aller refermer la porte. Tant pis. Il ramasse le pistolet, allonge le bras et frappe à nouveau la paroi. Plus sec.

Le vacarme lui paraît énorme, gigantesque. Une détonation. La pièce entière sonnaille, on a dû entendre jusqu'au bout de la rue. Au moins.

Il s'est tapi, ne bouge plus, respire à peine. Sa main serre nerveusement le canon.

Aucun remous non plus en provenance de l'immeuble.

Il attend encore, jette un œil à sa montre : quatre minutes se sont évaporées. Rien ne se passe. Ça doit être bon.

Remonté sur le container il regarde à travers la fenêtre grillagée, sans trop se rapprocher tout d'abord, puis de plus près dès lors qu'il lui semble que rien ne se présente. La rue dehors, le squat en face, tout est calme dans la lumière des deux réverbères. Pas possible d'apercevoir la poubelle contre le mur mais elle doit toujours y être.

Les types ne sont sûrement pas bien loin. Planqués aussi.

« Et pourquoi ils le seraient ? Pour eux, c'est le barouf qu'ont fait le cinglé et la nana qui a attiré leur attention. Rien d'autre. Ils n'ont plus de raison de se méfier et de scruter le local.

Par où ils sont partis ? »

Njål descend lentement de son perchoir et se dirige vers l'autre container. Il saisit la poignée, soulève précautionneusement le couvercle, attention, ces charnières sont souvent bruyantes, jusqu'à le faire reposer, incliné, contre le mur.

L'odeur…

La fille est répandue sur les sacs d'ordures dont la caisse est remplie à moitié.

Il ne veut pas utiliser la lampe de poche de son smartphone, risqué, l'éclairage diffuse trop loin. Mais il a dans son blouson un stylo avec led intégré. Il le dirige vers l'intérieur du container et balaye le corps.

Elle est jeune. Peut-être de l'Est à en juger par la pommette haute qu'il distingue sur le côté du visage dirigé contre lui. Mais c'est difficile à dire, la tête est penchée vers le bas et il y a son maquillage. Si c'est bien du maquillage et pas du sang. Si, il y a du sang, descendu du front.

Le détraqué l'a envoyée tellement fort contre la paroi !

Elle est vêtue plutôt légèrement, un blouson court à effet cuir noir ouvert sur un caraco décolleté de même couleur, une minijupe rouge. Avec ses chaussures plate-forme vernies à talons hauts. Les jambes sont minces, maigres même.

Aucun mouvement de respiration visible. Il plonge la main et lui saisit le poignet pour prendre le pouls. Ne sent rien. Tâtonne, déplace ses doigts. Toujours rien.

« Le salaud, il l'a butée… »

Il porte l'extrémité ses doigts sur son cou, de côté, et appuie doucement. Recommence un peu plus haut. Oui, dirait-on. Là, un faible battement. Il presse plus fort. Si.

Elle vit encore.

Mais dans quel état !

Il n'ose pas la bouger, elle semble démise de partout. Disloquée.

« Il faut appeler une ambulance et les collègues. À moins que, non, pas la police. Si les types dehors sont encore en alerte, ça va leur donner des soupçons, une voiture de police qui débarque. Je convoque une ambulance, et eux appelleront les flics. Voilà.

Non, j'appelle Maelström, et lui convoque l'ambulance. N'importe qui tombant là-dessus appellerait d'abord la police. Faut que ça paraisse normal.

D'autant qu'on pourrait en profiter pour serrer le déséquilibré. À tous les coups il est dans l'immeuble, je n'ai pas entendu la porte d'entrée s'ouvrir tout à l'heure. C'est une porte en acier laqué avec poignée verticale sur toute la hauteur. Lourde. Et on entend bien le claquement du pêne lorsqu'elle s'ouvre et se ferme. Non, il n'est pas sorti. Il faut se grouiller de l'arrêter. Il ne sait pas que j'étais là et que j'ai tout vu. On bloque les sorties, vérifie les caves, on va toquer à la porte des suspects possibles après avoir réveillé le concierge. Et on le cueille. Opération express. Ce serait plus simple. »

Il regarde la fille. Sa vie n'est peut-être plus qu'une question d'heures. Ou moins encore. Il y a urgence.

« Mais est-ce que je peux prendre le risque de crever le dispositif de Maelström ? Tout ce ramdam avec les bagnoles, l'ambulance, les gars vont peut-être se demander s'il n'y avait pas quand même quelqu'un dans le local lorsque ce salopard a détruit la fille ?

Qu'est-ce que je fais ? »

17

Ça y est, il l'a dans son viseur. En plein milieu. Parfaitement net.

Le gars d'hier.

Revêtu du réglementaire gilet de sécurité à haute visibilité jaune fluorescent traversé de bandes horizontales rétroréfléchissantes grises destiné à la protection du personnel exposé au trafic, la tête couverte d'un rigoureux casque blanc à jugulaire et basane anti-sudation, l'agent Martin Bor arpente depuis hier après-midi la section Est de Norra Distriktet avec deux collègues de la Criminelle sous prétexte de relevés topographiques. Le nez collé à son théodolite et des plans roulés sous le bras, Stig Lund à ses côtés qui consigne des coordonnées sur une tablette et Kurt Beck cinquante mètres devant eux tenant à la verticale la grande règle graduée posée sur un point tracé en signes cabalistiques à la craie jaune, il a quadrillé tout le secteur cadastré ND/E 666-677 au milieu duquel se situe le hangar naguère occupé par Sten Flåk. À trois reprises, histoire de crédibiliser leurs manœuvres, une voiture des services municipaux est venue débarquer auprès d'eux un responsable de l'office des travaux publics, identifiable à l'effet de contraste que produisent toujours un veston et une cravate sous un casque de protection blanc. Mais on arrive au bout, là, on a quasiment fait le tour du secteur, il va falloir arrêter pour que ça reste vraisemblable. D'autant qu'on a ferré quelque chose.

Martin l'avait repéré qui les regardait faire leurs mesures, hier. Des travaux, ça attire l'attention, il y a immanquablement des gens qui s'arrêtent, s'attardent, commentent. Des retraités, des mamans avec des poussettes, mais pas que. Bref, les trois hommes avaient été vus, c'était bien l'idée. Mais le gars en question ne faisait pas partie des badauds venus s'approcher. C'est depuis un bar qu'il les observait. Assis à une table vers la porte-fenêtre, à côté de l'entrée, il avait fait pivoter sa chaise pour les lorgner à loisir tout le temps qu'ils s'étaient trouvés à portée de vue. Une bonne demi-heure. C'est justement son insistance qui a attiré l'attention de Martin. Les autres clients aussi ont jeté un œil, normal, des types qui prennent des mesures, on regarde. Mais ils avaient vite passé à autre chose, tandis que lui non. On l'a même vu bouger encore sa chaise au moment où ils s'étaient déplacés plus loin dans la rue. Martin l'avait pris en photo avec l'appareil de précision intégré dans le théodolite.

Et maintenant il le retrouve. On est ce matin dans un autre coin du secteur, six rues plus loin. Un bon demi-kilomètre du bar. Cette fois le gars les observe à distance. Il est tapi derrière la porte à bascule vitrée du garage désaffecté en face de l'entrepôt de bonbonnes de gaz. Vers l'encoignure, à gauche. Sûrement assis sur une caisse retournée ou un truc de ce genre. À deux cent mètres, mais parfaitement net dans le puissant viseur de Martin, qui le saisit dans le prolongement de Kurt et de sa règle graduée.

Aucun doute, c'est lui, cette tête sans nuances, les cheveux qui sortent horizontaux de la casquette, la moustache tombante. Il n'a aucune raison d'être là, l'endroit n'est pas du tout passant, il tente de se dissimuler : il nous surveille, cette fois c'est sûr. Chargé d'estimer si on est vraiment des techniciens-géomètres.

– Stig, appelle le commissaire. Faudrait qu'il vienne

avec une voiture banalisée, en arrivant par l'Est, par Valsträcka. On pourrait comme ça encercler le poisson. On lui demande ce qu'il fait là, on le pousse un peu à la faute, il s'énerve, et on l'embarque pour l'interroger.

La voiture file à bonne allure dans Pippi Långstrump Boulevard en direction du nord-est de la capitale. Rencogné sur le siège arrière, Gunnar Maelström regarde défiler les immeubles. On a dépassé le quartier des ambassades pour longer maintenant les façades des grands hôtels, le Skofnung Tumulus, L'Excelsior Walhalla, le Grand Hôtel Odin. Par sa fenêtre entrouverte le commissaire sent l'air chargé de sel, les fragrances de port et de poisson. Le vent marin a tenu sa promesse : le ciel est changeant, le plafond nuageux inégal s'érafle par endroits, laissant filtrer des rais de lumière pâle. La pluie a cédé vers le milieu de la nuit.

Las. Recru. Trois courtes heures de sommeil fébrile l'ont laissé la tête lourde, embrumée, vibrante de ce bourdonnement qui escorte l'impression de se trouver posé à côté de son propre corps. Et cette pesanteur au haut de l'estomac qu'il connaît trop. La nausée de fatigue.

C'est au moment de quitter son bureau qu'il avait reçu l'appel de Njål Rådjur chuchotant dans sa planque. Une fille laissée pour morte dans un container, un forcené qu'il fallait arraisonner, intervention de toute urgence, avec une ambulance. Il avait pris le volant de l'une des bagnoles banalisées, Larsen à ses côtés téléphonant au commissariat central pour obtenir le renfort d'une autre voiture avec deux agents de garde. Attention, pas de sirène, le plus discrètement possible, avait instamment recommandé Njål, inquiété par une paire de types au comportement louche, peut-être justement ceux que « Kayak dans la mangrove » cherchait à débusquer. Prudence.

Les deux véhicules étaient arrivés en même temps, accueillis par Njål qui emmena Maelström dans le local à vélos lui faire constater l'état de la fille pendant que les agents vérifiaient l'accès aux caves et que Larsen s'enquérait d'une indication de conciergerie. Par chance, une plaque signalétique, au premier étage. Le concierge, homme entre deux âges, un peu épais, le cheveu rare dont quelques représentants filamenteux se dressaient à la verticale du fait de la position toute récente de sa tête sur l'oreiller, n'avait pas été très content ni rassuré de voir devant lui cette escouade de policiers au milieu de la nuit. La description fournie par Njål lui fit identifier deux candidats plausibles, Olsen, le technicien en chauffage, au deuxième étage, et Sundquist, le prof de fitness, au cinquième, mais pourquoi, qu'est-ce qui se passait ?

On avait sonné chez Olsen, à trois reprises, chaque fois plus longuement, on entendait bruisser maintenant à l'intérieur, chuinter, bougonner, on craignait que le tintement de la sonnette ne réveille l'appartement d'à côté, quand le concierge s'était amené pour dire qu'il aurait dû penser à leur préciser qu'Olsen était marié tandis que Sundquist était célibataire et que ce serait sans doute mieux de débuter par lui. Il fallut alors précipitamment calmer madame Olsen qui avait fini par ouvrir et poussé un cri en apercevant les policiers, avec son mari derrière elle qui se mettait à vitupérer. Maelström dut bondir dans l'appartement en refermant la porte dans son dos, brandir sa carte de police puis intimer de la voix et du geste le silence tout en expliquant que ce n'était pas eux, « comment c'est pas nous ? qu'est-ce que ça veut dire ? ça vous prend souvent, nom de Dieu ? » avait mugi le mari.

Se justifier demanda un peu de temps. Lorsque le commissaire put les rejoindre au cinquième étage, les autres attendaient en silence le résultat de leurs coups de sonnette. Un des agents était accroupi, l'oreille collée à la porte de Sundquist. Il sonna à nouveau, attendit un instant avant de secouer la tête. Rien de rien. Ou il n'y avait personne, ou il était là et faisait le mort. Les hommes échangèrent un regard.

Si le concierge possédait par hasard un double des clés ? Ben, il fallait aller lui demander...

Larsen redescendit au premier étage, finit par ramener le concierge qui s'était habillé et brandissait deux clés parce qu'il y a deux genres de serrures dans cet immeuble qui commence à dater mais les rénovations n'ont pas été faites partout, on sait comment ça va, d'ailleurs c'est toujours pareil.

La deuxième clé correspondait, mais impossible de l'introduire. Sundquist avait sans doute pris soin de laisser la sienne dans la serrure depuis l'intérieur.

On n'allait pas poireauter là jusqu'à ce qu'il sorte. Enfoncer la porte ? Les policiers se regardèrent, hésitants. Qui ? Non, fit le concierge, elles sont solides.

Si l'on avait de quoi la faire sauter ?

Oui, un extracteur de cylindre avec perceuse. Parmi le matériel d'intervention, dans la voiture, répondit le plus grand des deux agents. Mais ça fait un sacré bruit, on allait ameuter tout l'immeuble. Si jamais on s'est trompé de gus... Les yeux se tournèrent alternativement vers le concierge et vers Njål.

– Tant pis. Je prends la responsabilité, dit Maelström. Vous, fit-il en s'adressant au concierge, vous empêchez les personnes de l'étage de sortir de leur appartement. Vous vous postez devant leur porte, vous les calmez, vous les repoussez s'ils avancent. On va leur dire de ne pas bouger.

– Bonne chance ! fit le second agent, dubitatif. Ça n'irait sans doute pas tout seul, retenir les gens.

Mais déjà le commissaire portait son téléphone à

l'oreille. L'ambulance arrivait, il fallait quelqu'un qui guide les secouristes vers le local et éloigne les éventuels curieux.

– Vas-y Mats, reprit le grand. Et tu en profites pour aller chercher la mallette d'intervention.

– Non, fit Maelström. Les ambulanciers auront peut-être besoin d'aide, et il nous faut ce matériel d'extraction rapidement. Quelqu'un doit… je vais y aller.

C'est finalement Larsen qui s'y était collé. On le vit disparaître dans l'escalier en compagnie dudit Mats. Il fallait renoncer à l'ascenseur, trop bruyant.

03h20.

Cinq minutes plus tard l'agent était là avec la caisse à outils.

– Vas-y Morten.

Le grand ouvrit la mallette pour en sortir une perceuse-visseuse, fouilla dans un petit sachet de plastique à la recherche de la mèche idoine, inséra celle-ci dans le mandrin avant de l'y visser. « Serrage rapide, observa-t-il, plus besoin de clé. » Puis il appuya le tout directement contre la serrure, attention, et ça fit en effet un sacré bruit. Durant huit secondes.

– On entend bien, dit Larsen qui les rejoignait. L'ambulance était venue avec un policier, n'avait pas besoin de lui.

Morten avait retiré sa mèche, remplacée par une vis. Trois petits coups de perceuse et celle-ci était fichée dans la serrure. L'agent posa alors son outil au sol, approcha une épaisse pièce cylindrique de métal noir dont il enroba la vis, serra une molette à l'arrière.

Dans quel état pouvait être le forcené, de l'autre côté de la porte ? Si c'était bien lui. Mais n'importe qui d'autre aurait déjà réagi, serait venu voir, aurait ouvert. À quoi se préparait-il ?

Morten serra la molette jusqu'à ce que l'on entende un petit claquement, suivi d'un tintement. Le cylindre de la serrure gisait par terre. Ne restait à sa place qu'un trou dans le métal, sous la poignée.

– Préparez-vous. Trois ou quatre tours de cette clé en croix et je pourrai ouvrir. Disposez-vous pour l'irruption.

Lui-même serait abrité par la porte en l'ouvrant. Mats avait dégainé son arme, Njål l'avait imité. Chargé de l'identification du suspect, il entrerait le premier, couvert par son collègue. Maelström et Larsen se tenaient prêts, en appui.

– Non mais ça va pas ? Qu'est-ce que c'est que ce bruit, oh, qu'est-ce qui se passe ?

Sur l'étage une porte s'était ouverte.

On avait évidemment fini par tirer l'immeuble de son sommeil.

– Rentrez chez vous, refermez votre porte ! feula le concierge se portant en direction du mécontent qui s'était avancé sur son paillasson.

– Quoi ?!

– Qu'est-ce qu'il y a ? fit une voix inquiète par l'entrebâillement d'une autre porte, en face.

– Rien ! rien du tout, M. Astrup, restez chez vous !

Contrarié dans sa première impulsion, le concierge s'était immobilisé à mi-chemin entre les deux seuils, optant pour un battement sémaphorique de ses avant-bras à dessein d'appuyer ses ordres.

– Tout va bien, M. Astrup, refermez votre porte !

– Hein ?

– Go ! cria Morten en ouvrant brusquement.

Njål se jeta dans l'appartement, l'arme au poing.

– Stop ! Police ! s'écria-t-il.

« Oui, ça, l'autre doit s'en douter », pensa Larsen.

C'était au tour de Mats de bondir. Mais il n'avait pas

vu que Njål s'était immobilisé à peine entré dans l'étroit vestibule et se tenait les genoux fléchis, le revolver tendu à deux mains dont il balayait horizontalement l'espace devant lui : emporté par son élan il vint le heurter de trois-quarts arrière. Surpris, déstabilisé, Njål appuya sur la détente. Le coup partit, la balle alla frapper le radiateur en fonte du salon que l'on devinait sur la gauche, ricocha en direction de l'entrée pour finir sa course dans le bras de Mats. Le policier s'affaissa en poussant un cri.

Profitant de la confusion le forcené jaillit en rugissant, bouscula Njål qui s'était penché vers son collègue et bondit par-dessus Mats dont il heurta cependant le crâne de sa semelle, désaxant sa trajectoire. Déséquilibré, il pivota en vol, battit confusément l'air de ses bras puis vint s'écraser contre la porte d'entrée que Morten avait prestement rabattue en le voyant plonger sur lui. Il s'effondra comme une masse, assommé.

– Oui, c'est lui, je le reconnais, fit Njål.

Le trafic est fluide, la voiture poursuit à bonne allure. Le Stade de glace, ensuite on empruntera le pont Edvard Munch, bifurquera vers l'est joindre Valsträcka.

« Cette fin de nuit ! L'assaut, la fille du container emmenée à l'hôpital dans un état critique, toujours inconsciente, Mats avec elle dans l'ambulance, lui, ça n'est pas trop sérieux, le gras du bras, mais il sera hors service quelque temps. Et l'agresseur en cellule. Avec la moitié de l'immeuble aux fenêtres qui nous regarde embarquer tout ce monde et repartir. Ah ça doit coasser, dans le quartier… Pour la version officielle, c'est simple : la police a été avertie par téléphone, on garde la source anonyme. Pas très original, à peu près crédible. Et maintenant on fonce vers Norra Distriktet pincer un type qui semble faire partie du dispositif, d'après Stig. On va tenter de l'encercler.

« Kayak dans la mangrove » produit ses effets. Drôlement vite.

Mais ça veut dire qu'ils quadrillent le secteur. Qu'ils disposent d'un sérieux réseau.

On en revient toujours là.

D'abord le type qu'on a suivi par le drone, la nuit dernière. Lui, Thorvald et Åke s'en occupent, ils vont se relayer. Thorvald est en position aux abords de l'immeuble depuis ce matin. Et maintenant ce gars détecté par Martin, Stig et Kurt. Celui-là il faut le cueillir, on ne va pas pouvoir faire durer plus longtemps le subterfuge des relevés géométriques. Une chance déjà que ça ait permis de lever quelque chose. On s'arrangera pour l'embarquer discrètement et le questionner au commissariat. Mais il faut faire vite, il y a un quart d'heure qu'ils ont appelé, ça commence à urger.

Quant aux deux qui ont failli débusquer Njål dans sa planque en face du squat eh ! mais qu'est-ce que… ? »

La voiture vient de piler sur les freins.

– Excusez commissaire, pas pu faire autrement. Vous vous êtes fait mal ?

Maelström se tient le nez. Il a été projeté contre l'appuie-tête du conducteur. La ceinture de sécurité… il ne la boucle jamais, à l'arrière.

– Ça ne se présente pas bien, commissaire.

Devant eux, jusqu'au pont, une bonne vingtaine de voitures très ralenties, presque au pas. Tout devant, dont on aperçoit la cabine cahotante verte dépassant les toits des autres véhicules, le coupable : un tracteur qui progresse brinqueballant, poussif.

– Nom de nom, mais qu'est-ce qu'il fout ici ?

On dirait que le tracteur traîne un truc. Gunde se déporte sur la gauche et passe sa tête hors de la fenêtre pour tenter de voir. C'est bien ça, l'agricole tracte une longue remorque à bateau qui tressaute, signalée à la poupe par une lanterne clignotante triangulaire se balançant telle la queue d'un cheval.

On va perdre du temps.

– Merde à cul, il a le droit d'être là ?

Caréné, le hors-bord harnaché sur la remorque présente des flancs évasés et des plats-bords larges qui mordent de l'autre côté de la ligne médiane du pont, empêchant les véhicules venant à contresens de croiser. Une camionnette et une berline déjà engagées tentent maintenant de reculer jusqu'à l'entrée du viaduc, mais le bouchon qui commence à se masser derrière elles rend la manœuvre délicate. À côté de Gunde, Kjetil a sorti le gyrophare-sirène de police amovible et le fixe d'un mouvement du bras sur le toit. Servira à rien, mais ça ajoutera à l'ambiance.

On a perdu du temps. Une fois franchi le pont, Gunde a obliqué vers l'est, forçant sirène allumée un sens interdit pour arriver plus vite. On est maintenant dans Norra Distriktet, on s'approche de l'objectif. La voiture circule au ralenti.

– Vous savez où c'est ?

– Oui, Martin m'a envoyé la géolocalisation. C'est tout près, un de ces bâtiments, devant, à 11 heures.

Une poignée de secondes, plus lentement encore.

– Juste après ce bloc.

– Un garage, précise Kjetil, l'œil rivé sur l'écran de son smartphone.

– Repéré. À cinquante mètres. On va s'arrêter ici, pas la peine de l'alerter.

Les trois hommes sortent de la voiture qu'ils ont garée sur une plateforme de pesage destinée aux poids lourds, referment en silence les portières.

– Il n'y a pas de sortie sur l'arrière. Ça va être facile de le coincer, fait Gunde. Les collègues couvrent la façade avant, on n'aura qu'à le cueillir.

Ils progressent en formation côte à côte.

– On devrait apercevoir Martin et les collègues, maintenant. Ah, les voilà. Mais qu'est-ce qu'ils fichent ?

Face à eux, Martin Bor, Kurt Beck et Stig Lund costumés en géomètres qui avancent dans leur direction. Lund hausse les épaules.

– Alors ? demande Maelström qui a pressé le pas pour les rejoindre.

– Envolé.

– Comment ça, envolé ?

– Ben oui. Y a pas deux minutes. Tout allait bien, on continuait à faire semblant de prendre nos mesures en vous attendant, on a même traversé le coude que forme la route devant le garage pour se rapprocher de lui en lui tournant le dos, comme si on allait partir plus loin, fallait pas qu'il se méfie, et tout d'un coup on l'a plus vu. Disparu ! Bon, vous avez fait rudement long pour venir, aussi.

– Il a dû filer par la petite porte latérale qu'on voit là-bas. Il a profité de se débiner au moment où on avait le dos tourné, ajoute Kurt. Est sûrement passé entre les deux bâtiments à côté. Inutile de chercher à le retrouver. On pourrirait tout au plus définitivement notre combine.

– De toute façon on était au bout, on n'allait pas pouvoir continuer avec nos mesures.

– Oui, on arrête ça, fait Maelström.

– Je ne comprends pas. Il ne bouge pas durant des plombes, et décarre tout d'un coup comme s'il avait subitement le feu au cul, maugrée Martin.

– Au moins on a sa photo.

Les hommes regardent Maelström.

– Un coup dans l'eau, commissaire ? hésite Kurt.

– Rien du tout ?

– Non. Aucune réaction.

– Et de votre côté, Hølger ?

– Rien non plus. Ni sur son téléphone privé ni sur ses communications depuis les Assurances. Que des discussions professionnelles, et hier soir un coup de fil familial.

La Batave hurleuse vrombit en cette fin de matinée. Des policiers surtout, en civil ou en uniforme, qui entrent, sortent, se croisent au comptoir. Mais pas seulement : des travailleurs aussi, ces trois hommes en veste et pantalon orange attablés près de l'entrée. Et les habitués, des retraités, le propriétaire du kiosque à hot-dog du bout de la rue, deux employés de banque toujours pressés, les siamois tendus on les surnomme, deux ou trois fidèles épaves. Les cafetières brondissent, vibrent, tasses et sous-tasses s'entrechoquent, tintements de verres, percussions des culots de bouteilles contre les tables. Et le brouhaha des conversations. On discute, s'exclame, commente. Le temps, surtout : le vent d'ouest va chasser les nuages et amener le beau. « Deux ou trois jours de soleil » prédisent certains. « Non, ça ne durera pas, rétorquent d'autres, d'ailleurs selon la météo c'est fini demain. » « Peuh, la météo… » « Ben quoi, la météo ? ! » Et tout le monde de se réjouir quand même, le soleil, ça faisait longtemps. Mais attention, il va faire plus froid, du coup.

Assis à une table avec ses agents, Maelström tourne sans fin sa cuillère dans son café.

– Tomatiksson, vous m'avez dit que vous renonciez à espionner son smartphone, trop facile à détecter, c'est ça ?

– Moi je l'ai fait, intervient Surt. Vanish-Popov, un logiciel volatile. C'est tout nouveau : on le glisse à l'intérieur d'un contenu publicitaire qu'on envoie à quelqu'un, et il s'introduit dans le système du téléphone au moment où la personne clique pour supprimer le message. Fortiche ! Ça disparaît au bout de deux heures, pas le temps d'être repéré. Mais on peut le réactiver ensuite parce que son empreinte va se nicher dans un contact. J'ai pu accéder à toutes ses communications quand on lançait « Kayak ». Eh ben rien, ni appel ni message. Rien en rapport avec notre opération, je veux dire. Seulement des communications de boulot.

– Et dans son ordinateur ?

Maelström regarde Tomatiksson.

C'était pareil. Aucun message en rapport avec l'opération en cours, rien qui l'avertisse de quelque chose d'anormal.

– Et pas un seul fichier avec le nom shvlt-54 dans son disque dur, à ce que j'ai vu. Ah, en passant, j'ai découvert qu'il utilise Panoptik, le logiciel mouchard. Il l'a installé dans tous les ordinateurs de sa boîte. Ça lui permet de surveiller les opérations du personnel. Il peut même voir en direct ce qu'ils font par la caméra intégrée. Un grand malade, ce Shrapnel !

Maelström tourne sa cuillère au fond de sa tasse, sans la voir. Son café est froid maintenant.

Quelque chose ne colle pas.

– Est-ce que je me suis trompé ?

Il a parlé à mi-voix, pour lui-même plutôt qu'à l'intention de ses hommes.

– Est-ce que je me suis trompé ? Ou alors il a établi un cordon de sécurité qui empêche de remonter jusqu'à lui, un truc qui s'arrête à des complices, chargés ensuite de venir l'informer en personne ?

– Venant d'un obsessionnel de l'espionnite, ce ne serait pas surprenant.

– D'autant qu'il doit soupçonner qu'on est sur lui. Pas fou…

Un éclat de rire venu du bar retentit par-dessus le chahut.

– Des téléphones jetables ?

– Risqué : ils enregistrent ta position, ça se capte depuis des antennes mobiles. Mais s'il fonctionne au contact direct, il faudrait filer tout ce qui entre et sort des Assurances. Impossible, on peut oublier !

Maelström soupire. La fatigue pèse soudain trop lourd. Ses trapèzes sont douloureux, il a l'estomac remonté au bord du gosier, une vague envie de vomir. Et ce bourdonnement...

Håkon lui a téléphoné tout à l'heure. Carmen Bellini et Shrapnel n'ont eu aucun contact, ni hier ni ce matin. Il reste deux représentations.

– Il faut que j'aille tenter de dormir un peu. Je reprends ce soir au quartier général.

– Ah, juste ça, commissaire, intervient Tomatiksson, j'ai failli oublier. Il a réservé des billets d'avion. Mi-novembre, pour Byen-Enhjørninger.

Maelström enregistre machinalement, les yeux dans le vague. Puis sursaute. Dégaine son smartphone, se met à tapoter. Oui, là, sur le site personnel de Carmen Bellini, il a deviné : à mi-novembre elle joue à Byen-Enhjørninger. Ibsen : *Hedda Gabler*.

– C'est pourtant bien une piste, mâchonne-t-il. Une piste. Mais elle nous mène où ?

Hølger Surt regarde par la fenêtre. Quelques rayons d'un soleil pâle animent maintenant la façade ouvragée du commissariat central, en face. Le vent d'ouest, le beau temps à sa suite. Mais il va fraîchir.

Le métro dégorge sans fin sa denrée humaine, épaisse, compacte, conglomérée. Bloqué par l'écoulement Maelström s'impatiente le temps que le flux se réduise et qu'il puisse s'immiscer, croiser, traverser afin de gagner à son tour la rame. Il contemple cette marée vivante dégurgitée, masse qui s'expulse en lame pour s'engloutir pressée dans un boyau adjacent, s'évacuer par l'échappement de sortie et se répandre au-dehors, ou encore s'engouffrer dans les béances des conduits inférieurs, aussi bas en dessous des enfers que le soleil est distant de la terre. Cohortes de fourmis affairées se hâtant aux occupations où se débitent leurs jours aveugles jusqu'à l'anéantissement final.

Le découragement le happe. Il sent la situation lui échapper, la partie lui file entre les doigts. Ça tourne à vide. Il s'est trompé sur Shrapnel ? Fausse route depuis le début ? Ou fourvoyé à un moment donné ? Il lui faudrait tout reprendre…

Qu'est-ce qu'il a bien pu négliger ? Il ne voit pas. Le vide. Et rien qui bouge dans son corps non plus, pas de formication, nulle part, aucun signal. Seulement cette fatigue insensée.

Est-ce qu'il a affaire à trop fort pour lui ? Trop rusé ? Ou alors il ne comprend plus. Voilà, c'est peut-être bêtement ça, il est dépassé, obsolète. Périmé. La hantise de l'enquête de trop le reprend : les réussites, il le sait, s'éclipsent devant une défaite tardive. La chute finale, ça emporte tout.

Le meilleur enquêteur du pays réduit pour toujours en tocard…

Ne jamais estimer un mortel heureux avant de voir son dernier jour, grande leçon ! Une fin de carrière, c'est comme une carrière entière, c'est comme tout le reste : ça peut complètement se rater.

18

– Le vent pince durement, le froid est vif.
– Un vent aigre et mordant.
– Quelle heure est-il ?
– Bientôt minuit, je crois.
– Non, minuit sonné.
– Vraiment ?
Il regarde sa montre.
– Alors je suis en retard.

Thorvald Nyderbipp avait regardé autour de lui avant de frapper six coups à une cadence convenue contre la porte de la fourgonnette. Åke lui a ouvert. Pratique, cette fourgonnette. On l'a parquée en milieu d'après-midi près de l'immeuble où s'était engouffré le type pisté par le drone la nuit dernière. La Routière est venue poser un PV sur le pare-brise teinté, pour faire crédible. Un poste d'observation idéalement situé. Et confortable. Mais Åke commençait à en avoir un peu marre.

– J'ai bien cru que ça allait bouger. Il est sorti vers 21h, mais juste pour aller au bar, là-bas. Ça a duré un moment et il est rentré. C'est tout.

Thorvald opine du chef. Il a lui-même passé toute la matinée dans le périmètre, alternant les lieux d'où surveiller l'immeuble. Le gars s'était manifesté à midi pour se rendre dans une supérette. Aller et revenir n'avait pas pris vingt minutes.

– Fait rien de sa journée, le spécimen ? Il ressemble à quoi, de près ? Moi, il faisait trop nuit.

Thorvald montre les deux photos qu'il a prises au moment où l'autre sortait du magasin. Un faciès sans grâce notable : sous la visière d'une casquette noire plantée bas, deux yeux bruns assez enfoncés, un nez en patate, une barbe épaisse colonisant abondamment le visage. Et, qui en émerge à la façon d'un bourrelet, une bouche adipeuse, renflée, où s'enlise une cigarette.

– Ils l'ont, au fichier ?

– Aucune idée. J'ai tout de suite envoyé. Maelström sait peut-être.

Vie raréfiée autour d'eux. Le bar à l'angle de la rue vient de fermer, la circulation s'est beaucoup réduite dans l'artère. Ce qu'il restait de lumière s'éteint peu à peu aux fenêtres, l'éclairage municipal sera bientôt seul à répliquer à la nitescence opaline de la lune retrouvée, presque pleine. Le quartier s'installe dans le sommeil.

– Bon, j'y vais. Bonne nuit, veinard !

L'air a nettement fraîchi. Åke enfonce les mains dans les poches de sa veste et se courbe contre le vent. Thorvald le voit dans le rétroviseur s'éloigner de la fourgonnette et disparaître par une rue adjacente.

« Minuit passé. Je risque de m'emmerder sévère jusqu'à 3h. Oh, j'ai rien dit... »

À l'instant même ça a bougé du côté de la porte de l'immeuble. Le policier braque ses jumelles. C'est lui, cette carrure qu'il a eu le loisir d'observer ce matin. Et cette démarche. Pas de doute.

L'autre a obliqué et part sur la gauche. En direction du centre-ville.

Attendre un peu, lui laisser prendre du champ, l'angle est défavorable. Mais pas trop non plus, sinon on le perd.

Il a bien fait de patienter. À peine quelques pas et le type s'arrête, pivote, regarde de tous côtés. Avant de reprendre sa marche.

Thorvald s'extrait silencieusement de la fourgonnette, rabat la porte sans bruit. Il prend le plus au large possible afin de rester hors du champ de vision de l'autre. Il doit ainsi raser les murs avant de traverser rapidement la route pour se trouver en droite ligne derrière lui.

Il ne pouvait donc aucunement apercevoir la silhouette massive surgie de l'ombre, dans son dos, et qui maintenant lui emboîte le pas.

La distance se réduit, le policier gagne du terrain, pas question de se faire surprendre si le gars devait tout à coup s'enfiler dans une rue latérale. Il est même trop proche maintenant, doit ralentir. On est dans le centre-nord, des quartiers cossus. C'est d'ailleurs un peu plus animé, un groupe de personnes arrive à contre-sens, quatre ou cinq, qui parlent fort. De retour d'une fête sûrement, à voir l'allure d'ensemble. « Attention, il va falloir faire naturel, pas qu'ils se doutent que je suis en train de pister l'autre. Je vais sortir mon smartphone et avancer le nez dedans, ça paraitra normal. Tiens, lui-même vient de dégainer son téléphone portable, devant. »

Derrière également, à une vingtaine de mètres, on s'est saisi de son mobile. Ainsi, concentrée sur l'écran lumineux dont la lueur verdâtre vient ricocher sur son visage que coiffent les plissures d'un bonnet long, la silhouette massive n'a pas pu s'aviser du drone qui vient de surgir de l'horizon des toits, dans le fond, et qui maintenant la surplombe à distance, ne perdant rien de l'insolite file indienne de ces trois hommes progressant la tête inclinée sur leur spectrale lanterne, théorie de vers luisants cybernétiques.

– Putain, c'est quoi ce troisième, derrière Thorvald ? s'exclame Eirik. T'as vu ? On dirait qu'il le suit. Démarre, Ragnvald !

Le pilote laisse passer quelques secondes encore avant de faire décoller l'inquiétante libellule stationnée sur un toit en face de l'immeuble d'où était sorti l'homme et qui à présent survole la rue dont elle capte chacun des mouvements.

– Bordel, c'est bien ça, il lui file le train. Qu'est-ce qui se passe ? Oh, j'aime pas ça… Ils sont en train de prendre Thorvald en tenaille !

Il agrandit l'image.

– Faut vite que j'aille pisser. Ragnvald, rappelle Åke : il doit absolument intercepter le type dans le dos de Thorvald. Un mahousse à bonnet. Tu le guides.

Eirik se lève, traverse le bureau en évitant la génératrice et les fils, franchit le seuil avant de tourner la tête et de jeter par-dessus son épaule :

– J'avertis aussi le commissaire. Ils ne seront peut-être pas trop de deux.

Mais Ragnvald ne l'a pas entendu, il était déjà en train d'appeler l'enquêteur tout en dirigeant le drone.

– Åke ? C'est Ragnvald. Urgence : un type est en train de filer Thorvald. Tu rappliques et tu le neutralises. Ils sont sur Heyerdahlsgaten. Passe par le sud, par Niels Bohr. Je te guide. Un mec à bonnet.

– C'est reparti, grommelle Maelström.

Il espérait se reposer sur le canapé dans la salle de détente lorsque Eirik est venu lui exposer la situation. Le temps de bondir dans une des voitures et le voici qui roule dans la ville endormie, avec Gunde au volant. Leur progression est scandée par les indications que leur fournit Eirik sur la marche des trois hommes. Ragnvald de son côté guide Åke qui remonte par le sud. On va tenter de se rejoindre pour pincer le suiveur de Thorvald sans éveiller l'attention de l'autre devant. Ça sera peut-être délicat.

Deuxième nuit en route. « Kayak dans la mangrove », c'était décidément bien trouvé : jamais vécu un truc aussi enchevêtré !

Mais il avait eu raison, ils sortent du bois.

– Attention, ils vont arriver sur Reine-Christine, crachote la voix d'Eirik dans les haut-parleurs de la voiture, ils débouchent depuis Valdemar. Thorvald a donné un peu de champ à l'autre, pas qu'il le repère. Avec le clair de lune, en plus. Il sait toujours pas qu'il est lui-même pisté, je lui ai rien dit, il doit paraître le plus naturel possible. Mais ça va devenir plus difficile, quasi personne sur le site, d'après ce que je vois à l'écran.

Reine-Christine, la grande place qui ouvre la zone piétonne du centre historique. Un large espace à découvert.

– Je ne vais pas pouvoir continuer, commissaire, je dois vous déposer juste ici, dit Gunde en arrêtant la voiture. Vous prenez directement par Vasa et vous arrivez pile sur eux, en marchant vite. Ah, et mettez ce bonnet !

– Pardon ?

– Oui, il ne fait pas chaud, et surtout on ne doit pas vous identifier. Votre tête est connue, les types sont à l'affût. Il ne faut prendre aucun risque. Mettez ça. Bonne chance commissaire.

Maelström se saisit de l'épaisse coiffe de laine noire et se l'enfonce jusqu'au-dessous des oreilles, bas sur le front. Il se regarde dans le petit miroir intérieur du pare-soleil, grimace, s'assure de son arme puis ouvre la porte et se glisse dans la nuit.

– Gunde annonce qu'il a largué le commissaire, fait Eirik. Åke et lui vont opérer leur jonction sous peu. Maintenant, comment ils vont isoler le gars derrière Thorvald… Hé, mais… Bon Dieu, c'est quoi, ça, encore ?

La silhouette massive a disparu d'un coup du bas de l'écran. Volatilisée. Quant à l'autre, devant, il décroche à toute vitesse sur la droite pour s'engouffrer dans une ruelle.

Subitement.

Nyderbipp a réagi avec un temps de retard, il s'est fait surprendre. On le voit piquer un sprint à son tour, mais arrivé à l'embranchement où a disparu l'autre il hésite.

– Passe-lui devant et survole la zone avec la machine, Ragnvald ! À fond ! Il faut voir où va le gars !

Au bout des yeux électroniques, une forme humaine qui file dans le lacis des rues anciennes. Elle a beaucoup d'avance sur Thorvald.

– Suis-le, suis-le ! Tu le lâches pas ! Tant pis pour celui de derrière. Il s'est taillé dans le sens inverse, on l'a perdu, de toute façon. Mais qu'est-ce que c'est que ce merdier ? !

Maelström a remonté rapidement Gustave Vasa et traversé les venelles enchevêtrées débouchant sur Reine-Christine. Il est à l'orée de la place maintenant, plaqué contre un mur. Risque un regard. Personne, sinon un couple qui traverse bras dessus bras dessous et un type qui fait pisser son chien contre un réverbère. Bizarre. Normalement, en coupant comme il l'a fait, il devrait se trouver juste à revers des trois hommes. Les a-t-il devancés ? Ont-ils changé de direction ? Eirik ne lui communique rien. Il va attendre.

Le silence règne seul sur la place, entièrement vide désormais. Limpide, l'atmosphère vibre cependant de la rencontre entre la lueur laiteuse de la lune et le halo orangé de l'éclairage soigné du centre historique. Gunde avait raison, l'air est vif.

Le croassement d'un corbeau freux atterri à quelque distance de lui écorche soudain la nuit calme et le fait tressaillir.

– « *Le corbeau lui-même est enroué à croasser l'entrée fatale…*, murmure-t-il en regardant le volatile sautiller sur les pavés. *Accourez, esprits qui veillez sur les pensées de mort !* »

Il n'ira pas plus loin : une douleur atroce explose à l'arrière de son crâne, hurle dans ses tempes, sa vue vacille, traversée d'immenses rais en zigzags, un goût de sang afflue sur sa langue, il chancelle, s'effondre à terre.

19

– Et comment je pouvais savoir, moi ? On me dit de neutraliser un type à bonnet qui file le train à Thorvald sur la place Reine-Christine. Et je peux vous dire qu'il avait bien l'air d'être aux aguets, nom de Dieu !

Åke secoue la tête, navré, furieux.

– Impossible de reconnaître que c'était le commissaire, personne ne m'a communiqué qu'il était aussi sur le secteur ! Hein, Ragnvald !

Maelström est étendu sur le canapé du commissariat, ses hommes autour de lui. Il a repris connaissance mais des maux de tête abominables le contraignent à garder les yeux clos.

– On comprend rien à ce qui s'est passé, répond Eirik. On a décollé le drone en constatant qu'un type suivait Thorvald. Pendant un moment on les a eus tous les trois, lui au milieu, à bonne distance, c'était délicat mais faisable de pincer discréto le gars derrière. C'est pour ça qu'on t'a rappelé et qu'on a envoyé le commissaire, le plan était de doubler les forces. Il avait l'air costaud, le client.

– Bon, pour le commissaire, j'avais pas entendu quand je t'ai appelé, précise Ragnvald. Eirik était allé pisser. C'est vrai, tu pouvais pas savoir.

– Mais tout à coup les deux types ont déguerpi à l'opposé. Comme s'ils avaient reçu un signal. Pas moyen de les couvrir les deux avec la machine ! Alors on s'est concentré sur Thorvald et sa cible, l'autre, il comptait plus, d'ailleurs je l'ai même pas vu se tirer, en fait. D'une seconde à l'autre il était plus dans le radar.

– Quand même, matraquer le commissaire! … maugrée Gunde.

– Et pour Thorvald, ensuite, demande Maelström d'une voix sourde.

Parler lui est pénible : ses mâchoires tuméfiées, la langue pâteuse. Il porte la main à son front, là où on lui a posé un pansement. Il s'est ouvert en tombant sur les pavés.

– Il a tenté de courser le gars répond Eirik, mais il voyait pas bien où aller. Nous par contre on a pu suivre le type avec le drone jusqu'à ce qu'il s'enfile dans une ruelle couverte. Après, on sait plus. On l'a pas vu ressortir, nulle part. Il s'est peut-être planqué dans une maison. Alors Ragnvald a posé l'appareil sur la tour Olof III juste à côté. Là-haut, on surplombe le quartier, toutes les rues. S'il sort, on le repère.

– Il faudrait envoyer des hommes le cueillir, fait Åke.

Maelström acquiesce d'un bref hochement de tête qui lui tire une grimace de douleur. Les yeux fermés, il tente de réfléchir. Le bilan de la nuit n'est peut-être pas si mauvais. L'homme qui filait le train à Thorvald a pu s'esquiver, mais l'autre, qu'on piste depuis la nuit d'avant, est possiblement piégé en effet. S'il n'a pas semé la caméra embarquée, s'il est toujours tapi dans son coin, on va pouvoir le serrer dès qu'il bougera, même dans la foule. Il ne sait pas qu'il est sous l'œil du drone.

Il faut envoyer du monde.

« Et le troisième, derrière ? Qu'est-ce qui serait arrivé à Thorvald ?

Mais comment ils ont pu se carapater comme ça, tout d'un coup, en même temps ? Quelqu'un les a avertis. Forcément.

Ça veut dire qu'on était guettés. Que Thorvald et Åke ont été identifiés lorsqu'ils observaient l'immeuble.

C'est bien ça : on est épiés par ceux qu'on épie. On est surveillés par ceux qu'on surveille en train de nous surveiller.

À quel moment ils se sont avisés qu'on était sur leur type qui espionnait notre planque, en face du hangar de Flåk ? Quand est-ce qu'on s'est fait repérer, sur ce coup ?

Cette impression que ça se débine chaque fois que j'interviens... »

Mangrove : écosystème de marais maritimes, formation végétale caractéristique des littoraux marins tropicaux, où dominent les palétuviers juchés sur leurs racines en forme d'échasse s'enfonçant dans la vase ou le limon. Forêts denses et enchevêtrées, poussant dans des eaux saumâtres et peu oxygénées. On n'y voit à peu près rien, dans une mangrove.

– Bon, inutile de réveiller Larsen. Vous ne bougez pas un œil du passage couvert, on va y envoyer deux hommes en faction. Et deux autres sur l'immeuble du gars, au cas où il tenterait de se pointer. Åke passera dans la planque vers le hangar de Flåk, en y amenant du matériel, n'importe quoi : il faut les fixer dessus.

Cette douleur dans la nuque et le long de l'occiput. Les antalgiques apportés par le toubib venu l'ausculter tout à l'heure n'ont pas encore fait effet. Il l'a examiné, palpé, « dites, il vous a sérieusement assommé, une belle bosse, mais pas de blessure ouverte, c'est l'avantage avec les matraques en caoutchouc. Jolie commotion, mais pas de lésion crânienne, à première vue. Vous prendrez ces analgésiques et un somnifère. En principe, ça sera bon dans une quinzaine d'heures. Mais si les douleurs persistent, si vous remarquez une hypersensibilité à la lumière, des problèmes d'équilibre ou de concentration, vous filez à l'hôpital, je vous rédige une fiche d'admission. Belle bosse, quand même... Une chance que vous portiez un bonnet ! »

Maelström ouvre les yeux, examine les emballages des médicaments, qu'il a gardés dans sa main. L'antalgique VadeRetro, et NobisRequiem. Deux produits TechTonus.

On n'en sort pas.

« Rien de nouveau sous le soleil, sinon qu'il ne brille pas pour tout le monde, malgré de sensibles progrès. Vous aurez l'impression qu'on travaille dans votre dos, mais attention à ne pas prendre des vessies pour des lanternes. Gardez les yeux ouverts. »

Son horoscope de la veille dans le *Nørdik Dagbladet*. À la dernière page, juste sous la météo.

Il ricane.

Tâte sa bosse à l'arrière du crâne. Sensible encore.

Bientôt 19h. Il a dormi longtemps. Ramené chez lui par Gunde dès qu'il a été en état de se lever, il s'est déshabillé avec précaution, éviter tout mouvement brusque, puis mis au lit avec une nouvelle dose d'antalgiques et un somnifère. S'est éveillé une première fois vers midi, pour retomber vite dans un sommeil plus tourmenté, de mauvais rêves, des accès de suée. Et lorsqu'il refaisait surface, des bourdonnements et des hallucinations auditives comme peut en réserver la fièvre. Et quelques poussées d'angoisse diffuse, imprécise.

Larsen avait téléphoné vers 16h, alors qu'il émergeait.

– Tu récupères ?

– Ça va aller.

En effet ça s'améliorait. Les douleurs étaient moins vives, il n'avait pas de nausée, il aurait même un peu faim. L'impression d'être décalé, perdu, hors du temps et du cours des choses, mais il allait mieux.

Contrairement sans doute à la jeune femme découverte brisée dans le container, l'autre nuit. Il avait pensé à elle lorsqu'il gisait lui-même enserré dans ses céphalées sur son canapé, au commissariat.

– Elle est vivante, lui a répondu Larsen. J'ai eu l'hôpital il y a une heure. État critique, mais elle est encore là. Le gars l'a sérieusement amochée. Une pute, semble-t-il. Balte, oui. Clandestine. Très jeune. Sûrement victime d'un trafic. Il aura profité de sa situation de faiblesse. Lui ? Prof de fitness, pas de casier. On ignore si c'est un pervers caractérisé ou un violent occasionnel. Pour le moment il se tait, disent les collègues. Prétend juste qu'il ne se souvient de rien. Une absence, un vide. L'enquête va être refilée aux Mœurs.

Quant au type dans le passage, non, rien de neuf. Pas vu sortir. Le drone stationnait toujours sur la tour, on continuait à se relayer en surveillance. On avait demandé un topo sur les bâtiments du secteur et leurs propriétaires. Il devait arriver vers la fin de l'après-midi.

– Et à son appartement ?

– Sans surprise : on poireaute devant sa porte. En vain, à mon avis. Bon, cette nuit, tu dors. On s'est organisé, ici, je reste jusqu'à minuit, Thorvald et Åke prendront le relais.

19h. Il a un peu faim, se lève. Marcher jusqu'à la cuisine ne lui provoque aucun tournis. Pas de faiblesse dans les jambes non plus, l'équilibre paraît normal, il ne tangue pas, ses mouvements ne lui font plus véritablement mal, un peu de gêne simplement mais ça va passer, ses forces reviennent. Il ouvre d'ailleurs trop brusquement son réfrigérateur, la bouteille de bière qui se trouvait en aplomb instable sur le renflement du tube de fromage dans le casier supérieur de la porte est entraînée par l'impulsion, roule, s'éjecte, tournoie dans sa chute puis explose au sol, projetant des éclats de verre en étoile qui fusent sous chacun des meubles de la pièce traînant à leur suite des filaments de liquide jaune. Vingt minutes d'opérations accroupi à suivre, au bas mot.

« Rien de nouveau sous le soleil, sinon qu'il ne brille pas pour tout le monde, malgré de sensibles progrès… », fulmine-t-il, rageur.

20h30. Étendu sur son divan pour écouter la radio : surtout ne pas rater la création mondiale de *Orestes* de George Benjamin.

Musique sidérante. Il est tout oreille, saisi. Aimanté. Cette tenue plaintive de la soprano et des deux hautbois sur les ondoiements des cordes, puis les trois grands accords de l'orchestre, brutaux, terribles. Déchirants. Et maintenant, après un silence chargé, les deux flûtes, la première d'abord, la deuxième un temps plus tard, en seconde majeure, sol semble-t-il, leur montée parallèle, inquiétante, quelque chose d'inéluctable, de fatal… ces flûtes…

Il tressaille : les flûtes !

Il s'est levé en sursaut. Un mouvement trop brusque, qui lui arrache un gémissement. Il arpente maintenant la pièce, agité à l'extrême.

Le flûtiste. Le flûtiste dans la rue, devant le commissariat, il y a deux jours, lorsqu'il a payé avec son smartphone… ce boîtier qu'il lui a tendu… Ils l'ont piégé !

Ils ont introduit par ce moyen un mouchard dans son téléphone portable, un indicateur. Il est géolocalisé. Ils savent à chaque minute où il se trouve ! Plus besoin de mettre quelqu'un sur lui !

« Voilà pourquoi le type en planque dans le garage s'est soudain débiné lorsqu'on s'est approché avec Gunde et

Kjetil, hier matin. Et pourquoi les deux gars qui cernaient Thorvald ont pu dégager au même instant, la nuit passée. Ils savaient que j'arrivais. Qu'on s'amenait.

C'est ma venue qui a fait capoter l'opération. Les deux fois. »

Piégé.

Ou alors il déraille.

S'en assurer tout de suite.

Il bondit sur son téléphone fixe, compose le numéro privé du chef de la police.

– Wunderhørn ? C'est Maelström.

– Maelström, vous ? On m'a raconté... Risquée, hein, votre opération « Kayak » ! Je sais aussi que la consigne est de vous laisser dormir jusqu'à demain. Vous vous remettez ?

– Ça ira. Ça va déjà nettement mieux. Dites, le flûtiste qui jouait à la sortie du commissariat, ces derniers temps...

– Oui, eh bien ?

– Il était là, aujourd'hui ?

– Non. Mme Missåbrevis remarquait justement cet après-midi qu'on ne l'avait pas revu. Dommage, ça égayait.

– Depuis quand il n'est pas revenu ?

– Deux jours, je crois. Pourquoi ?

20

– Donc ils savent que vous êtes ici ?

– Oui.

– À peine croyable. Un simple terminal de paiement...

Enchantement du soleil revenu. Sur une petite terrasse de la Place Tycho Brahe, au cœur de la vieille ville, les responsables de la police dégustaient un café et la légèreté du ciel. Le vent avait faibli, il faisait moins froid, une petite brise seulement, venue de la mer. La lumière oblique réveillait l'architecture de l'ancien Hôtel de ville et de l'église Saint-Olaf, rendue à sa faconde baroque. Juchée sur la tête de la sévère statue en bronze noir de l'astronome, au milieu de la place, une mouette surveillait les alentours tandis que des pigeons vaquaient entre les pavés. En face, sous les arcades de l'ancien marché aux poissons, un saxophone déchirait l'air de ses vagissements d'otarie. L'atmosphère pétillait de miroitements, de senteurs iodées et d'allégresse.

– Vous vous sentez menacé, commissaire ? demanda Petronille Missåbrevis, le visage offert au soleil, les yeux clos. Vous ne vous dites pas qu'ils pourraient aisément vous supprimer, de cette façon ?

– Non. Ils perdraient la possibilité de savoir ce qu'on fait. Au contraire, c'est ma meilleure assurance. Pour le moment.

– Étrange quand même, commenta Wunderhørn derrière les verres miroirs de ses lunettes de soleil. Ça réagit fort, vous ramenez tout un fatras dans vos filets, mais on ne sait pas ce que c'est.

– On ramène tout ça parce que je suis piégé par mon téléphone, justement. C'est un sacré un dispositif qu'ils ont mis en place.

Froufroutements agités, à quelques pas : trois pigeons décollaient en vitesse à l'arrivée d'un chien.

– Et ça réagit aussi fort parce que nos manœuvres les inquiètent. Ils pensent qu'on trace la même chose qu'eux, reprit Maelström. Ils veulent retrouver Torsk. Torsk et sa mallette. Ils ne savent pas qu'on le tient et qu'il a parlé. Leur hantise, c'est qu'on le trouve avant eux. C'est pour ça qu'ils nous surveillent depuis le début, épient nos recherches. Ils ignorent ce que Flåk peut bien lui avoir raconté, c'est un témoin gênant. Il n'était pas prévu dans leurs plans, ça les énerve.

– Il est au secret, précisa le chef de la police. Pour se garantir des fuites et protéger nos gardiens. On l'a même enregistré sous un faux nom. Officiellement, il n'est pas chez nous.

– Et ils savent maintenant qu'on les traque. Ils croient donc qu'on est sur deux pistes à la fois, Torsk et eux-mêmes, continua le commissaire, le regard dans le vague. Il leur manque un élément, l'affaire se retourne, on a un coup d'avance. C'est notre atout, il faudra le jouer finement.

– On doit les maintenir le plus longtemps dans cette erreur, conclut Larsen avant de heurter brutalement du genou le plateau de la table de métal en croisant ses jambes, alertant les autres clients et le garçon de café qui au vacarme s'avança sur le seuil de l'établissement afin d'estimer les dégâts.

– L'opération continue. Tant qu'ils ne se doutent pas que je sais mon smartphone infiltré, je ne risque rien. Ça me donne même la possibilité de leur tendre un piège, mais je ne vois pas encore comment. Ah, sinon, toujours pas sorti de son passage couvert, le type surveillé par le drone ?

– On a levé les recherches, répondit Larsen en épongeant le café répandu hors de sa tasse. J'ai reçu hier en fin d'après-midi le rapport du service de l'urbanisme. Figure-toi qu'il y a un accès aux égouts juste au bout du passage couvert. Il est passé par là, la plaque n'était même pas bien reposée, les gars sont allés voir. Il nous a échappé.

– Et son appartement ?

– On n'allait pas mobiliser un agent en permanence pour l'attendre. On a changé sa serrure et laissé un avis qui lui signale où il peut venir chercher ses nouvelles clés... La Scientifique ira jeter un œil lorsqu'on aura reçu une autorisation de perquisition. Oui, volontiers un autre café.

– Bon, au moins on a les photos prises par Thorvald. On va diffuser son signalement.

– Permettez, commissaire, fit Petronille Missåbrevis en avançant sa main qu'elle promena délicatement sur l'arrière du crâne de Maelström. Une grosse bosse encore, que vous avez là.

Les eaux huileuses du canal friselaient sous la brise, émiettant le reflet de la lune qui éclairait seule cette friche industrielle du sud-est de la capitale. Deux halles basses désaffectées se faisaient face de part et d'autre d'une cour parsemée de taches sombres, en touffes : de l'herbe et quelques plantes noiraudes avaient commencé à coloniser les interstices du revêtement éreinté. Laissés à eux-mêmes et à la végétation spontanée, trois ou quatre fûts métalliques entamés par la rouille croupissaient contre les murs du côté nord où s'étalaient de grosses lettres cubiques sprayées en rose, vert et gris métallisé. Derrière, fermant la perspective au bout de la zone, deux cheminées de briques pointaient vers la voûte céleste.

Il attendait là. Planté au milieu entre les deux bâtiments, sur ses gardes, tournant la tête de tous côtés. Il sursauta quand un chat fusa d'entre les herbes folles.

– Saloperie, siffla-t-il.

Il se baissait pour ramasser un caillou lorsqu'une silhouette se dégagea d'un renfoncement. Il se redressa.

– La nuit est limpide, fit-il. Claire et sans nuages.

– Sans nuages, répondit la silhouette en s'avançant vers lui. Un homme en manteau, coiffé d'un chapeau de feutre.

– Me voilà, reprit le premier.

– Bien, dit l'homme au feutre qui s'était porté à sa hauteur. T'as pas été suivi ?

– Non. J'ai fait des tas de détours et je me suis même arrêté vingt minutes dans une cabane de chantier d'où je pouvais tout voir. Rien. De toute façon, ils m'ont perdu bien avant que je m'enfile dans les égouts. Personne sait que je suis là.

– Bon. Ton appartement, c'est mort, les flics sont dessus. C'est là que tu crèches désormais, jusqu'à nouvel avis.

Il désignait l'une des deux halles.

– On a aménagé un peu. Quelqu'un viendra t'apporter de la bouffe tous les deux jours. Toi, tu t'enfermes à l'intérieur.

Il lui tendit une clé.

Un couinement suraigu, puis un froissement d'herbe. Le chat devait avoir pris une souris.

– Comment tu t'es fait repérer ?

– Aucune idée. J'ai découvert leur deuxième caméra sur la porte du hangar. J'ai failli me faire avoir, mais elle a pas pu me capter. Et personne dans la zone. Est-ce qu'ils avaient posé une troisième caméra ? Mais où ? Après, comment ils ont trouvé où j'habite, mystère. Absolument rien derrière moi, dans la rue.

– C'est embêtant quand même, ils sont sur tes traces maintenant. Mais personne ne viendra te rechercher ici. Tu bouges pas de là, et tu attends les instructions. Une sèche ?

Il lui tendait un paquet, et un briquet allumé. L'autre prit la cigarette qui se présentait la première, se pencha vers la flamme, téta trois petits coups, aspira une forte bouffée qu'il retint un moment, poumons gonflés, avant d'exhaler bruyamment, tout à son plaisir.

– Bordel, elle fait du bien, celle-là !

Une deuxième bouffée, lente, éjectée par les narines. Puis une troisième. Renifla alors à deux reprises en regardant sa cigarette.

– C'est quoi, cette clope ? Une drôle d'odeur, la fumée… on dirait… on dirait du cornichon !

– Te plaît pas ?

– C'est bizarre… bizarre… Quoi ? je vous entends pas… Pas très joli, ici… Et qui ? On se connaît… c'est… c'est…

Des frissons avaient commencé à le parcourir. Ses lèvres tremblaient, ses yeux semblaient vouloir lâcher leurs orbites, il s'était mis à suer abondamment. On l'aurait dit foudroyé.

– Il fait beau, non… tout noir… y a un chat, je vois le chat… Maman, re… regarde ! La cloche, ça sonne fort… fff… ffrr…

Il avait porté ses mains à ses oreilles, balançait sa tête. Fit quelques pas en titubant. Tressaillit de tout son corps. Tournoya sur lui-même.

– fffff…

Trois ou quatre mètres encore et ses jambes ne le soutinrent plus, il s'affaissa sur les genoux. Sa mâchoire tressautait, un filet de bave pendait de ses lèvres épaisses, venant couler dans sa barbe. Un râle aigu, éprouvant, sortait de sa gorge.

Il battit des bras, hoqueta, puis s'effondra au sol. Une série de spasmes, un renvoi, et il cessa de bouger.

Le silence retomba sur la zone.

– Dosage clairement trop élevé, ricana l'homme au chapeau.

Il se pencha sur le corps inerte, ouvrit la veste, fourailla pour en extraire un smartphone et un portefeuille, qu'il empocha. Se redressant, il siffla en levant le bras. Deux ombres sortirent de la halle, derrière son dos.

– Dégagez-moi ce con. Oui, dans le canal. On va lui fabriquer un joli collier pour le lester.

Il jeta un dernier regard sur le cadavre.

– Tssss… À quoi ça tient, le destin, parfois…

« Lune ce soir sans rivale », se disait Larsen qui humait la nuit depuis la fenêtre ouverte de son bay window.

Rentré tard, après que Maelström l'eut relevé au quartier général, il avait dîné d'une salade de harengs à l'aneth et de raviolis en boîte. Peu de choses dans l'univers peuvent prétendre rivaliser avec une boîte de raviolis, était-il fermement d'avis. Aussi avait-il apprécié d'une oreille de connaisseur le chuintement mouillé de la masse compacte glissant le long des parois de fer-blanc vernissé pour atterrir en bloc cylindrique quasi parfait dans la casserole, luisante colonne, glorieuse stèle lustrée, plutôt qu'en cette ziggourat partiellement affaissée sur sa base comme cela arrive lorsqu'il faut augmenter la pression contre les parois, tapoter trop fort sur le fond ou que l'on doive s'aider d'une lame de couteau, ne parlons pas même de fourchette. Puis dégusté l'un après l'autre ces affables coussinets dentelés, potelés capitons carnés, ventrus oreillers fourrés si injustement négligés par les poètes, trop peu célébrés, sans ode à leur mesure encore, et pourtant que serait une existence sans ?

Et maintenant il contemplait la lune, un verre de whisky à la main. Elle semblait parfaitement heureuse ainsi toute proche de sa plénitude, débarrassée pour un temps des gêneurs, des importuns, nuages, brumes, brouillard, vapeurs, tristes obstacles à sa majesté, jaloux acharnés à l'éclipser aux yeux des mortels. Triomphante, elle surplombait le monde, grand œil revenu, sphère rebondie dispensant aux hommes sa calme assurance.

« Tiens, à propos de lune ! ... »

Il avait tiqué à sa propre rêverie. Frappé, il plongea le regard dans son verre, s'absorba un instant dans les ondoiements du liquide ambré qu'il faisait tournoyer, dévisagea à nouveau l'astre nocturne. Lune rebondie... Mais bien sûr, est-ce qu'on n'aurait pas dû commencer par là ?!

Il entendit sonner minuit à la cathédrale. Le profond battement de la cloche de bronze.

Il vida son verre d'un trait, s'empara de son imperméable et sortit. Il trouverait peut-être encore un taxi.

Douze coups tapaient à l'église Saint-Olaf.

« Minuit, l'heure du crime », railla-t-elle.

Ça faisait une heure qu'elle stationnait. Tout près, juste en face. Elle n'aurait pas à sortir de sa voiture. Ça serait facile. Trop facile.

La place était vide, personne n'y avait passé depuis une bonne vingtaine de minutes. Personne non plus dans la rue, derrière. Elle était seule, garée au milieu d'autres voitures, à trente mètres à peine du porche d'entrée néoclassique de la banque Libellul. Un jeu d'enfant.

Elle porta à ses yeux des jumelles de vision nocturne.

Là, au sommet de la porte centrale, sur le linteau, la caméra de surveillance. Fixée à l'extérieur, protégée par un simple écran de plexiglas.

« Les naïfs. »

Elle passa sur le siège de droite puis s'adossa à la portière, s'empara du fusil, déposa le bout du canon sur la vitre à demi ouverte de la fenêtre du côté conducteur, épaula. Un dernier regard alentour, pas âme qui vive, elle visa, l'œil gauche fermé, la commissure des lèvres relevée, légèrement bombée. Quatre ou cinq secondes. Une détonation sèche. Elle vit à travers sa lunette que la caméra avait proprement éclaté derrière sa cloison protectrice déchiquetée.

« Bon, la sirène d'alarme doit s'être déclenchée, à l'intérieur. Ça va bientôt rameuter. On ne va pas moisir ici. »

« Les difficultés théoriques que pose à la cosmologie l'existence ou non de la matière noire ne sont que peu de chose comparé à la question de savoir pourquoi il y a *toujours* davantage de corps étrangers dans une chaussure *après* qu'on l'a retirée pour enlever un caillou », maugréait Larsen en défaisant ses lacets une nouvelle fois.

Un taxi déniché à deux minutes de chez lui l'avait déposé sur l'esplanade jouxtant Kirsten-Flagstad Park, au nord-ouest de la ville. Tout près de sa destination, qu'il souhaitait gagner discrètement à pied. Il s'était d'abord avancé en direction de la Résidence Oscar Ier avant de revenir sur ses pas une fois la voiture et son chauffeur disparus, on n'est jamais trop prudent. Entra dans le parc tout à fait désert, laissa rapidement l'allée goudronnée et ses petits réverbères Art Déco pour couper à travers la pelouse. Il aurait une meilleure perspective une fois sur le petit monticule là-bas, derrière la rangée de bouleaux pubescents.

La pluie, la neige fugitive, la pluie par-dessus puis le vent ces derniers jours avaient fait leur œuvre. Des aiguilles de pins déchues se fichaient dans ses chaussettes alors que de menus cailloux et fragments d'écorces libérés par les intempéries entraient désagréablement dans ses souliers, le contraignant à d'irritantes manœuvres de déchaussement inutiles après qu'il eut épuisé les possibilités offertes par le secouement. Il continua un temps sa progression en frappant des pieds à chaque pas dans l'espoir de générer un effet de tassement, avant de se résoudre à pactiser avec les intrus : on réglerait ça plus tard. Il parvint ainsi sur la butte.

On avait de là une vue parfaite sur la clinique du Dr Kozak-Dudøn, en contrebas. La lune prodigue permettait d'apercevoir avec netteté l'allée de gravier bordée d'ifs menant au perron du bâtiment principal, ainsi que le porche d'entrée et ses colonnes. Plus récente, une aile basse parcourue de fenêtres carrées s'étendait, perpendiculaire, en prolongation arrière du corps central, à droite de l'entrée. On discernait, estompés par l'éloignement, des halos de lumière à distance régulière les uns des autres. Des veilleuses de couloir sans doute. Les chambres devaient donner de l'autre côté, avec regard sur l'extérieur. En face, symétrique, une nouvelle aile achevait de sortir de terre. De même longueur, à première vue, mais plus haute d'un étage. Derrière un imposant grillage de sécurité bardé de panneaux d'interdiction, une bétonneuse et deux machines de chantier entouraient une grue tandis que des caisses s'entassaient proches du mur. Larsen saisit ses petites jumelles dans sa poche, balaya lentement l'ensemble. Vers le centre de la construction en cours, tout juste visibles au ras du toit qui une fois achevé viendrait les dissimuler, les embouchures de deux tuyaux parallèles. Et, disposée au haut du mur face à lui, une grille ronde.

– Bingo ! murmura-t-il.

21

– Ça, ces deux tuyaux, c'est une cheminée de rejet. On ne la verra plus quand le toit sera fini, elle sera au ras du faîte ou englobée dans un petit bloc de maçonnerie. Une chance que j'y sois allé avant. Regarde, quand on agrandit…

Sur l'écran, les images infrarouges prises par le drone que Ragnvald avait envoyé survoler le site de la clinique de Kozak-Dudøn à la demande de Larsen la nuit précédente. On discernait bien la tubulure émerger et poindre vers le ciel. Ainsi que la grille circulaire contre la façade. Les vues avaient été prises très bas, on y voyait tout à fait net.

– Là, cette grille, c'est une prise d'air. Et dans la conduite qu'elle alimente, tu peux être certain qu'il y a un ventilateur. Mon vieux, on a affaire à un système d'extraction de sorbonne à air auxiliaire.

– Un quoi ?

– Un système d'évacuation. Une sorbonne, c'est une enceinte ventilée en dépression qui aspire l'air et le rejette dans l'atmosphère grâce à un ventilateur. Un dispositif d'épuration typique des laboratoires, surtout ceux qui manipulent des produits chimiques de haute toxicité.

– Tu es sûr ?

– Plus que ça.

– Bon, mais il s'agit peut-être d'une ventilation destinée à des chambres de stockage. Pour entreposer du matériel stérile, par exemple, qui doit rester dans une ambiance constante, je sais pas, moi…

– Qu'est-ce que tu veux qu'une clinique fasse d'un tel système de filtrage ? Pour entreposer quoi ? Des palettes d'implants fessiers ? Des cartons de gel à nibards ? Ça, des frigos suffisent ! Non, mon cher, là, c'est l'agencement d'un laboratoire, d'une petite unité de production. Qui ne manipule pas que des ingrédients pour de la pâte de guimauve ou de la simple pommade contre les vergetures.

– Tu penses à…

– Parfaitement : le laboratoire de fabrication du toxique cérébral ou de son conditionnement. D'ailleurs c'est officiel. Regarde.

Il tapota sur le clavier de l'ordinateur. Cliqua.

– Je suis allé visionner cette nuit, une fois rentré de ma petite visite.

Le site de la clinique Callimorphe du Dr Kozak-Dudøn, la cérémonieuse page d'accueil. Sur un arrière-plan de dais pourpre, des Vénus antiques tournoyaient lentement sur elles-mêmes se succédant en bande déroulante escortées par l'Adagio du concerto pour trompette en ré majeur de Telemann cependant que se dessinait progressivement en élégants caractères didones le slogan de l'établissement : « L'appel de la belle forme » et le portrait du directeur en médaillon entouré de deux rameaux d'oliviers. Ensuite, tandis que réapparaissaient par gros plans fondus-enchaînés les bustes et fessiers exemplaires des mêmes statues, des menus déroulants s'affichaient présentant les chirurgiens anatomopracteurs d'élite agréés par le maître, as du design ès protubérances, ainsi que les différents services de la clinique et l'éventail de leurs prestations, puis, en sous-rubriques successives, la liste des zones d'intérêt, « visage », « seins », « ventre », « fesses », « zones intimes » et la gamme des traitements proposés, eux-mêmes scrupuleusement détaillés selon leurs techniques spécifiques et le matériel correspondant, le tout documenté par une iconographie sélective. Une galerie de photos « Avant-Après » permettait éloquemment de mesurer les espoirs qu'il était possible de placer en les soins de l'équipe.

– Oui, bon, eh bien ? fit Maelström.

– Attends…

Un onglet « Bientôt ! » donnait accès à une page « Afin de toujours mieux vous servir » annonçant l'extension de la clinique. Une image de synthèse permettait de visualiser l'ensemble du complexe une fois la nouvelle aile achevée, sous laquelle s'énuméraient en lettres dorées les innovations à venir : cinq nouvelles chambres, dont deux suites de luxe, l'ouverture d'un service capillaire, un autre, à l'étude, de phalloplastie, et le lancement d'une gamme de produits d'entretien corporel maison, crèmes raffermissantes, lotions restructurantes, onguents anti-âge, gélules d'amincissement.

– C'est là que ça se passe, précisa Larsen.

Cliquant sur ce dernier lien il activa une animation où défilèrent sur fond d'accords de harpe cette fois une théorie de petits pots, flacons, récipients, tubes, étuis, emballages, tous estampillés du nom de la clinique et dûment libellés « Directement de nos laboratoires ». Maelström admira particulièrement les deux fioles en forme de goutte d'huile fermées d'une fine bille d'or.

– Et tu crois que… articula-t-il après un instant.

– C'est ce qu'on appelle de la diversification. Petronille a raison, les Erektil, ça ne touchera que la population masculine. Trop risqué, on pourrait vite faire des rapprochements. Tandis que si tu propages le shvlt-54 aussi par des gélules amincissantes, des crèmes et des lotions, tu multiplies les cibles et tu rends plus difficiles les recoupements. Ça divise nettement les probabilités d'identifier la source. Ils devront juste être prudents sur la proportion de produits intoxiqués, ne pas être trop gourmands. Genre un sur sept ou huit. Imagine : des prothèses mammaires, des implants de fesses ou de la pommade restructurante qui diffusent tranquillement le ravageur du cortex !

Il s'emballait.

– Sans compter que les Erektil, ça reste de la falsification, tandis qu'un produit maison, c'est du velours, pas besoin d'infiltrer un réseau de distribution existant. Ça part de chez toi, de tes laboratoires. Or c'est précisément ça qu'on va trouver dans cette nouvelle aile, des laboratoires parfaitement équipés. Exactement ce qu'ils annoncent.

Maelström se mordillait la lèvre inférieure, la mine des mauvais jours.

– Écoute, reprit Larsen. Shrapnel et consorts ne vont pas se mettre à dérouter une partie des gélules et des emballages d'Erektil produites par Siegfried 2000 comme les trois assureurs. Trop dangereux. Pas assez sûr. Trop artisanal aussi. Non, ils vont tout fabriquer eux-mêmes. Ils ont l'infrastructure qu'il faut. Surtout avec la nouvelle aile de la clinique ! Je te parie même qu'une fois le nocif cérébral maîtrisé et le remède trouvé, ils vont séparer : le désagrégateur dans les nouveaux laboratoires de Kozak-Dudøn, pour les crèmes, les gélules, les pilules à bander, et l'antidote chez TechTonus. On compartimente. Des canaux distincts, bien sécuriser leur montage. Leur relation officielle, ça sera les implants, ce qui paraîtra tout à fait normal. Tu te souviens, Mykorasson nous a parlé du département Silicone de TechTonus. Quoi de mieux qu'une clinique pour justifier la livraison régulière de produits pharmaceutiques ? Je t'assure, on doit élargir, ce truc se joue à trois. Rappelle-toi à qui appartient le hangar où Flåk a été planqué… Or, comme par hasard, c'est depuis que Nyderbipp l'a contacté pour se renseigner à ce propos qu'on a été suivis, pistés ! Ça me trottait dans la tête, justement.

Le nain de jardin au bout de son fil, la masse du camion arrivant sur lui, les scellés sur le hangar, les fessiers pivotant sur eux-mêmes, la funeste moustache galonnée de Shrapnel, Carmen Bellini... Maelström flageola, pris de tournis.

Larsen de son côté continuait :

– ... d'ici à ce qu'on se mette à soupçonner un onguent raffermissant ou la gelée que tu t'es fait implanter dans le fessier... Ah, c'est bien pensé, saperløtte !

Trop de monde, trop de choses, tout à coup. Le commissaire perdait pied, chavirait, l'impression d'être aspiré par un énorme siphon.

– La tête pourrit par l'arrière-train, tout est dans tout !

– « *Là où croît le péril croît aussi ce qui sauve* », lâcha désespérément Maelström, luttant contre la noyade.

Une image de son enfance lui revint. Le jardin de sa grand-mère, envahi de trèfle blanc. Début d'été. Il devait avoir huit ou neuf ans. Il avait voulu cueillir une corolle mais sa tige se prolongeait au fur et à mesure qu'il la soulevait, rencontra une deuxième tige rampante qui la croisait par-dessus, ensuite une troisième, nouée aux deux précédentes, une autre encore, enfin un véritable embranchement. Passant ses doigts sous l'entrelacs il tira et vit à sa surprise l'herbe tressaillir dans toutes les directions. C'est un réseau complet de longs filaments qui lui resta dans la main lorsqu'il eut lentement arraché le tout. Il se souvenait parfaitement de son sentiment mêlé d'étonnement et de fierté alors, comme s'il avait tenu tout l'entour dans son poing serré, et, au fil de ces ramifications, le jardin entier, et peut-être plus. Dieu sait ce qui de sa destinée s'était décidé là, dans ce bref instant où tout paraissait relié dans sa prise, ramené à sa mainmise...

– « *Là où croît le péril…* »

La sonnerie du téléphone.

– Maelström ? C'est Wunderhørn. Vous avez appris ? Le tireur fou a récidivé. À minuit. La caméra de surveillance de la banque Libellul.

« Une caméra de surveillance cette fois, songea le commissaire, brusquement ranimé. On change de registre. »

– Quasiment à bout portant. Le coup a été tiré de quelques mètres seulement, d'après la Balistique. Ça devient intenable. Je m'attends à un téléphone du ministre d'une minute à l'autre.

Un silence.

– Cela dit, reprit le chef de la police, je me demande s'il n'a pas fait sa première erreur. Les réactions sur les réseaux sociaux sont globalement hostiles, beaucoup dénoncent un attentat à la sécurité. Les appels à la délation se multiplient, certains réclament même des moyens supplémentaires pour la police, à qui on demande par ailleurs de se sortir les pouces des orifices et de faire son travail. Robin des bois est devenu un terroriste ! La caméra de surveillance d'une banque, ça ne passe pas comme les feux et les radars de circulation, apparemment.

– Les caméras de surveillance en général, fit Maelström. Les gens aiment ça, ils imaginent que c'est la solution à tout. Ils croient que Dieu lui-même fait ça, surveille.

– Vraiment ? Eh bien, à ce propos, vous n'oubliez pas la présentation officielle de Sigurd Œil-de-Serpent XXI cet après-midi. À 16 : 00. Une nouvelle ère, je vous ai déjà dit. « Société de demain, police de demain ». Le métier va changer.

« Pas seulement le métier » pense Maelström en raccrochant.

Il prend son visage dans ses mains. Soupire.

Le tireur fou, la clinique, son téléphone piégé, le tireur fou…

Alors, soudaine, l'idée jaillit, sillonne son esprit. Une vision. Nette. Complète. Un plan.

Tout s'est mis en place.

– Traknåår, je crois que j'y suis…

Des considérations divergentes avaient nourri les réflexions autour de la présentation du nouveau système de sécurité global de la police. D'un côté, les exigences de sécurité, justement, et la discrétion qui devait nécessairement entourer les détails de son déploiement technique avaient retenu d'en faire un événement public ; d'un autre le budget considérable engagé, le devoir de le justifier et l'importance stratégique d'une telle présentation à l'approche des élections impliquait néanmoins une communication circonstanciée.

On avait trouvé un compromis. Destiné avant tout aux services de police, l'événement se tiendrait dans l'aula du commissariat central, décoré pour l'occasion : des guirlandes de fanions aux couleurs nationales sur les murs et des petits buis en pots disposés des deux côtés de la scène surélevée. Seraient conviés des responsables politiques, des administrateurs, quelques journalistes. Et plusieurs hauts dignitaires des armées. Smartphones, appareils de photo, systèmes d'enregistrement, oreillettes étaient formellement proscrits, on installerait même un brouilleur électronique pour empêcher toute communication. Des documents acratopèges où dominaient des organigrammes colorés fourniraient aux invités les informations que l'on souhaitait diffuser.

La salle était comble. Sur le devant de la scène, les membres formant le comité pilote du projet. Derrière eux, un ordinateur portable sur la tablette de leur chaise, les agents du centre des compétences numériques de la police, Knuthuvudsson en tête. Dans le public, parmi les invités et les officiels du premier rang, le commissaire principal Wunderhørn et son adjointe Petronille Missåbrevis. Au-delà, les chefs des différents services de la police et des douanes. Adjoints, inspecteurs et officiers garnissaient les rangs ultérieurs.

Pølifem Persson, le secrétaire d'État à l'Intelligence artificielle, avait ouvert les feux. Un discours concis rappelant l'idée matrice du nouveau système Sigurd Œil-de-Serpent XXI : placer le pays sous une voûte de sécurité, un grand parapluie protecteur si on préférait, en dotant les forces de police d'un appareil de surveillance globale permettant d'anticiper les menaces et de les étouffer dans l'œuf. Un projet à la hauteur de la société et de la police de demain, au service de tous, une déclaration d'amour à cette population que l'on venait abriter des autres et préserver d'elle-même. Un projet dont il avait dévoilé le slogan : « Sus aux suspects ! »

La présentation technique des deux volets principaux du dispositif, cybersécurité et surveillance active, serait assurée par les informaticiens-chefs Brontesson et Argessen. Mais auparavant il convenait de donner la parole à MM. Steropesson et Skiderik, que l'on se félicitait hautement de compter au nombre des concepteurs de cette ambitieuse entreprise. Une onde de joie mauvaise parcourut les nerfs de Maelström et Larsen.

Bostrych Skiderik, une icône de l'économie numérique. Sa première réalisation majeure, consistant à reporter sur le consommateur la charge de supprimer via un service payant incontournable les applications et les fonctionnalités non-demandées installées par défaut dans les produits qu'on lui vendait et qui en majoraient le coût par rapport au prix affiché, l'avait tôt propulsé dans le gotha des influenceurs commerciaux. La limonade ou le papier de toilette triple épaisseur à l'aloe vera interrompant toutes les quatre minutes la Neuvième symphonie de Beethoven ou *Citizen Kane* en streaming, c'était lui, disait-on.

Mais c'est plus encore aux succès de In Your Head, sa société de neuromarketing, qu'il devait sa situation florissante, et d'avoir fait la couverture de plusieurs magazines spécialisés. Ses logiciels espions véhiculés clandestinement par les contenus publicitaires envoyés à des millions de personnes et chargés d'enregistrer grâce à la caméra intégrée des ordinateurs et smartphones les réactions expressives de chacune d'elles aux stimuli proposés de sorte à leur soumettre ensuite des réclames ciblées afin de provoquer le comportement d'achat, lui avaient valu des profits très enviables, une ribambelle de distinctions et l'habitude d'être consulté sur tout. Des voix déjà souhaitaient le voir accéder au pouvoir : un homme comme lui saurait faire tourner la boutique. Jusqu'au moment du moins où une société rivale s'avisa que lesdits logiciels charriaient aussi des messages subliminaux tout à fait désobligeants à l'endroit de ses concurrents. La plainte déposée fut reçue par la justice au nom de la liberté du commerce, l'enquête était en cours. Vivement salué par le secrétaire d'État à l'Intelligence artificielle, l'engagement pris par M. Skiderik de mettre ses vastes compétences en matière de reconnaissance faciale et de prédiction comportementale au service du pays ne serait ainsi pas sans rapport avec l'espoir que l'affaire s'envase et que l'on passe l'éponge sur l'un ou l'autre détail de sa pratique. Selon les médisants, du moins.

À l'appel de son nom, Skiderik déplia sa longue silhouette, épousseta du revers de sa main droite d'imaginaires brins de poussière sur sa manche de veston gauche, s'avança en direction du micro. Fit mine d'avoir besoin de s'éclaircir la voix, en grand coutumier des audiences. Puis jeta un regard panoramique sur le public.

Jamais sans doute, commença-t-il d'une voix distante, le monde n'avait été si peu sûr. Du moins depuis qu'on ne risquait plus de croiser un mammouth irascible à tout bout de champ ou de se faire tomber dessus par un ours à la sortie de la caverne…

Rires dans la salle.

– Aujourd'hui, poursuivit-il, à l'intérieur de nos frontières, au milieu de nous, plus près de lui que chacun ici présent se l'imagine, des groupes et organisations qu'il n'est pas même nécessaire de nommer s'activent à saper les bases de la paix et de la prospérité, tandis qu'à l'extérieur les voisins sont prêts à nuire. Ainsi que l'a déclaré avant nous l'éternelle sagesse romaine, quiconque veut la paix doit préparer la guerre. Au reste, Darwin, qui a tant observé la nature, nous dit-il autre chose ?

Un bourdonnement favorable, des hochements de tête.

Cela dit, la guerre, ce n'était pas son rayon…

– Sauf celle des prix, ricana Larsen, suffisamment fort pour faire se retourner quatre ou cinq personnes.

… il laissait à notre excellente diplomatie et à la dissuasion de nos forces armées d'en préserver le pays. En revanche, le temps était venu de doubler leurs soins par une vigilance intérieure à la hauteur des exigences de la situation. Car enfin, on le savait, le crime rôde partout, ce n'est pas à la police qu'il allait l'apprendre. Là pouvaient intervenir les compétences dont on lui faisait si aimablement crédit, qu'il était heureux et fier de mettre au service de la nation, de tous. Pour assurer l'avenir.

L'avenir ? Ce que le dispositif Sigurd Œil-de-Serpent XXI venait protéger, précisément. Or cela nécessitait que l'on reconsidère l'espace. L'espace national certes, mais plus généralement l'espace lui-même. Le repenser. Oui, rien de moins que cela.

Il balaya lentement les rangs d'un regard métallique, donnant à chacun des auditeurs l'impression de le fixer tout spécialement. Certains se tassèrent, reculant au fond de leur siège.

Puis il inspira.

Ce qu'il fallait saisir, c'est qu'à l'intérieur de l'intérieur, il y a *aussi* un dedans et un dehors. Deux espaces, ou plutôt un double espace.

Une brève pause à nouveau. Sur les visages, la surprise, l'expectative. Concentration intense, générale. Sourcils froncés, moues, des têtes tendues en avant.

– Je m'explique : dans le pays, comme ailleurs, coexistent le dehors, c'est-à-dire l'espace public, et le dedans, l'espace privé. Autrement dit, l'espace de tous, et l'espace de chacun.

Trois ou quatre secondes de silence.

– Mais, à bien examiner les choses, ne sommes-nous pas, tous autant que nous sommes, tout un chacun ? Je vous le demande, ne sommes-nous pas, vous et moi, tout un chacun ?

Sa voix s'animait, commençait à enfler. Sa main tournoyait maintenant à ses paroles.

– De même, ne sommes-nous pas, chacun, à la fois dedans et dehors, un dedans dehors ? Et ce dedans, notre être intime où nous aimons nous retrancher, n'est-il pas lui-même plein d'extérieur ? Ne sentons-nous pas au-dedans de nous vivre et palpiter tout le dehors, *notre* dehors ? Je pose résolument la question : le monde ne se trouve-t-il pas en nous tout comme nous nous trouvons dans le monde ? En vérité, le dehors est dans notre dedans comme ce dedans que nous sommes arpente le dehors, Mesdames et Messieurs ! Simultanément !

On entendit un choc, à l'arrière, puis des remous. Plusieurs têtes se retournèrent : un des militaires, semblait-il, s'était évanoui.

– Que vaut dans ce cas la séparation des espaces public et privé ? N'est-elle pas pure illusion ? N'est-il pas grand temps de se défaire de cette naïveté et réunir ces deux espaces puisqu'*en réalité* ils ne font qu'un ? Écoutons notre propre expérience intérieure ! La situation aujourd'hui n'exige-t-elle pas une réponse sensée ?

Maelström lorgna en direction de Wunderhørn et de Petronille Missåbrevis, impassibles. Permafrøst, aperçu dans le prolongement, paraissait hypnotisé quant à lui. Immobile, statufié, il absorbait bouche ouverte les paroles de Skiderik.

– Cette réponse sensée, elle existe, elle a un nom. C'est Sigurd Œil-de-Serpent XXI. L'avenir au secours du présent, et inversement.

Il s'interrompit, baissa les yeux, parut se recueillir en lui-même. Puis releva le regard, qu'il plongea dans son auditoire.

– Or cette réponse, ce système que nous vous dévoilons aujourd'hui, Mesdames et Messieurs, nous ne l'avons pas inventé, non. Non.

Il secouait la tête.

– Beaucoup mieux : nous l'avons *découvert*. Et découvert où ? Pas ailleurs qu'au fond de nous !

– Le grand fils de pute ! murmura Larsen.

– La force de Sigurd Œil-de-Serpent XXI et sa caution, ai-je envie de dire, c'est qu'il n'est pas autre chose que l'expression de ce que nous sentons en nous-mêmes, il n'est rien d'autre que la traduction dans les faits, oui, la transposition technologique de ce sentiment très sûr que chacun éprouve en soi et qui lui souffle que tout est lié, qu'intérieur et extérieur, public et privé, loin de s'opposer, sont inclus l'un dans l'autre, ne forment ensemble qu'une seule réalité. La réalité.

Il passa la main dans ses cheveux ondulés. Une belle allure, indéniablement. Il devait être lui-même son meilleur argument de vente auprès d'une partie de sa clientèle.

– Or ce sentiment, ce sentiment partagé, reprit-il, cette expérience de chaque instant où nous sentons vibrer en nous la présence d'autrui, c'est en fait le sentiment démocratique lui-même, saisi à sa racine…

– Nous y voilà, siffla Larsen.

– … ce sentiment qui nous pousse si justement à rejeter les cloisonnements, à abattre les barrières, à réclamer le même pour tous, à lutter pour l'unité…

– Tu crois qu'ils l'ont payé combien pour déblatérer ça ?

– … eh bien, ce rêve d'unisson, ce collectif, notre système le réalise ! Sigurd, c'est la démocratie en acte et non plus seulement en paroles ! Cette abolition des frontières entre espaces, cette mise en commun, ce grand partage, n'est-ce pas là infiniment plus égal, plus démocratique que ces réclamations frileuses et égoïstes de vie privée ? *Privée,* Mesdames et Messieurs, pesez le mot !

Il clamait.

– Jamais vu les choses sous cet angle ! bourdonna une voix, tandis que des personnalités politiques hochaient la tête.

– Pensons à la responsabilité qui incombe à nos dirigeants. Rassembler, réunir, éviter le fractionnement, cette tâche de tout gouvernement responsable, voilà exactement ce que fera notre système : relier, souder. En Sigurd Œil-de-Serpent XXI, tout ne fera plus qu'un. Son grand œil qui jamais ne dormira embrassera tout. Ainsi sera-t-il en mesure d'assurer la protection de tous. Ainsi pourra-t-il être votre plus sûr appui, à vous, chers amis de la police, qui jour après jour, nuit après nuit, assumez sur le terrain la charge de pallier la désunion, l'éparpillement, d'enrayer les écarts, la fuite… Dans cette tâche, quels services ne vous rendra-t-il pas ? !

Il avait claironné les derniers mots en pointant du doigt vers le firmament. Des murmures approbateurs se firent entendre, des acclamations, éparses d'abord, puis plus nombreuses, des applaudissements. Il les accueillit la tête baissée, modeste, le bras tendu en direction des membres du comité de pilotage, ses collaborateurs, qu'il voulait inclure dans les félicitations.

Dans la pratique ? Eh bien, vu l'état des choses, on installerait partout des caméras de surveillance, ou de protection comme il préférait les appeler. Pas seulement dans les endroits dits sensibles, car tout est sensible. Qui peut dire en effet où le danger commence, où il s'arrête ? Y faut-il forcément un terroriste infiltré, un religieux détraqué venu d'ailleurs ? Un pervers monstrueux débarqué des lointains ? Qui sait ce que peut, au milieu de nous, oui, chez nous, couver l'esprit d'une ménagère égarée ? d'un père de famille mal informé ou victime de ses mauvaises fréquentations ? d'un adolescent déboussolé ? d'un chômeur ? d'une jeune femme séduite et abandonnée ? C'est à tout qu'il fallait s'attendre, c'est absolument tout qu'on devait prévoir. Donc oui, ces caméras, il y en aurait partout.

– La vigilance jour et nuit, comme disait l'autre, railla Larsen.

D'autant que ces yeux électroniques, on les avait voulus *intelligents*. Ils étaient ainsi couplés à des algorithmes de reconnaissance faciale et d'analyse comportementale eux-mêmes reliés directement au fichier central des habitants, plus seulement aux fichiers spéciaux de la police. Là était le grand bond en avant ! Dorénavant, chaque comportement suspect, inattendu ou curieux, mais à vrai dire tout agissement, chaque attitude, *tout* enfin, serait vu et immédiatement mesuré sur une échelle finement graduée de 1, normalité complète, à 33, péril national, il passait sur les détails mais on pouvait lui faire confiance, et le résultat s'afficherait en continu sur le dossier de chacune et chacun au fichier général. Quel progrès !

– J'ose dire, et vous me passerez cette petite boutade, que l'on ne se grattera plus le nez incognito dans nos rues…

– Bravo ! fit quelqu'un derrière Maelström.

– La police, chers amis, cette police dont les plaisantins aiment à se gausser, que les mauvais esprits s'amusent à tourner en bourrique, eh bien elle aura un coup d'avance désormais, elle sera en mesure de prévenir le mal, de le pressentir même. Comme l'a si bien dit M. le secrétaire d'État Persson : anticiper les menaces et les étouffer dans l'œuf !

Le secrétaire d'État inclina légèrement du tronc, un sourire feutré aux lèvres. Dans le public, des émanations se diffusaient, des influx circulaient, se croisaient. Où dominait l'aise, le bonheur.

– Et pensez, continuait Skiderik, au réconfort, pour toutes celles et ceux qui sont sans tache, de savoir que nous le savons, que nous enregistrons leur conduite exemplaire, notifions leurs bonnes mœurs, qu'implicitement nous les félicitons jour après jour ! Comment ne pas croire aussi à l'heureuse émulation que provoquera notre barème, 1 à 33 je le redis, cette machine qui nous comprendra si parfaitement ? Être mieux noté que son voisin, que ses collègues, que ses amis, que son conjoint, que son chef même, imaginez, ce gentil concours vertueux… N'est-ce pas naturel, entre hommes et femmes de bonne volonté ?

Et cela en toute transparence, le maître-mot. Pourquoi ne pas envisager, par exemple, que chacune et chacun puisse à la fin du mois consulter sa fiche, découvrir son résultat ? De sorte à se rasséréner, ou sinon aiguillonner son désir de bien faire. Rêvons un peu : ce louable challenge, s'amender les uns les autres… Vivre en se bonifiant tous ensemble, cette harmonie…

« À qui cela profitera-t-il exactement », se demandait Maelström que la bienséance retenait de se gratter franchement et qui tentait d'apaiser par un léger balancement du bassin la démangeaison qui l'avait pris dans la région rectale. Il se repassait les détails de son plan, n'écoutait plus vraiment Skiderik énumérer maintenant les périls du cyberespace.

– … les achats et réservations que nous faisons en ligne, oui, l'innocent bouquet de fleurs que vous avez commandé à l'attention de votre épouse, Messieurs, les jolis dessous que madame s'est fait livrer à l'occasion de votre anniversaire, le trampoline réservé pour les cinq ans du petit, tout cela est enregistré, archivé. Hébergé, comme ils disent. Et je ne parle pas des réseaux sociaux, ni de ces contenus prétendument fugaces proposés par ces applications que vous téléchargez sans y penser ! Vos transactions bancaires… Tout est à tous vents !

Seule façon de renverser cette situation : le judo de l'esprit que constituait Sigurd Œil-de-Serpent XXI. Dont l'architectonique et la puissance inouïe, on pouvait le dévoiler aujourd'hui, permettait de recapter toutes les données saisies et stockées par d'autres.

– Vous avez bien entendu : les recapter, pour se les réapproprier. Tel un immense anneau de sécurité entourant le cybermonde. Oui, nous enregistrons les enregistrements, relevons ce qui a été relevé, consignons ce qui a été consigné. Nous reprenons ce qu'ils ont pris, savons ainsi ce qu'ils savent, et dressons la mémoire de toutes ces mémoires ! Il est venu, le temps des méta-algorithmes !

Il avait crié les derniers mots. Un frémissement parcourut les échines, le moment était formidable.

– Ainsi, en ressaisissant ce qu'ils ont saisi, nous reprendrons la main car nous saurons tout. Sonder les reins et les cœurs, à notre tour ! Pour tout étouffer dans l'œuf !

Son index vibrant pointé vers le ciel, à nouveau.

« Il ne devrait pas pouvoir nous échapper. Il va se jeter lui-même dans la souricière ! »

– Où trouver, Mesdames et Messieurs, chers amis, meilleure assurance d'un heureux vivre ensemble que dans cette certitude que qui n'a rien à cacher, n'a rien à cacher, mais que tout ce qui sera caché apparaîtra ? Cela dit, il est temps je crois de prendre quelques rafraichissements.

22

Des hôtesses avaient fait leur entrée avec des plateaux, jus de fruits, canapés, petits fours. Il fallait que l'assistance souffle, s'ébroue, se dégourdisse, digère les informations, retrouve son assiette. Tout en s'occupant les mains : la plupart avaient machinalement tapoté leurs poches à la recherche d'un smartphone, mais c'était prohibé et ils ne savaient trop que faire alors de leurs doigts, où placer leurs bras, quoi regarder, plusieurs devenaient fébriles, donc oui, un verre et un amuse-gueule, une verrine, quelque chose dans chaque main.

Pour le reste, ça réagissait, commentait. Pronostiquait.

– Plus un qui bouge, maintenant !

– C'est vrai que ça va simplifier notre travail.

– Oh, pas sûr !

– Et qui va décider quoi, maintenant ?

– Ça, ils vont nous le dire.

– Ah, pour être fortiches, ils sont fortiches !

– Bien sûr, le politique gardera la haute main sur l'ensemble.

– Est-ce que ça va pas un peu trop loin ?

– Il faut ce qu'il faut.

– Oh, les gens finiront par s'habituer. Et si t'as rien à cacher…

– Et puis on est en démocratie.

– Il vient du privé, à ce qu'on m'a dit.

– De toute façon, il faut penser global, de nos jours.

– Bon, ça pose quand même le problème de la liberté.

La liberté, c'est sérieux ! On doit pouvoir choisir comme on veut. Ah, à ce propos, vous avez vu qu'on peut plus télécharger l'application Conso+ avec l'ancienne version Happy&Happy du smartphone. Il faut acheter la nouvelle.

– Et t'as vu le prix de la nouvelle ! Et il faut aussi changer le chargeur, plus compatible. Mais quoi, on est bien obligé de suivre.

– On n'arrête pas le progrès, de toute manière.

– Ah ça ouvre des horizons, c'est certain.

– Ben ça veut dire qu'on va t'enfiler un mouchard dans ton ordinateur, ta tablette, ton smartphone ! Recapter…

– Si la terre est plate, ça joue toujours, son histoire d'anneau ?

On n'avait pas tout vu.

Un doigt tapoté sur le micro intima le retour dans les rangs. Au pupitre, Knuf Steropesson.

C'était le genre de types auxquels les dirigeants politiques confient volontiers leur administration tout en les tenant à distance. Respect total de la hiérarchie, taux d'initiative faible sinon dans la mise en place de ce qui avait été décidé ailleurs, mais alors avec zèle et directivité appuyée, confiance illimitée en ce qu'on lui avait enseigné, goût prononcé pour les processus opérationnels, amateur de schémas, affectionnant les slogans, préférant les règlements à ce qu'ils doivent régler. L'exécutant supérieur-né, habité par le sentiment de son importance. Avec ça le charisme à peu près d'un banc de stratus.

Il lui revenait d'exposer le projet du point de vue de la division Stratégie.

Projetée sur le grand écran derrière lui, la première diapositive de sa présentation PowerPoint : trois disques de couleur frappés chacun d'une lettre et disposés en triangle entourant un grand œil à l'intense pupille noire cerclée d'un serpent se mordant la queue, l'emblème du système.

Le caractère techniquement révolutionnaire de Sigurd Œil-de-Serpent XXI et son ambition exceptionnelle, commença-t-il en nasillant, n'avaient pas empêché de le concevoir selon une organisation générale qui avait fait ses preuves et qu'il vaudrait la peine, pour le dire en passant, d'appliquer plus largement qu'elle ne l'était si l'on souhaitait faire reculer l'ennemi commun : le chaos.

– Les trois pastilles de couleur que vous voyez autour du sigle signalétique de Sigurd…

Il les désignait l'une après l'autre d'une petite flèche laser rouge sur l'écran.

– … figurent les trois pôles structurels du système. Leur fonction respective est indiquée par la lettre au milieu. Voyons maintenant le détail.

Une deuxième diapositive. Un seul disque, bleu, plus grand, centré sur le haut.

– La pastille placée en haut, de couleur bleue, représente le pôle Pilotage stratégique, comme vous pouvez le lire.

Les lettres en effet s'affichaient une à une sur le cercle.

– La pastille verte…

Un deuxième cercle avait surgi en bas, sur la gauche.

– … représente le pôle Pilotage tactique. La troisième enfin…

Un cercle rouge, en face, sur la droite.

– … symbolise le pôle Pilotage opérationnel. Vous avez ce schéma à la page 3 du document qui vous a été remis.

Bruissement de papier feuilleté dans la salle.

– Ça vous donne ainsi le triangle de l'organisation.

À nouveau la petite flèche laser, passant trois ou quatre fois d'un cercle à l'autre selon le parcours précité.

– Je ne vais pas m'étendre ici sur le pôle Pilotage stratégique. Ses fonctions principales, c'est-à-dire le planning stratégique, la direction à long terme, la planification des objectifs et le contrôle de leur réalisation, relèvent du comité pilote, composé des orateurs de cet après-midi. Le mandat émane directement du gouvernement, représenté dans ce comité pilote par M. le secrétaire d'État à l'Intelligence artificielle Persson. Lui-même. C'est également ce comité, à entendre comme Direction générale du projet, qui a formalisé l'ensemble des processus à mettre en place pour la bonne réalisation opérationnelle du système et en a dressé la cartographie à l'intention du pôle Pilotage tactique, chargé de régler leur mise en œuvre et d'évaluer leur efficacité. Il se trouve que je fais personnellement partie également de ce pôle Pilotage tactique, dans lequel j'agis en tant que courroie de transmission des directives du comité pilote stratégique et en qualité de responsable de la mesure de performance desdits processus, pour laquelle j'ai été chargé d'établir une série d'indicateurs. Mesure que je ferai évidemment remonter au pôle Pilotage stratégique pour évaluation continue et, au besoin, amélioration. En vue du meilleur alignement entre objectifs stratégiques et opérationnels.

« Si ce qu'on prétend du paradis est vrai, ruminait Larsen, ça veut dire que je devrai passer l'éternité en compagnie de ces types… »

– Les autres membres du pôle Pilotage tactique…

La petite flèche laser pointée sur la pastille verte, pour bonne compréhension du propos.

– … sont deux délégués du ministère de la Justice et de la Sécurité publique ainsi que le chef des compétences numériques de la police Knuthuvudsson et trois de ses collaborateurs directs.

Un geste en direction de l'équipe informatique assise au second rang sur la scène.

– Mais je laisse de côté ces deux instances de pilotage à froid, qui ne vous concernent pas directement, et j'en viens au pôle de pilotage à chaud, le pôle Pilotage opérationnel. C'est-à-dire vous, Mesdames et Messieurs. Le pôle de terrain, chargé de l'exécution des opérations et du premier suivi d'exécution. Les bras et les mains du système, si vous voulez.

« L'éternité entière avec les sinistres… ne jamais pouvoir quitter les enflures… »

– Les responsables de ce pôle seront le bureau des compétences numériques de la police *in corpore* et M. le commissaire général Wunderhørn, en lien permanent avec le comité de pilotage tactique. Et vous naturellement, les chefs d'équipes exécutives, j'ai nommé les commandants des différents services de police, Messieurs les commissaires et inspecteurs principaux.

Quelques applaudissements dans la salle, des têtes qui se dirigent vers d'autres, des regards qui s'échangent. Certains rectifient leur position dans leur siège. Froufroutements, murmures.

– Votre rôle, essentiel dans la mise en œuvre du système et son plein déploiement, dans sa réussite autrement dit, consistera en le contrôle en temps réel des processus opérationnels engagés, et, bien sûr, en leur déclenchement événementiel. Selon le schéma d'action…

Une autre diapositive, présentant trois grandes flèches qui se suivent la pointe dirigée vers la droite, graduées vieux rose - rouge fraise - rouge feu.

– … Surveillance - Alerte - Réaction. Surveillance des processus en exécution, alerte en cas de phénomènes ou d'événements critiques, réaction par engagement de contre-mesures.

« Ils auront le droit de continuer à nous emmerder, là-haut ? »

– Vous comprendrez que l'optimisation du pilotage opérationnel impliquera la notification et l'enregistrement systématiques des missions sur une plateforme dédiée…

« Et on y fera quoi, à ce paradis ? On se donnera la main, on fera une ronde tous ensemble, on chantera en chœur, obscurs et glorieux, riches et misérables, exploiteurs et exploités, les tortionnaires et leurs victimes, réunis et tout contents de se retrouver ? »

– … condition *sine qua non* d'une bonne recapitalisation des retours d'expérience du système opérationnel…

« Les écrasés pardonnant avec douceur à ceux qui les ont écartés, méprisés, broyés, ceux-ci accueillant gentiment ce pardon, tout ça dans un océan de charité, voilà, c'est fini, tout va bien maintenant, la vie, c'était pas grave… »

– … et donc, en fin de compte, d'un bon alignement des trois Pôles.

– Il était temps, fit quelqu'un à l'arrière, que Maelström ne put identifier.

Steropesson toussota, saisit un verre d'eau, le porta à ses lèvres. On entendit dans le micro le bruit de sa déglutition.

– On ne saurait trop insister, reprit-il après avoir reposé son verre, sur la priorité de cette articulation entre exécution, supervision et retours. Or une telle synergie, pour son optimisation, ne doit pas être exposée au risque de la libre appréciation individuelle, toujours hélas sujette à partialité. Le jugement des hommes est faillible ! *Errare humanum*… C'est la raison pour laquelle vous serez assistés par une intelligence artificielle de dernière génération qui assurera le traitement de vos données. En la nourrissant jour après jour de tous les rapports formalisés que vos ressources exécutantes, c'est-à-dire vos hommes sur le terrain, dresseront de chacune de leurs interventions ainsi que des rapports que vous rédigerez sur ces rapports, vous la rendrez apte à nous renseigner sur l'état des processus opérationnels engagés et leur efficience, permettant au Pôle tactique de les évaluer précisément. Cela dans un premier temps. Car très vite son système d'apprentissage lui permettra de sélectionner et de disposer elle-même vos tâches sur une conduction opérationnelle et d'en contrôler la réalisation…

« Mais comment peut-on détester la vie à ce point-là ? » s'ébaubissait Maelström.

– … de sorte à vous guider dans l'affectation desdits processus opérationnels aussi bien que dans leur surveillance. Et ce avec une précision et une exactitude procédurales absolues, Mesdames et Messieurs. Une rigueur sans faille dans la transmission des potentiels d'action et dans leur mesure qui abolira le tribut exorbitant que votre passionnant métier paie au hasard, aux circonstances, aux aléas et aux humaines faiblesses. Délibérant à votre place, la machine décidera sans erreur. Artificiel, notre cerveau sera plus gros, il sera plus fort, il sera plus sûr !

– « À votre place »… Je serais curieux de connaître son plan, à la machine, pour coincer Shrapnel ! lâcha Larsen.

« Terminus, la peur du vide a gagné ! fulminait Maelström tandis que Steropesson regagnait son siège sous les applaudissements. L'existence encapsulée dans les marches à suivre, résorbée dans les protocoles, avec la machine aux commandes… Triomphe des termites ! Le destin de l'espèce est dans les colonnes ! »

– Il faut maintenant en venir au maniement.

L'informaticien-chef « Sécurité & réseau » Brontesson : grand, carré, les cheveux en brosse.

Le maillon faible d'un système était incontestablement l'accès à la plateforme opérationnelle. Chacun avait en mémoire les récents déboires de la Criminelle, sa messagerie hors d'usage par piratage. Eh bien, Sigurd devait rendre cela impossible dorénavant.

– Impossible, répéta Knuthuvudsson en se levant et se rasseyant.

Il était prévu en effet une triple procédure d'authentification, alliant biométrie et codes alphanumériques. Incassable.

– Votre identifiant et votre mot de passe homologués, premier palier, vous donneront accès à une interface de reconnaissance auriculaire, deuxième palier. Vous devrez alors approcher votre oreille droite de votre écran, ordinateur ou smartphone. Voyez, je vous montre.

L'image de sa tablette projetée sur le grand écran derrière. On vit s'inscrire en direct un identifiant, puis les indications cryptées d'un mot de passe. Surgit alors un losange.

– Palier 2. Vous collez donc votre oreille sur ce quadrilatère rhombique. Vous avez 9 secondes pour le faire, sinon tout s'annule et on doit reprendre. Je concède que c'est un peu moins pratique sur un ordinateur fixe que sur un portable ou un téléphone.

Il tendit le cou et son profil afin de s'exécuter.

« Plus intérêt à s'égratigner le lobe ou se couper le tragus en se rasant », songea Larsen.

– Ceci fait, on arrive sur cette icône en forme de bouche qui signifie que nous devons confirmer notre nom de façon vocale. Troisième palier. Il faut le prononcer distinctement, pas trop fort, pas trop doucement non plus, à une vingtaine de centimètres, bien en face de l'icône. Là, on n'a que 5 secondes.

Les explications qu'il fournissait à l'assemblée ayant

débordé sur le temps imparti, Brontesson dut recommencer depuis le début.

– Il faut faire attention, à ce stade, on n'a le droit qu'à deux essais. Pour le mot de passe, on en a trois, mais ensuite on ne peut se reprendre qu'une seule fois. Si on est recalé deux fois, le système bloque tout et on est désactivé. Sécurité. Donc faire bien gaffe. Bon, je me dépêche, l'oreille, là, maintenant je prononce mon nom.

L'icône labiale s'évanouit pour céder sa place à un tableau de bord standard.

– Voilà, on accède aux fonctionnalités, on est opérationnel, le système sait que c'est vous. Je récapitule : identification trifactorielle, mot de passe au clavier, reconnaissance auriculaire, reconnaissance vocale. Avec ça, on est sûr. Impossible de pirater votre identité. En attendant la puce implantée dans le corps, qui simplifiera les choses.

« Bizarre, cette impression que mes testicules enflent », pensa Maelström.

Maintenant, le délicat, on l'avait dit, c'était le premier palier, le mot de passe. On avait donc densifié les critères.

– D'abord, nous montons de douze caractères à treize pour ces mots de passe. Oui, treize. Ça n'a l'air de rien, mais ça accroît considérablement la sécurité. Mais non ça ne porte pas malheur ! Et ils devront être changés tous les treize jours, et non plus tous les mois. Oui, treize et treize. C'est fait exprès !

Grognements du côté des policiers, soupirs, interjections, secouements de têtes. Ricanements aussi.

– La sécurité est à ce prix, poursuivit l'informaticien-chef en haussant la voix. On ne décide pas ça pour le plaisir !

– Indispensable ! renchérit Knuthuvudsson.

D'ailleurs, treize caractères plutôt que douze, c'était

facile de se souvenir, on pouvait penser à Jésus et ses douze apôtres, ou aux douze mois de l'année plus un.

– Ou les dix doigts des mains plus les dix doigts de pieds moins les sept plaies d'Égypte, rigola quelqu'un.

« Du mou dans les rangs », se réjouit Maelström.

Léger flottement dans la salle.

– Mesdames, Messieurs, s'il vous plaît…

Ces mots de passe, ils devraient comporter des lettres majuscules et minuscules, des chiffres et des caractères spéciaux, selon la consigne mi4MA3Chi3Si3 : quatre minuscules, trois majuscules, trois chiffres, et trois signes. Alternés, de préférence.

– Je vous projette un exemple :

gR0*1Mb&c/7Es.

– Treize caractères alternés, vous le voyez. Attention, ce n'est qu'un exemple pour la démonstration, pas question de l'utiliser ! Ce serait vraiment corniaud si plusieurs d'entre vous…

« gR0*1Mb&c/7Es », égrenait mentalement Larsen, se promettant de l'employer à la première occasion.

– mi4MA3Chi3Si3, récitaient quelques-uns dans la salle.

Pour le changement des mots de passe tous les treize jours, c'était simple et méthodique.

Un autre clic. Retour au tableau des fonctionnalités.

– Voilà. Primo, vous activez la page « Gestion du mot de passe ».

Ce qu'il fit lui-même.

– Là, deux items s'affichent : « Suppression du mot de passe » et « Procédure de changement du mot de passe ». C'est sur ce deuxième qu'il faut cliquer.

Cliqua.

– Et on parvient sur un autre portail. Ici, vous avez trois petites vignettes, la première pour le mot de passe actuel, la deuxième pour le nouveau mot de passe, la troisième pour la confirmation du nouveau mot de passe. Attention, celui-ci s'affichera en rouge si une des consignes exposées auparavant n'est pas respectée.

– mi4MA3Chi3Si3…

« Carmen Bellini a quitté la capitale hier vers midi, après le dernier soir de représentation. Håkon l'a suivie jusqu'à l'aéroport, mais il l'a perdue le temps de trouver une place de parc. Plusieurs minutes. Tomatiksson a dû lâcher la filature de Shrapnel durant environ deux heures, au même moment. Un angle mort dans la surveillance. Est-ce qu'ils ont pu se rencontrer là-bas ? Durant ces quelques minutes ?

Et alors ? Ça nous aurait appris quoi de les apercevoir ensemble ? On n'a pas besoin de ça pour finir. Les détails, ce sera pour plus tard. On va t'avoir, Konstrictør ! Me faudrait peut-être juste encore un gadget…

Il n'est pas retourné au théâtre, ou alors on s'est fait blouser. Tout ça m'échappe. Je te jure que tu vas le cracher, le truc inavouable, quand on t'aura eu ! »

– … une fois que cette confirmation s'est affichée, on doit redémarrer son poste. Oui, c'est absolument nécessaire !

« Ou alors elle n'est qu'un repère, un jalon. Sa fixation de cinglé… »

« Exaltants, les nouveaux maîtres de la planète ! » persifflait Larsen au spectacle des agents de l'équipe informatique appliqués à reproduire d'un œil à la fois concentré et vide la procédure de Brontesson sur leurs écrans.

Steropesson, rayonnant, les mains jointes, semblait, lui, en oraison. Quant à Skiderik, le regard au plafond, il rigolait doucement.

– Et on rouvre la session avec l'ancien mot de passe.

Oui, l'ancien ! Évidemment ! Ce n'est qu'après, une fois retourné sur « Procédure de changement de mot de passe », qu'une nouvelle fenêtre va s'ouvrir, vous la voyez maintenant…

Un accablement résigné engluait les esprits. Les deux tiers de l'assistance avaient décroché, estima Larsen regardant autour de lui. Même Wundehørn et Petronille Missåbrevis, devant, n'écoutaient plus et se parlaient à voix basse. Il remarqua aussi qu'Ölderlin s'était avancé de travers sur son siège, sans doute pour mater plus à son aise la policière.

– … et qu'après avoir inscrit cette fois votre nouveau mot de passe et cliqué sur la vignette « connexion », vous verrez s'afficher une autre fenêtre…

« Se démettre de cette façon… confier ses lendemains à ces… broyait Maelström, revenu à ce qui se passait. Et avec le sentiment de s'accomplir, en plus ! »

– Ça valait bien la peine de s'être mis debout, hein ! lui glissa Larsen.

« S'encager soi-même comme des souris ! Avant de bazarder la clé et d'effacer la serrure. »

– … et là, en inscrivant encore une fois l'ancien mot de passe, l'ancien, je dis bien, puis en cliquant sur « synchroniser », votre nouveau mot de passe sera opérationnel treize jours. C'est tout simple. Il faut juste suivre, vous n'avez à penser à rien du tout.

On n'échapperait pas à un exercice pratique, destiné à lever les derniers doutes sur l'efficacité du nouveau dispositif. C'était le moment de l'informaticien-chef « Surveillance active & terrain » Argessen. Tout en bras, visage cylindrique, l'œil bleu-dragée, chevelure en voie d'extinction.

– Vu que rien n'est plus parlant qu'un exemple, nous

allons procéder à une expérience en direct. Je demande donc à M. le commissaire principal de quitter le commissariat puis d'y revenir, en suivant précisément les indications figurant sur ce papier.

Wunderhørn se leva de son siège, prit la feuille qu'on lui tendait et se dirigea vers la porte de sortie.

– Ce sera l'occasion d'apprendre s'il apparaît au fichier des délinquants…

Rires.

– Comme vous le constaterez, une caméra intelligente est disposée à l'entrée du commissariat. De cette façon, quiconque voudra y accéder sera identifié. Ah, voici M. le commissaire principal devant la porte et prêt à sortir, vous le découvrez à l'écran : il y a bien sûr une caméra dirigée sur l'intérieur aussi. Je vais déclencher l'ouverture vocalement.

Il se pencha vers l'ordinateur devant lui, prononça « Ouverture de la porte ! » On vit sur l'écran la porte coulisser, et Wunderhørn sortir. Quelques murmures admiratifs s'élevèrent dans l'assistance.

– Si on ne commande pas l'ouverture, la porte reste fermée, précisa Argessen. Impossible de fuir, par exemple. On ne partira pas sans autorisation. Voilà, maintenant le commissaire va s'éloigner sur le trottoir d'en face et revenir. Nous le voyons traverser la route. Remarquez l'excellente définition de l'image, la caméra balaie impeccablement à douze mètres devant l'entrée, tout est parfaitement net. Tiens, qu'apercevons-nous ? M. le commissaire n'a-t-il pas regardé la jolie femme qui passait devant lui ?

Pouffements.

– Il va maintenant traverser dans l'autre sens et revenir. Le voilà qui s'approche. Observez bien la suite. Il n'est plus qu'à un mètre, et…

À côté de l'image de Wunderhørn captée par la vidéo

de surveillance une série d'indications apparurent disposées en colonnes.

– Lorsque l'individu arrive à un mètre exactement de la porte, sa signalétique s'affiche automatiquement ! Attendez, je vous agrandis l'image… ça y est, vous pouvez lire : le nom et le prénom, la date de naissance, la nationalité, le numéro de sa carte d'identité, la profession, son état civil, marié, deux enfants, ses adresses professionnelle et privée. Vous voyez que tout correspond. La reconnaissance faciale et la connexion avec le fichier central des habitants sont optimales. Vous constatez aussi que la ligne « Casier judiciaire », en bas, s'affiche en noir et non en rouge comme ce serait le cas s'il contenait quelque chose. Mais voyons toutefois, on y a installé une sous-rubrique « Infractions mineures »… je clique dessus… oh, tout de même, regardez : un feu rouge grillé, il y a deux ans… M. le commissaire, voyons !

Des rires.

– Je clique encore pour en savoir davantage… Oh oh, c'était au volant de sa voiture privée, il ne se trouvait pas en service. M. le commissaire principal, que dites-vous de cela ? Je continue à lire : amende payée dans les quatre jours. Voilà qui est mieux. Allons, une peccadille, Mesdames et Messieurs. Mais ce que c'est que cette mémoire électronique !

– Inestimable outil, renchérit Steropesson.

– Voilà donc notre individu identifié avant même d'avoir sonné pour demander l'ouverture. Car il faudra sonner dorénavant, oui. S'annoncer et décliner le motif de sa visite. Un commissariat, ce ne sera plus un moulin !

– Espiègle, la nouvelle ère, marmotta Larsen.

– Étape suivante : M. le commissaire Wunderhørn va sonner et formuler la raison de sa venue.

Le son aigu d'un avertisseur.

– Commissariat central, j'écoute, fit Argessen, que l'on entendit à la fois directement et grésillant en écho dans les haut-parleurs de la rétroaction auditive. Qui êtes-vous ?

– M. Knåben Wunderhørn.

– Et quel est le motif de votre venue ?

– Signaler un comportement suspect, fit le chef de la police lisant son papier.

– Motif très honorable, commenta Argessen à l'intention de la salle. En outre, l'identité déclinée correspond à la signalétique. Rien de louche. Aucun avertissement non plus de la part de l'application de détection vocale qui se manifeste au cas où elle perçoit une hésitation ou du flou. Tout est en ordre, je le fais entrer. Dans le cas contraire, on le laisse dehors.

Il se pencha vers son ordinateur : « Ouverture de la porte ! »

La porte coulissa, mais recula soudain pour se refermer brutalement devant Wunderhørn au moment où il allait franchir le seuil.

– Tiens, que s'est-il passé ? Je recommence. « Ouverture de la porte ! »

Celle-ci obéit, se ravisa cependant sèchement et se rabattit à nouveau. Wunderhørn dut à un brusque saut en arrière de ne pas la heurter.

– Un souci ? l'entendit-on demander.

– Je ne sais pas ce qui se passe, je ne comprends pas, répondit Argessen. Un problème de contact ? Reculez peut-être un peu, commissaire. Nous reprenons. « Ouverture de la porte ! »

Cette fois la porte ne s'ouvrit pas, ou plutôt se referma à peine son mouvement d'ouverture esquissé.

La suite ne fut plus que confusion, désordre, chaos. Volant à la rescousse de leur collègue et surtout de Sigurd menacé, Brontesson et Steropesson avaient bondi sur leurs ordinateurs, tapé leurs mots de passe, tendu leurs oreilles et activaient maintenant l'identification vocale, mais, trop rapprochées, leurs voix empiétaient l'une sur l'autre, se neutralisaient, s'annulaient, empêchant leurs sessions respectives de les reconnaître et de s'ouvrir, les forçant à recommencer de plus belle, chacun décidé à parler plus fort cette fois pour s'imposer, jusqu'au second échec, fatidique, qui les éconduit tous deux. Argessen quant à lui haranguait sans relâche sa machine, bientôt rejoint par Knuthuvudsson qui depuis son propre appareil tentait de reprendre le contrôle de la situation et donnait lui aussi des ordres à la porte dont on voyait sur grand écran les à-coups contradictoires. Wunderhørn avait prudemment reculé de plusieurs mètres, des passants arrivaient dans son dos, réjouis par le spectacle. Sur la scène, à l'intérieur, tout le monde s'était levé, incrédule, consterné, on s'interloquait, s'amassait autour des ordinateurs, clamait des recommandations, il y eut des blasphèmes, trois hommes de la brigade informatique coururent rejoindre la porte du commissariat. Dans le public, l'ébahissement, l'incompréhension, des interjections qui fusaient, des protestations, des rires aussi, on avait chaud, des voix s'élevaient demandant des explications, des comptes, on cria au scandale. Un tohu-bohu insensé.

Mû par un soupçon, Maelström tourna la tête pour apercevoir Tomatiksson debout au dernier rang, décalé sur le côté de sorte à se trouver en droite ligne avec le pupitre où se désespérait Argessen, et qui, radieux, contemplait ce désastre le visage fendu d'un large sourire en tranche de pastèque.

« J'en étais sûr ! »

Attablés au *Crâne à hydromel* devant un Ne absorbeat, pavé de béluga cru haché fin assaisonné à l'aneth, aux piments et à l'aquavit, Maelström, Larsen et Tomatiksson mangeaient d'excellent appétit. L'atmosphère était joyeuse, le restaurant bondé. Sur la petite scène installée au fond de la salle, un chanteur andalou et son guitariste atterris là on ne sait comment vociféraient contre l'existence, ajoutant au vacarme ambiant.

– Vous vous rendez compte que si on apprend que vous êtes l'auteur de ce sabotage, vous êtes bon pour la correctionnelle, Tomatiksson ! À moins que Knuthuvudsson ne vous étrangle de ses propres mains. En pleine présentation officielle, toutes ces huiles ! Ce scandale… Imaginez l'ambiance, maintenant. Mais comment… ?

– Enfantin, interrompit l'agent en sortant de sa poche un petit boîtier rectangulaire qu'il posa sur la table. C'est une commande lumineuse laser. Elle envoie des pulsations sur les microphones des commandes vocales, qui les confondent avec un signal de la voix et les traitent comme si c'en était. Je n'ai alors qu'à donner mes propres ordres, et la machine obéit. De l'injection audio via laser, si vous voulez. Ah, ça perturbe ! Efficace à plus de cent mètres, même à travers les fenêtres.

– Et personne dans ce club de génies ne connaissait ça ?

– Apparemment pas. Quand on pense avoir tout prévu et être invulnérable, on se fait avoir par le dernier gadget qui passe. Classique.

– Ces courses que personne ne gagne, observa Larsen, pensif.

– Et c'est pour ça que tout le monde court, inspecteur : contre une technologie, engager un petit surcroît de technologie. C'est sans fin.

– Vous gardez précieusement votre télécommande, Tomatiksson, reprit Maelström, elle va nous être utile. Et dites, le piratage de notre messagerie, l'autre jour… ?

23

– Pourquoi on peut pas se voir, ce soir ? Ulf est à Ljösalfheim suivre un match. Je serai libre.

Il n'aimait pas tellement qu'elle lui tire comme ça sur le scrotum pour jouer, mais il n'allait pas se plaindre, ça avait de nouveau été énorme. Elle était décidément top, Anja, bien disposée, ouverte d'esprit. Avec elle il se sentait revigoré, en confiance. C'est pour ça qu'il ne disait rien quand elle s'adressait à sa biroute en l'appelant Olga, même si ça ne lui plaisait pas tant non plus.

– Hein, pourquoi ?

Elle était allongée sur le ventre, appuyée sur son coude, la joue droite dans sa main. Lui regardait ses jambes longilignes joliment galbées qu'elle tenait fléchies, les talons rose abricot rejoignant presque les fesses en coupole où s'épanouissaient les ailes polychromes tatouées. Canon, Anja. On s'en rendait moins compte lorsqu'elle était habillée.

– J'ai une session de nuit à la banque, ce soir.

– Ça existe, ça, des sessions de nuit dans les banques ?

– Oui, quelques fois par année. On remet à jour les algorithmes de trading. On profite des cinquante-neuf secondes entre minuit et minuit une pour faire des transactions ultra-rapides sur des marchés hauts. Ça permet des bonnes affaires. En fait, ça se joue déjà dans la première seconde. Il faut être super réactif.

Il n'avait rien trouvé de mieux que ce bobard comme prétexte. En réalité, il était convoqué pour une mission spéciale, cette nuit. Secret absolu.

– Mais on peut se voir après, non ?

Non, pas possible malheureusement, une fois les transactions faites on devait se grouiller de répartir les gains sur les portefeuilles des clients. Ça prenait du temps et il fallait avoir fini avant l'ouverture des bourses, le matin.

« Pourvu qu'elle gobe ce truc. »

Elle s'était tournée de côté et se grattait maintenant le nombril. Il apprécia les courbes franches, communicatives, cette peau pleine, souple, ses chairs pétulantes, onctueuses, prometteuses. Hospitalières. Dommage, cette mission spéciale.

– Håkon, c'est Maelström. Tout est en ordre de votre côté ?

– Plus, ce serait trop, commissaire !

– Vos repérages ?

– J'ai vu où est leur caméra. Je suis soigneusement passé deux fois devant, ils devraient m'avoir remarqué.

– Et Ullr ?

– Un as. Guillaume Tell. Il vous émascule un lépidoptère à cent mètres dans le brouillard.

– Ça tombe bien, parce que la météo annonce une couverture nuageuse. C'est embêtant.

– Aucun souci, commissaire. À cent mètres dans le brouillard, je vous assure.

– Traknåår, qu'est-ce que ça dit ?

– « *In girum ibimus nocte…* » On est prêt.

– Knud Viksen ?

– Briefé. Il sait exactement ce qu'il doit faire.

– On se trouve à 22h au commissariat pour l'échange des smartphones.

– Affirmatif.

– Les hommes n'ont rien dit ?

– Non. Ils te font confiance et savent que tu les couvres.

– J'endosse tout. La combine est illégale, on est clairement hors du forfait prévu pour « Kayak dans la mangrove ». Si rien ne se débloque et que ça fuite, je n'aurai qu'à donner ma démission.

– Tu te reconvertiras… Consultant en sécurité, ça te dirait ? Il en faudra un paquet, dans la nouvelle ère ! Ou tu montes une agence de notation.

24

– Comme en plein jour, murmure Ture Ullr.

La lune resplendissante baigne d'argent clair le monde alentour, qui semble en frissonner d'aise. Pas un nuage pour venir la défier, oser contredire son faste. En face des bennes à déchets contre lesquelles se tapissent les deux hommes, les bâtiments TechTonus offrent leurs contours à son éclat éburnéen que peinent à concurrencer les lampadaires veilleurs dans le hall d'entrée, derrière la grande porte de verre et de métal bleuté.

Le tireur d'élite a sorti son fusil de l'étui banalisé. La même arme que le flingueur de radars. La même arme et la même munition. Tout le monde lui mettra sur le dos cette nouvelle attaque. Sauf ceux que l'on veut piéger dans cette boîte. Eux, ils vont se demander, barguigner.

C'est du moins le plan du commissaire.

– Leur caméra de surveillance est installée sur une potence au-dessus de l'angle droit de la porte par rapport à nous, fait Håkon. Tu l'as ?

Ullr a épaulé et, l'œil dans sa lunette de tir, balaie la direction indiquée.

– Je l'ai. De trois-quarts.

– Ça va aller ?

Ils se sont avancés le plus près possible. Entre eux et les bâtiments, des trottoirs de part et d'autre de la route, avec en face une glissière précédant une haie d'arbustes nains puis, derrière encore, une bande étroite de gravier qui longe une esplanade servant de parking. Dans leur dos, le talus par lequel ils sont venus. Repérées la veille par Håkon, les bennes offrent un écran assez sûr, on devrait pouvoir rester invisible en se plaquant contre. De toute façon on ne va pas s'attarder.

23 : 00. La route est déserte.

– Ça va le faire.

Son coude appuyé sur le couvercle d'un des collecteurs, Ullr ne bouge plus, cesse de respirer, se statufie.

Un coup sec, métallique.

– Mouche ?

– Mouche, répond le tireur l'œil toujours vissé à la lunette. Tube coupé en deux.

Il baisse son arme, se penche, saisit l'étui.

– C'est sûrement en train de sonner là-bas dedans. À toi de jouer. Je me barre.

Sa housse sur l'épaule, il remonte prestement le talus, disparaît.

Håkon contourne les bennes, enjambe la glissière, traverse la route aussi vite que le lui permet sa posture pliée. Il n'a que quelques secondes pour gagner l'ancienne cabine téléphonique transformée en boîte à livres que l'on voit là-bas, sur la gauche.

« On se dirait en plein jour, pense Knud Viksen devant les grillages de sécurité délimitant le chantier. On peut lire les écriteaux. »

Débarqué par Kelin sur Uppfart Schwånengesang, il avait marché trois cents mètres jusqu'aux abords de l'allée d'ifs menant au perron de la clinique Callimorphe, puis tiré rejoindre la façade longitudinale de l'aile en construction. Il se tient maintenant à la hauteur de la grue dressée de l'autre côté de la clôture.

Avec le smartphone du commissaire inséré dans la doublure de son épaisse veste de cuir.

Une heure plus tôt, au commissariat de la Criminelle, il a donné le sien à Maelström et on lui en a filé un autre pour la mission. Localisé, afin que les collègues puissent le suivre. Sa carte de flic échangée contre une carte de presse, aussi. Au cas où.

Sa mission : d'abord parcourir le chantier, comme s'il l'examinait. En baladant donc le smartphone de Maelström. Jouer le rôle de balise, en somme. Faire croire à ceux qui ont piégé son téléphone que c'est le commissaire en personne qui est ici. Dans l'espoir que les types qui le surveillent mordent à l'hameçon. Ensuite, il doit se tirer plus loin.

« 23 : 04. Je vais calmement longer la clôture jusqu'à l'autre bout. C'est facile, on voit vraiment clair. Merde, qu'est-ce que c'est que ce chien ? »

Håkon s'est jeté dans la cabine et a refermé la porte sur lui. Des étagères de livres grimpent sur la paroi du fond et sur le côté gauche de l'édicule, mais la vitre de droite est dégagée, il pourra observer à travers. Le néon prévu pour s'allumer lorsqu'on ouvre la porte est cassé depuis longtemps, lui-même est habillé tout en noir, s'il se tasse contre l'angle il ne devrait pas être vu. Même si la lune brille fort.

Il flotte une drôle d'odeur dans la cabine. Un mixte de papier acide, d'humidité rance de galetas, avec encore un autre relent, difficile à définir. Aigre, en tout cas, genre rot d'alcool. Et il y a ce machin sur lequel il a mis le pied, quelque chose de mou, une sorte de couverture roulée. Crade.

Il sort son téléphone, il doit avertir l'inspecteur Larsen qu'Ullr a atteint sa cible.

Reste à observer ce qui va se passer.

– De là, il ne peut pas nous repérer.

Gunde a immobilisé la voiture, un utilitaire, dans le prolongement de la cabane de chantier roulante. On répare les canalisations dans le quartier de Svartalfheim, il y a une tranchée protégée par des barrières courant sur au moins quinze mètres, des tuyaux de plastique couleur brique étendus par terre, plusieurs caisses de matériel. Plus loin, une petite excavatrice rappelant un torosaurus dort le flanc contre une clôture.

L'emplacement offre une vue imprenable sur la façade ouest de la ronflante bâtisse en contrebas, collision entre villa néo-renaissance et propriété de star hollywoodienne : la résidence de Brokk Shrapnel. Par-dessus la haie de thuyas du Canada taillés en pyramides derrière leur enceinte grillagée, on aperçoit le parc méthodiquement gazonné et l'allée centrale de gravier blond, avec au milieu le grand bassin circulaire et son groupe de naïades antiques affairées à cajoler un cygne dressé prêt à l'envol. L'ensemble palpite sous la radiance argentine.

« La lune, soleil des statues », pense Larsen en se demandant d'où il tient ça.

On distingue, saillant sur la façade au nord, le porche avancé de l'entrée principale, et, en retrait, perpendiculaire, le bâtiment à double arcade abritant le garage. Aucune fenêtre éclairée sur cette façade ouest. Mais on devine un halo du côté sud, donnant sur le parc.

Svartalfheim, le quartier chic du nord-ouest de la capitale.

– Au fait, pourquoi Viksen, à la clinique ? demande Tomatiksson.

– Il ne fait pas partie de la brigade criminelle, n'est pas dans leurs radars, répond Maelström. Ça lui donne un peu de marge s'ils le repèrent.

– Risqué, quand même.

– J'avais rien d'autre. Et il est solide. Ah, Ragnvald m'annonce qu'il a posé le drone sur l'une des deux villas, à notre gauche.

Les quatre hommes tournent la tête. En léger surplomb de l'autre côté de l'avenue, juchées sur des pilotis de béton, deux maisons jumelles faites de cubes enchâssés. Impossible de voir le dessus des toits.

– Espérons que personne n'a vu venir l'engin…

23 : 03. Un discret vibrement dans la voiture.

– Le message de Håkon, dit Larsen. Ullr a déguillé la caméra de TechTonus. Lui-même est planqué en observation.

– Parfait. C'est parti ! Reste à voir ce qui va se produire là-bas, et s'ils avertissent Shrapnel. Et comment ça va réagir lorsqu'ils auront localisé mon smartphone devant le chantier de la clinique. Si ce n'est pas déjà fait : d'après mon écran, Viksen est arrivé sur place.

« Fini de me prendre pour une conne ! » triomphe Anja Permersen alors qu'elle remonte Gjellerup Avenue à vélo, son téléphone dans une main.

Pas été possible d'obtenir le code du smartphone de Viksen, ce trouduc a toujours esquivé, mais ce matin, quand il l'a sorti dans l'idée de prendre des photos d'elle à poil et qu'il s'avançait pour faire des gros plans, elle s'est jetée sur lui et lui a griffé les couilles. Oh, désolée, pas fait exprès, je voulais juste jouer, pardon mon castor ! elle s'est excusée. Mais pendant qu'il se les passait sous l'eau froide aux WC elle lui a téléchargé l'application furtive qui permet de localiser un mobile. Désormais elle peut voir sur le sien où il est. D'après le plan qui s'affiche, il se dirige à présent vers le quartier de Svartalfheim. C'est assez loin, au nord-ouest. Mais il fait clair, il y a peu de circulation, et pas question de reculer. Elle a aucune idée de ce qu'il fabrique dans ce quartier de bourges, mais elle va le découvrir tout soudain.

« Session de nuit à la banque, mon cul ! » Mais elle a tout de suite compris qu'un truc sérieux se tramait, il a eu un drôle d'air en débitant ses conneries. Alors, dès son service fini au cinéma, elle s'est mise à le suivre. Parce qu'il a bougé. À 22h40, il était encore sur Köttbullegatan, au commissariat de la Criminelle. Puis il s'est déplacé.

Svartalfheim, jamais mis les pieds. Un secteur urf, des toubibs, des avocats, ce genre. Qu'est-ce qu'il fout là-bas ?

Ça a réagi vite. À peine le temps de rédiger son message à l'inspecteur Larsen que les lumières du hall se sont allumées toutes grandes et qu'un gardien de nuit a surgi. Il a tenté d'ouvrir la porte mais sans succès, on dirait que l'alarme a tout verrouillé. Maintenant il téléphone.

Håkon colle ses petites lunettes d'approche contre la vitre de la cabine. Il voit le gardien aller et venir dans le hall, s'agiter en parlant.

Qui a-t-il appelé ? En principe ces systèmes d'alarme sont reliés à un service de sécurité qui ne devrait pas tarder à débarquer. Mais une fois constaté que la caméra a été fusillée, les types sont censés avertir la police. « Pas sûr qu'ils y tiennent, s'ils m'ont remarqué hier et apprennent que le commissaire a été localisé vers la clinique du roi de la fesse… »

On va voir si le scénario se confirme.

Ça va devenir intéressant.

Juste à ce moment il sent un courant d'air plus froid lui arriver sur la nuque. La cabine s'est ouverte derrière lui.

« Putain de clebs, il va rameuter tout le monde ! »

Jailli de l'angle du chantier, un molosse a foncé dans sa

direction avant de s'arrêter pile devant lui. Il se tient à l'arrêt, aboie tout ce qu'il peut. Noir, à poils ras.

– Fous le camp, saloperie !

Viksen agite sa main pour suggérer le lointain, derrière, envoyer promener la bête. Celle-ci bouge à peine la tête. Il recule de deux pas, elle le suit, toujours à distance d'un mètre, stoppe lorsqu'il s'interrompt, prête à bondir. Parfaitement dressée. Sa toison luit sous le lustre de la lune. Ses crocs aussi, qu'elle découvre à chaque vocifération. Une fichue gueule.

Il y a un truc par terre, contre la grille, bâton ou barre de métal. Le policier se baisse lentement sans quitter le chien du regard. Métal, au toucher.

– Tu lâches ça !

Surgi à la suite du dogue, dissimulé par le faisceau de la lampe qu'il vient de braquer sur Viksen, un type se tient face à lui.

– Tu lâches ça tout de suite et tu te redresses. Les bras le long du corps. Qu'est-ce que tu fous là ? C'est privé, ici. Silence Garm, silence !

Viksen s'est relevé. Il distingue mieux le gars : pas très grand, trapu. Une veste de nylon foncé genre uniforme d'agent de sécurité. Tient une longue matraque dans sa main droite.

Le chien s'est rapproché. « Ses mâchoires ne sont qu'à deux ou trois décimètres de mon artère fémorale », se dit Viksen.

– Je me suis perdu.

– Et moi je suis Marilyn Monroe, fait l'autre. Va falloir trouver autre chose. Et vite.

Il tend sa matraque vers le visage du policier.

– Ok, ok. Je suis venu jeter un coup d'œil au chantier.

– En pleine nuit ?

– La journée, il y a des ouvriers.

– Et pourquoi tu veux regarder ce chantier ?

C'est le chien qui l'a senti venir, tout à l'heure ? A-t-il été repéré par une caméra de surveillance ? Ou est-ce qu'ils ont localisé le smartphone de Maelström et croient que le commissaire est ici ?

Jouer le tout pour le tout. Leur mettre la pression.

– Je suis journaliste. Y a des rumeurs à propos de cette construction.

– Des rumeurs ? Comment ça, des rumeurs ?

– Des rumeurs.

– On va tirer ça au clair, hein, discuter tranquillement au bureau.

– Vous ne voulez pas plutôt appeler la police ?

– Pour le moment, on va rien appeler du tout. C'est par là… Tu passes devant, les mains en l'air ! Au premier geste, je te fais découvrir ma matraque et Garm te sectionne les doigts ou t'arrache les burnes, c'est lui qui choisit, hein Garm ?

Il n'a pas le temps de se retourner que la masse est sur lui, s'accroche à son cou, pèse de tout son poids pour le faire chuter. Désarçonné, Håkon manque de s'étaler, se rétablit de justesse par un mouvement de côté, se courbe en avant, heurte durement du front la paroi vitrée. Son dos lui fait mal. La masse halète, fétide, collée à lui. On a entendu la porte se refermer, une odeur d'alcool, de crasse et de pisse envahit la cabine.

Il faut faire vite, le type est lourd, il tente maintenant d'appuyer son genou sur la colonne vertébrale du policier. Un coup de rein en arrière puis Håkon se plaque contre la vitre afin de desserrer un peu l'étreinte, lève les épaules et pivote violemment sur la droite. Le geste le fait grimacer de douleur mais il a réussi à envoyer son coude dans la mâchoire de son agresseur, le faisant reculer contre la porte qui s'ouvre à moitié sous le heurt. Des livres tombent de l'étagère. Les deux hommes se font face.

– Fous le camp, c'est chez moi ici ! meugle le gars. Une voix engorgée, empêtrée. Pâteuse.

Håkon le regarde : un visage bouffi, des yeux à peine discernables derrière les paupières enflées, un nez turgide. La bouche épaisse, grasse. Luisante. Il souffle comme un phoque.

– Fous le camp, nom de Dieu ! Ou je t'éclate !

Un clochard. Un trimardeur imbibé, sans domicile, qui crèche la nuit dans cette cabine. La couverture par terre contre le fond, ce doit être la sienne. Son lit.

Un pauvre type.

Il ramasse ses forces, veut se jeter en avant.

Dégoûté de ce qu'il va faire, le policier balance un coup de talon pour maintenir l'autre à moitié au-dehors de l'habitacle et sort son flingue de la poche intérieure de son blouson.

Il faut en finir. Les beuglements de ce clodo, la bagarre, les chocs contre les vitres vont finir par attirer l'attention. Surtout que ça va rameuter du côté de TechTonus.

Il pose le canon de son arme contre le front du type, qui blêmit, recule.

– Putain, fais pas le con !

Ses lèvres tremblent.

Håkon lui envoie un violent coup de genou dans le bas-ventre. L'autre se plie en avant, reçoit la crosse du revolver sur la base du crâne, s'affaisse lourdement.

« *Je m'en bats les couilles, je m'en bats les couilles oh là là, je m'en bats les couilles, je m'en bats les couilles oh là là, je m'en bats les…* »

Sur une musique de rap euphorique.

Sursauts dans la voiture.

– Tu privilégies le lyrisme, maintenant ? demande Larsen.

– C'est la sonnerie de Viksen, c'est son portable, répond Maelström. Je te rappelle qu'on a échangé… Allo ?

– Commissaire, c'est Hølger. Shrapnel a reçu un message qui lui annonce l'attaque contre TechTonus.

Maelström branche le haut-parleur pour que les autres entendent.

– Un message ?

– Sur un téléphone jetable, à usage unique.

– Il avait tout prévu…

– Sauf qu'on se poserait à côté de chez lui avec un simulateur d'antenne mobile… Il est installé dans votre voiture, je suis connecté dessus. Ça intercepte tout dans le périmètre.

– IMSI-catcher, sourit Tomatiksson, aux anges.

– Que dit le message ?

– « Caméra de sécurité flinguée. »

– Envoyé par qui ?

– Je n'ai qu'un numéro caché sur mon écran.

– Il a répondu ?

– Non. Mais je vois qu'il l'a lu.

« La voilà ma preuve, pense Maelström. S'ils étaient sûrs qu'il s'agit du fusilleur de rue, ils n'auraient pas écrit à Shrapnel. Ils avaient bien repéré Håkon devant leurs bâtiments hier, ils s'inquiètent. »

– C'est tout ?

– Pour l'instant. Je vous rappelle dès que ça remue.

– Il est éveillé, il a lu ce message, et il a sans doute localisé mon smartphone du côté de la clinique, résume Maelström. Ça doit sévèrement rissoler dans son crâne. Bon, que fabrique Viksen ? Ça n'a plus tant l'air de bouger là-bas, qu'est-ce qui se passe ?

« Ce con me prend pour un curieux, un rôdeur, ou croit-il que je suis Maelström ? » se demande Knud Viksen.

Il marche les mains levées à la hauteur des épaules avec le chien sur ses talons qui lui a reniflé deux fois les fesses, promené sa truffe tout près de son entrejambe, et le gardien derrière, un peu décalé sur la droite, à distance de matraque.

Ils ont passé l'angle du chantier, longent maintenant le côté ouest de l'aile en construction et se dirigent vers le bâtiment principal. Il n'y a pas encore de comité d'accueil, on ne voit personne sortir.

Quelques pas.

« Ça devient trop dangereux pour mon matricule, et ça va bousiller le plan du commissaire. Il faut que je me tire de là vite fait. »

Une idée. Il vérifie d'un coup d'œil que le type est toujours sur sa droite, derrière.

« Une chance sur deux. D'abord déplacer ce foutu clebs de l'autre côté. »

Il tourne la tête sur sa gauche, projette un crachat. Le chien le lâche aussitôt pour se déporter en direction du glaviot mais Viksen se penche brusquement vers l'avant sur sa droite en poussant un fort miaulement de chat. Abusé, le dogue bondit en hurlant contre lui et encaisse de plein fouet le violent coup de matraque que le gardien a décoché au même instant à l'intention du policier. Dos au sol, il jappe de douleur, parcouru de soubresauts convulsifs, l'épaule démise, la patte brisée. Viksen s'est retourné, profite de la surprise du type pour lui balancer une manchette qui l'envoie par terre, puis un shoot dans le foie par sécurité, avant de détaler de toutes ses forces. Il a un petit répit pour mettre de la distance entre lui et d'éventuels poursuivants.

Ça a marché, mais à un fil.

« Maintenant, suite du plan, direction le jardin botanique. »

De justesse ! À peine le clodo dégagé qu'un autre vigile surgi d'il ne sait où est arrivé devant la porte bloquée de TechTonus. On le voit lever les yeux vers la caméra de surveillance qu'il éclaire de sa lampe torche, puis adresser des signes au cerbère à l'intérieur. Håkon se retourne. L'imbibé est allongé par terre, il en a pour un moment, mais il faudra surveiller ça aussi.

Le gardien est maintenant dos à la porte d'entrée du bâtiment et scrute en face de lui, tend le bras prolongé de son faisceau lumineux, fait deux pas latéralement. Il doit être en train de reconstituer la trajectoire de la balle, estimer d'où le coup est parti. La cabine téléphonique n'est pas dans l'axe de l'impact, le gars ne regarde pas de ce côté, pourtant Håkon se baisse lentement et se colle contre l'étagère du fond.

En principe, impossible de voir le clochard étendu par terre d'où ils sont, l'angle de la cabine et l'étagère sur la gauche doivent le masquer. Mais faudrait pas que l'autre se rapproche. Avec cette lune qui illumine !

C'est chaud, quand même. Et le service de sécurité qui n'arrive pas…

Là-bas, le gardien commence à bouger plus large. Il doit chercher des indices, ou si le tireur a pu rester planqué quelque part. On le voit inspecter tout autour, le téléphone à l'oreille. Il appelle peut-être quelqu'un à la rescousse.

« Ça devient mauvais, il faut créer une diversion. Je vais appeler le commissariat central pour signaler l'attaque à la caméra. Faire rappliquer les collègues à l'improviste. »

Håkon pivote très lentement, sort son téléphone, élève

les pans de sa veste pour éviter que la lumière de l'appareil se reflète sur les vitres de la cabine, compose le numéro du commissariat central, penche la tête. Le dos tourné au bâtiment de TechTonus et à ses cerbères.

La sonnerie s'interrompt après trois coups, débouche sur un message.

« Un message ?… »

« Vous êtes bien au standard téléphonique de la police. Précision et rapidité au service de la population ! Si votre appel correspond à une urgence, tapez sur la touche 1. Si vous cherchez un renseignement, tapez sur la touche 2. »

« C'est quoi cette connerie ? ! »

Touche 1.

« Téléphonez-vous en tant que victime ? dans ce cas tapez sur la touche 1. Si vous êtes simplement témoin, tapez sur la touche 2. »

« Nom de Dieu… »

Abasourdi.

Tape. Fébrile. L'autre là-bas peut se pointer à tout instant.

« Si c'est pour signaler un attentat terroriste, faites le 1. Un meurtre, faites le 2. Un accident, faites le 3. Un incendie, faites le 4… »

La nouvelle plateforme…

« … Un cambriolage, faites le 5. Une voie de fait ou une altercation, faites le 6. Une agression à caractère sexuel, faites le 7… »

« Mais c'est pas vrai… dites-moi que c'est pas vrai ! »

« … Tapage ou agitation nocturnes, tapez 01. Vous remarquez un engin ou un colis suspect, tapez 02… »

« La nouvelle plateforme… Knuthuvudsson, tête de nœud ! »

« … nous vous signalons que votre appel est enregistré… »

– Allo ? ALLO ?

Contre la vitre de la cabine, le reflet d'une torche. Le type radine de ce côté !

« … tous nos agents sont actuellement occupés. Veuillez patienter ou rappeler plus tard. »

– Ah, ça bouge du côté de Viksen, il a lâché la clinique, annonce Maelström l'œil sur son écran. Ça avance même vite, comme s'il était en train de carapater.

– Il a peut-être du monde aux fesses, dit Gunde.

– Ça compliquerait, dans ce cas, réagit Larsen. Qu'est-ce qu'on fait ?

– On attend encore un peu. Il doit m'appeler une fois arrivé au jardin botanique. Thorvald est planqué vers la serre aux nénuphars pour lui prêter main-forte au cas où. C'est exactement sur son chemin.

Le jardin botanique, vaste espace parsemé de hautes serres victoriennes que relie un réseau de sentiers sinuant entre zones de prairie, bosquets, esplanades gazonnées, petits étangs moussus, bouquets d'arbres, massifs floraux, charmilles, haies, rocailles, monticules, avec en son cœur un labyrinthe végétal entouré d'une ample ceinture de pins sylvestres. Jardin romantique, poumon vert de la ville, lieu d'agrément veillé par une armée de jardiniers sourcilleux, qu'arpentent jour après jour promeneurs contemplatifs, joggeurs métronomiques, méditatifs respirateurs, pédagogues en mission, naturalistes, chasseurs d'inspiration, couples amoureux, nouveaux ou furtifs. Et parfois, la nuit, l'un ou l'autre chercheur d'aventure.

Mais aussi le plus court chemin entre la clinique Callimorphe et la demeure de Brokk Shrapnel, quartier de Svartalfheim, pour qui circule à pied. Le plus discret aussi.

– Shrapnel voit sur son écran que j'ai quitté la clinique et que je progresse en direction de sa maison, il a appris que la caméra d'entrée de TechTonus a été canardée, continue Maelström. Bref, il est en train de comprendre qu'on a percé son organisation. Et il se demande comment on a bien pu y parvenir. Il gamberge dur.

– Bon, mais il peut décider de faire le mort, ne pas bouger. Te laisser poireauter toute la nuit sous ses fenêtres, après tout. Et ensuite ? On n'a rien de flagrant à produire.

– Non, mais lui l'ignore. Il croit forcément qu'on en sait davantage, qu'on a peut-être même tout en main. La clinique, c'est ton coup de génie, Traknåår. C'était impossible à dépister. Il s'interroge donc où ça a pu fuiter, ce qui l'a trahi, se dit qu'il a été lâché… On a retourné la situation. Il est dans le cirage, là, acculé. Il l'a perdu, son contrôle.

– Dans les fesses ! Il va disjoncter, applaudit Tomatiksson.

– Sa dernière issue, c'est de se persuader que j'hésite encore, que je me promène en solo cette nuit pour être sûr, que je fais des repérages avant de déclencher une opération.

– Mais il sait bien que ce n'est pas toi qui as fusillé la caméra de TechTonus, que tu n'es pas de sortie tout seul !

– Il se demande si c'est nous ou simplement le tireur fou. Pas possible pour eux d'être absolument sûrs, c'est ça qui les tend. En revanche, il aura su que j'étais seul à la clinique et qu'il y a donc une bonne chance que je me dirige seul vers chez lui. C'est l'idée : il doit sentir que l'étau se resserre, mais que tout n'est pas fait, qu'il lui reste une carte en main. Le jardin botanique, c'est l'endroit rêvé pour venir au contact, tenter quelque chose. M'éliminer sans témoin s'il le peut. Notre atout, c'est qu'il fasse ce pari. On lui a mis la pression au maximum, à partir de maintenant tout va se jouer dans sa tête.

– On va voir qui est qui, conclut Larsen.

« Je m'en bats les couilles, je m'en bats les couilles oh là là, je m'en… »

– Hølger ?

– Oui, commissaire. Un appel pour Shrapnel. La clinique. Paraîtrait que vous avez échappé au gardien et à son chien en les rétamant l'un et l'autre !

– C'est bien de moi qu'ils ont parlé ?

– De personne d'autre.

« Ils n'ont pas identifié Viksen, ils pensent que c'était moi, au chantier. »

– Et sinon ?

– Ils ont demandé s'ils devaient vous courser. Il a ordonné que non, que personne ne bouge. Et a bouclé. En rage.

– Ça se lézarde, son système de communication étanche, remarque Larsen.

– Ils n'ont plus le temps de faire autrement, ils sont aux taquets ! Ça confirme aussi qu'il est le chef, dans cette organisation, reprend Maelström. Vous gardez précieusement cet enregistrement, Hølger.

– Pas de souci, commissaire. Je vous rappelle si j'ai quoi que ce soit.

– Et voilà une preuve de plus, reprend Maelström. Shrapnel et Kozak-Dudøn sont en cheville. Avec Tech-Tonus. Ça se joue à trois, en effet. Traknåår, tu avais vu juste.

« Grâce à la lune, pense Larsen. Toujours jurer par la lune. »

Juste devant, en léger contre-haut, les arcatures métalliques de la serre des broméliacées : le jardin botanique, enfin ! « Putain ! jamais couru aussi longtemps à fond de train. J'ai eu peur qu'ils m'envoient un autre clebs, mais non, ça a l'air calme derrière. »

Il s'arrête un instant, se plie en avant, les mains sur les genoux, reprend son souffle.

Il avait à chaque fois eu d'excellents résultats aux tests sportifs. Mais là, c'était rude.

« Pas l'impression d'avoir été suivi, mais difficile d'être sûr. Je les ai peut-être simplement distancés. »

Hululement d'un hibou. Venu sans doute du bouquet de mélèzes que l'on devine là-bas au fond.

« De toute façon, je continue. Passer le long de cette serre, poursuivre tout droit, ils m'ont mis le plan du jardin avec le trajet à suivre sur mon smartphone. Ah oui, signaler au commissaire que je suis arrivé ici. »

– Maintenant, Shrapnel croit que je suis entré dans le jardin botanique et que j'ai mis le cap sur la villa, annonce Maelström la tête penchée sur son écran. On va voir jusqu'où il me laisse avancer.

Le quartier est particulièrement paisible. Personne dehors à cette heure, aucun mouvement à signaler hormis une voiture venue d'un chemin de traverse et qui a passé à côté d'eux, il y a dix minutes.

– Tu as ta réponse, fait Larsen. Regarde :

Une porte s'est ouverte du côté donnant sur le parc. Une silhouette sort.

– C'est lui ?

– Je vérifie.

Larsen a porté ses jumelles à ses yeux.

– Un type en manteau, avec chapeau. Pas très haut. Ça semble coller.

– Et si c'est un homme de main ? demande Gunde.

– Ça corserait, mais ça l'accuserait quand même. Attendons de voir.

La silhouette emprunte l'allée centrale gravillonné. Le

pas est décidé, nerveux même. Contourne le bassin, poursuit jusqu'au bout du jardin, s'arrête devant une embrasure ménagée dans la suite de thuyas pyramidaux : un portail.

– On dirait qu'il se penche de côté.

– Parfait, se réjouit Tomatiksson. C'est une ouverture à commande vocale. Facile, avec ma télécommande. Mais quel enragé, une porte de jardin à ouverture vocale !

– Il passe par là parce qu'il peut gagner directement le jardin botanique, note Larsen. C'est tout droit.

– Il vient dans ma direction, il veut régler l'affaire. Je suis certain que c'est lui, dit Maelström en composant un numéro sur son téléphone. Il y va à pied, seul. Armé.

– Ragnvald, il sort par le côté sud. Vous l'avez ?

– Attendez… affirmatif, je l'ai dans le champ. Je décolle ?

– Vous comptez trente secondes et vous le suivez ensuite doucement. En laissant de l'espace, il ne doit se douter de rien.

– Compris.

– On y va, nous aussi. Comme convenu. Larsen le file à bonne distance sur son chemin, moi, je longe Linné Esplanaden pour entrer dans le jardin par la droite. Rendez-vous au labyrinthe. Viksen y sera, avec Thorvald en appui derrière lui.

– Il va se jeter dans la souricière, jubile Tomatiksson. Il est fait !

– Tomatiksson et Gunde, vous forcez la porte du jardin avec votre attirail et prenez position. Vous le neutralisez s'il nous échappe et parvient à se replier. Et vous interceptez tout ce qui bougera.

Silence à nouveau dans l'habitacle.

Shrapnel sort du parc, vérifie que le portail se referme après lui. Quelques pas et il aura disparu derrière la haute haie. Maelström et Larsen vont pouvoir s'extraire du véhicule.

23 : 35. Calme plat sur Svartalfheim.

C'est alors qu'un flash éclate lacérant la nuit, évince la brillance de la lune sur une stridence aiguë qui pétrifie les quatre hommes. Une alarme.

Le tout n'a duré qu'un instant. Presque rien.

Mais suffisamment pour qu'on ait pu entrevoir une silhouette saisie par l'éclair.

Une silhouette de femme semble-t-il.

Larsen a pointé ses jumelles dans la direction de la fulguration disparue qui danse pourtant encore sur les rétines. Il sursaute.

– Merde ! On dirait… on dirait Anja Permersen !

25

Tout s'est passé très vite.

L'alarme à peine éteinte Shrapnel est remonté en courant le long de la haie se ruer sur la silhouette aperçue, tétanisée par la surprise. Venue du côté des garages elle avait dû s'approcher trop près d'une borne, passer dans le champ d'une caméra, couper un rayon infrarouge. Il a fait un geste en direction de sa poche comme pour dégainer, s'est ravisé, empoigne la fille par le bras.

– Ce geste… Il est bel et bien armé, observe Larsen, les yeux dans ses jumelles.

On est trop loin pour entendre. Shrapnel secoue la fille, qui paraît sonnée.

– Oui, c'est Anja Permersen, reprend Larsen.

– Mais ?…

Plusieurs fenêtres s'allument aux maisons environnantes. L'alarme a réveillé le quartier.

– Il va être mal pris si les voisins l'aperçoivent rudoyer quelqu'un en pleine nuit dans son jardin.

L'assureur s'en est avisé. Il tire brutalement sur le bras de la jeune femme qui manque de tomber en avant, lui saisit le poignet de l'autre main et l'entraîne derrière l'angle de la bâtisse. Il a été si prompt et l'a déséquilibrée si brutalement qu'elle ne parvient pas à se cabrer pour résister.

Larsen baisse ses jumelles. Ils sont maintenant de l'autre côté, on ne peut plus rien voir. Et pas de voisinage direct là où ils ont disparu.

– Il s'est trahi une nouvelle fois, commente-t-il. Au lieu de lui demander ce qu'elle fait là, il se jette tout de suite dessus et l'emmène hors des regards.

– Dans l'état où il est, il a pensé qu'elle fait partie de l'opération, il a surréagi. Il va d'ailleurs s'en rendre compte, devra s'expliquer, s'excuser, trouver quelque chose s'il ne veut pas qu'elle aille se plaindre. Mais qu'est-ce qu'elle fout là ?

– Elle nous a suivis ?

– Comment ce serait possible ? Quelqu'un à part nous deux la connaît ici ?

Tomatiksson et Gunde nient de la tête. Jamais entendu parler.

– Sa présence n'a peut-être aucun rapport avec nous, hasarde Gunde.

– Et Viksen ? demande Larsen.

– Ben, il l'a vue au bar lorsqu'on l'a déposé au cinéma le jour de la réouverture. Sinon, qu'est-ce que tu veux que j'en sache ? Elle peut bousiller nos plans ! Attention, faut surtout pas que ça ralentisse, rien ne doit paraître suspect. Ah, Ragnvald, j'ai failli l'oublier !

Tapotement sur l'écran sensible du téléphone.

– Ragnvald, vous en êtes où ?

– Toujours au même endroit, commissaire. J'ai compté trente secondes et vu le client revenir. J'ai pas bougé du toit.

– Parfait.

Appeler Viksen.

« Et dire que l'autre était sorti à notre rencontre, on le tenait presque ! »

– Viksen ? Vous continuez au même rythme, vous traversez le labyrinthe et tirez jusqu'au bout du jardin botanique, direction Svartalfheim. Je vous donnerai d'autres instructions à ce moment-là. À part ça, Anja

Permersen, vous voyez qui c'est ? Ah, vous la connaissez un peu... Un peu comment ? Oui, c'est important.

– C'est lui, fait Larsen.

– Je vous explique plus tard. Vous m'appelez une fois sorti du jardin.

Maelström raccroche, le visage fermé.

– Il la connaît, ils ont fricoté, résume-t-il. Mais il prétend qu'elle ignore qu'il est flic.

– Va savoir !

– Mais ça ne nous dit pas pourquoi elle se trouve ici.

– Son téléphone, commissaire, je vois que ça, intervient Tomatiksson. Elle lui aura glissé un mouchard.

Maelström sursaute.

– Eh, ça veut dire que c'est nous qu'elle suit ! C'est le portable de Viksen que j'ai là. Elle nous a filé le train en pensant le pister lui !

Un juron.

– Pas bon pour elle, ça, déclare Larsen. Si Shrapnel s'en rend compte, s'il lui fait avouer qu'elle trace un flic et que le smartphone indique que ce flic est gentiment posté à côté de son jardin...

– Et comment il ne s'en rendrait pas compte ? Saloperie, ça va foutre en l'air l'opération !

Le commissaire assène deux violents coups de son poing droit dans la paume ouverte de sa main gauche. Grimace.

– On réagit, reprend-il après un instant. Gunde, vous prenez ce maudit portable et vous retournez fissa au QG avec la voiture. Dans l'hypothèse où il est piégé, il faut l'évacuer et que Shrapnel croie Viksen reparti au commissariat. Nous, on débarque et on s'enfile dans la cabane de chantier là-devant. On fait sauter la serrure. Sans bruit.

– J'ai le nécessaire, dit Tomatiksson.

– On doit continuer. Il faut que Viksen vienne jusqu'ici, que Shrapnel soit persuadé que je rôde autour de sa maison. Il va peut-être vouloir ressortir, dans ce cas on le coince et on sauve la fille. S'il ne lui a encore rien fait. Ou il la relâchera une fois que je serai loin. Va falloir improviser. Misère, ça va être serré ! Mais quelle…

Sa mâchoire se contracte.

– Il faudra maintenir Viksen à distance, pas que l'autre puisse le canarder à vue.

Froide, poisseuse, l'angoisse commence à gagner les estomacs.

Elle revient peu à peu à elle, étendue sur le sol du réduit borgne et sans lumière où il l'a jetée. Un fou furieux, ce mec. Détraqué. Dangereux.

Elle avait vu que Viksen s'était arrêté depuis un bon moment, le point bougeait plus sur son écran. Selon le plan, il devait être juste de l'autre côté de cette grosse baraque, moins de cent mètres, mais impossible de voir où. Et le quartier est compliqué, des voies sans issue partout, il aurait fallu continuer au moins un kilomètre en montée avant de pouvoir tourner pour descendre rejoindre le point immobile. Alors elle avait tenté de traverser entre les maisons à pied, son vélo laissé contre une haie, il semblait y avoir un chemin. Mais après quelques pas cet énorme flash dans les yeux et ce coup de sirène, ça l'a paralysée. Et l'autre salaud a surgi et s'est jeté sur elle, l'a empoignée, entraînée à l'intérieur sans rien lui demander. Il l'a méchamment secouée. Elle a eu peur.

Et pourtant il est pas grand, pas jeune non plus, elle aurait pu se débattre, résister.

Mais il est violent. Et ça a été tellement vite, la surprise l'a bloquée.

À l'intérieur, il a hurlé en lui demandant ce qu'elle

faisait là, et l'a secouée de nouveau. Elle a inventé qu'elle pistait son mec, en montrant le smartphone qu'elle avait réussi à garder dans sa main sans le lâcher.

– Je l'ai localisé, je le suivais.

– Et qu'est-ce qu'il fiche là ?

Elle savait pas, justement, elle pensait qu'il allait trouver une autre nana, elle l'a suivi pour être sûre. Et elle était entrée sans le vouloir dans la propriété, il avait pas le droit de la retenir.

Il l'a scrutée, à quelques centimètres de son visage. Des yeux petits, rapprochés, un regard de fouine sadique. Et une haleine acide.

Avec un reste de parfum écœurant, pot-pourri tourné et sueur.

Il respirait vite.

Un dingue.

Il lui a arraché le smartphone de la main et regardé l'écran tout en lui saisissant le col de sa veste pour la tenir à distance de son bras tendu. Là non plus elle a pas pu se ressaisir, tenter de se dégager ou lui balancer un coup de pied. Elle tremblait, au bord de la nausée, ce type la rendait malade.

Il a regardé l'écran, s'est un peu détendu en voyant que le point avait bougé, s'éloignait.

– Ça va peut-être pouvoir s'arranger, il lui a dit en lâchant son col. Tu habites où ?

Son adresse ? Et puis quoi encore ? Pas question ! Mais elle a eu envie de lui filer les foies. À son tour. Du moins l'impressionner. Qu'il la laisse partir. Alors elle a craché l'idée qui lui était subitement venue.

– J'habite sur Köttbullegatan. Tout près du commissariat. La Criminelle. D'ailleurs je connais bien le commissaire Maelström, vous savez qui c'est ?

– Gunnar, je pense à quelque chose.

Les trois policiers ont investi la cahute de chantier. Larsen braque ses jumelles en permanence sur la bâtisse de Shrapnel depuis la petite fenêtre ovale, en haut.

– Mmm ?

– Je me demande si on n'a pas fait une erreur en envoyant Gunde amener le téléphone de Viksen au commissariat. Imagine qu'Anja ait eu l'idée de baratiner qu'elle le suivait pour des raisons privées, je sais pas moi, une autre femme ou un truc de ce genre, Shrapnel va peut-être la relâcher. Tandis que s'il voit que ce fichu appareil arrive chez nous, il va définitivement l'assimiler à l'opération. Et alors…

– Bien vu. Je vais dire à Gunde d'aller poser ce téléphone ailleurs.

– Pourquoi pas directement chez elle ? suggère Tomatiksson. Si Shrapnel lui a fait cracher son adresse, ça paraîtra normal, ça lui détendra un brin le slip. On n'a qu'à demander à Viksen où elle crèche.

« Ah, te voici, commissaire, tu viens à moi, tu approches… Comment tu as réussi à échapper à ces crétins de la clinique je l'ignore, tu es fort, tu es redoutable. Maintenant je te vois arriver, mais tu ne le sais pas, commissaire, petit point qui avance sur cet écran où je te suis. Un air de flûte, commissaire ? Petit point, petit commissaire, je te vois, tu ne me vois pas. Tu ne sais pas non plus que sans l'irruption de cette conne tu serais déjà mort. Crevé ! Étendu dans une allée du labyrinthe, étranglé de mes mains ou bien la tête brulée par une balle, on ne sait pas comment ça se serait passé toi et moi dans le labyrinthe, l'étranglement de préférence, te sentir mourir sous ma prise… Quelle fin piteuse ! Le fameux commissaire Maelström retrouvé sans vie dans le jardin botanique, de nuit, pleine lune, une sordide histoire de mœurs sans doute, tu vois d'ici les journaux ! Le meilleur enquêteur du pays victime de ses passions honteuses, imagine la petite mise en scène, j'aurais baissé ton pantalon…

Mais il a fallu que cette connasse arrive et m'empêche de te rejoindre là-bas pour te régler ton compte. Parce que tu étais seul, commissaire, non ? C'était toi, tout à l'heure, la caméra flinguée ? Mais tu viens seul à moi maintenant, tu veux vérifier ta géniale hypothèse, être sûr, pas brûler les étapes, si jamais tu t'étais trompé… C'est ton obsession, ne pas te tromper, oh je le sais… Tu as trouvé ce que tu cherchais ? J'enrage, à cause d'elle je t'ai manqué, il a fallu que je m'en occupe. Elle va payer.

Cette pisseuse… Elle prétend te connaître. C'est ta protégée ? Dans ta combine ce soir ? Pas l'air, pourtant. Elle a fait la maligne, c'est tout. Elle pistait un type, il est rentré maintenant on dirait, il l'attend, loin de ton boîton à flics, la petite conne, je le vois sur son téléphone à elle, petit point lui aussi, précis ces mouchards. Oh il va l'attendre longtemps…

Mais te voici, tu es là commissaire, petit commissaire, vers mon parc, qu'est-ce que tu vas faire maintenant ? Le sais-tu ?

« Tambour ! Tambour ! Le commissaire arrive ici ! »

Tu en sais trop, commissaire, beaucoup trop, fouille-merde, tu as tout découvert, c'était impossible, impossible, mais tu sais tout, personne ne pouvait percer mon système, je suis si intelligent, personne, pas même toi, surhomme, fumier de flic ! C'est moi qui te tiens depuis le début, toi et tes hommes, mes pantins, petits pantins ! Mes nains de jardin, tu te souviens, le nain ? Tu as dû te demander pourquoi. Oh comme nous nous sommes amusés ! Mais tu sais tout, je devais m'occuper de toi avant qu'il ne soit trop tard, sortir de ma renardière. Terminus, commissaire ! Mais je n'ai pas pu, il y a eu cette fille. Oh oui tu serais mort maintenant ! Crevé comme un chien, une saloperie de fouine. Elle va payer.

Du bruit ? J'ai entendu du bruit.

Mais non, tu n'as rien deviné, commissaire, petit commissaire, rien compris, tu n'es pas assez malin, je suis si intelligent, si intelligent, tu m'entends ? Où sont tes preuves, flicaillon ? On m'a lâché, on m'a donné, voilà tout. Mais qui ? Qui pour me vendre ? Toi, Kozak, toi, mon vieil ami ? Avec tout ce que je sais… tu n'aurais pas osé, non ce n'est pas toi, ce n'est pas toi. Et toi non plus Höder, toi non plus… nous savons qui nous sommes, les Alfes noirs, ha ha ha !

Un de tes hommes, Höder ? Un de tes maudits chimistes ? Alors il te faut l'égorger comme un pourceau et me rapporter son pouce coupé ! Malédiction ! Mais lequel ?

J'ai entendu du bruit ?

C'est toi qui as fait tirer sur ta caméra, Höder, une mise en scène, pour me leurrer ? Tu veux abandonner la barque ?

Paix, Brokk, paix. Ils ne m'auront pas, je suis le maître. Tiens, commissaire, tu bouges ? Tu pars de ce côté, tu veux contourner la maison… Attention commissaire, c'est risqué pour moi de te tirer comme un lapin dans le quartier, mais si je t'aperçois en chair et en os, trop près de ma haie, vais-je résister ? Tu veux abreuver mon jardin de ton sang ? Approche, approche donc ! Mais tu ne feras pas cette erreur, trop malin, pas question que je te repère, hein. Pauvre naïf !

Faut-il que je sorte à ta rencontre, que je vienne t'éventrer, commissaire, te brûler la cervelle ? Mais que ferait ton cadavre puant vers chez moi ? Pas bon. Arracher tes oreilles avec mes dents ?

Que vas-tu faire maintenant ? Attendre ? Attendre quoi ? Que dans son berceau de brume paraisse l'aurore aux doigts de roses ? Ou tu prépares l'abordage ? Tu viens chercher la clé de Bengt Soniericsson ? »

– Continue sur ta gauche jusqu'au bout du petit chemin. Et tu restes à bonne distance de la haie, toujours caché. Pas qu'il puisse te canarder. Fais très gaffe !

Tomatiksson guide Viksen par téléphone. Il l'a situé et dirige ses pas autour de la maison de Shrapnel, les deux hommes se parlent en continu.

– Là où Knud se trouve, Shrapnel ne peut pas le voir, sa haie fait obstacle, il ne peut pas tirer, explique-t-il aux deux autres.

– Et s'il décidait de fusiller au jugé d'après ce qu'il voit sur son écran ? demande Larsen.

– Trop hasardeux, répond Malestrôm. Il ne va pas se risquer, ça fait un raffut monstre s'il doit s'y prendre à plusieurs fois. Et même s'il a un silencieux, il déclencherait sa propre alarme en touchant son grillage. Ça alerterait pour de bon tout le quartier.

– Au bout du chemin, tu prendras à droite sur la route. Tu continues à marcher mollo, pas que l'autre se méfie, poursuit Tomatiksson dans son appareil.

– Il va arriver sur notre route, annonce-t-il à l'intention de Maelström. Qu'est-ce que je lui dis ?

– Ce serait bien qu'il fasse le tour de la maison. Que mon repérage ait l'air complet.

– Oui mais on est en contrehaut. Knud serait à découvert pendant au moins vingt mètres, visible depuis une fenêtre de la façade ouest. Une vraie cible, sous cette lune en plus. Trop dangereux.

– Bon. Dites-lui de s'immobiliser à l'angle du petit chemin et de la route. Il n'a qu'à s'accroupir. Il ne bouge plus pendant dix bonnes minutes, pour faire cuire l'autre à point. Ça le décidera peut-être à sortir. Bon, Håkon ne nous rappelle pas, ça en est où du côté de TechTonus ?

26

Elle a fini par se ressaisir, s'est relevée, a trouvé à tâtons dans l'obscurité la porte du réduit et commencé à secouer la poignée, donné des coups de pieds, s'est mise à crier de toutes ses forces. Tenter d'ameuter quelqu'un.

Elle est folle de rage maintenant. S'il se pointe elle lui plante ses doigts dans les yeux. Le déchire.

Elle a terriblement soif.

Quelle heure il est ? Il lui a arraché son téléphone. Ça fait combien de temps qu'elle est là-dedans ?

Le sale connard, qu'est-ce qu'il va faire d'elle ?

Tout ça à cause de cette merde de Viksen !

Elle tape encore du plat de ses mains contre la porte. Se retourne, donne deux grands coups de talons, écrase de toutes ses forces la semelle de sa chaussure contre la cloison.

Du bruit, on dirait. Ça réagit.

Elle tambourine avec ses poings.

Sursaute : un coup a été frappé contre la porte, de l'autre côté. Puis un deuxième. Elle se fige, écoute.

– Tu recules au fond de la pièce !

La voix de ce salopard.

– Tu recules au fond de la pièce et je t'ouvre. Seulement si tu recules. Tu vas au fond et tu tapes trois fois de la main contre le mur quand tu y es. Alors j'ouvrirai.

Elle s'exécute. Le salaud, il la fait reculer pour l'empêcher de se ruer contre lui.

Mais elle n'a pas d'autre solution.

Elle se dirige au jugé jusqu'au bout du réduit. Tape trois fois contre le mur.

Bruit de clé dans la serrure. Elle se retourne. La porte s'ouvre, un triangle de lumière se dessine contre le mur, sur sa droite, puis un plafonnier s'allume.

Il est là, dans l'embrasure. Avec une batte de baseball dans une main et un verre d'eau dans l'autre.

Il a un étrange sourire.

La batte, ce doit être pour la tenir en respect.

Il avance de trois pas sans la quitter des yeux, pose le verre d'eau sur le sol, sort ensuite de sa poche le smartphone qu'il lui a piqué, le dépose à côté du verre.

– C'est bon, un malentendu, je t'ai confondue avec quelqu'un d'autre. Un malentendu, je te dis.

Il recule derrière le seuil.

– Salaud !

– J'y suis allé fort, c'est vrai. Mais j'ai été cambriolé deux fois cette année.

– Espèce de salaud ! Vous aviez pas le droit de me garder ici !

– Je t'ai pris pour quelqu'un d'autre, je te répète.

– Quand je raconterai ça aux flics…

– On les appelle, si tu veux. Le commissaire Maelström, même, puisque tu le connais. Ou alors on y va direct et on s'explique là-bas.

– Allez vous faire foutre !

Mais elle se sent un début de soulagement la gagner. Il va la relâcher, elle va pouvoir partir.

Elle s'avance, se baisse, saisit le verre d'eau, qu'elle vide d'un trait. Elle avait le gosier desséché.

– Ça va aller mieux, maintenant, tu verras.

Il a lâché sa batte.

– Tu veux qu'on discute de tout ça tranquillement ? Qu'on se calme ?

– Allez vous faire foutre !

– Tu as tort. Tu sais, dans la vie, il vaut mieux accueillir ce qui vient et le regarder en face plutôt que le refuser.

– Quoi ?!

– Oui. Vouloir que ce qui est ne soit pas, voilà la source de nos peines. Refuser la réalité telle qu'elle est, là se trouve l'origine de la souffrance.

« Mais qu'est-ce que c'est que ces... qu'est-ce qu'il raconte ? Et pourquoi il me regarde comme ça ? Ce sourire... ses yeux de serpent... il croit qu'il va m'hypnotiser ou quoi ? Il est complètement timbré, ce con ! »

Mais elle a froid tout d'un coup, grelotte. Des frissons partout dans le dos. Il a baissé la lumière ? On dirait qu'il fait plus sombre. Où est-ce qu'elle est ?

Sa tête lui fait mal, très mal, ça bourdonne, « il y a des cloches là-bas, tout là-bas, qui on enterre ? Grand-maman, grand-maman chérie, tu... Partie ? Où est la petite maison ? Pourquoi, mais pourquoi ? Le papillon... laisser voler... pas tuer le papillon ! Mon cœur est triste, tellement triste... On voit plus rien, plus... »

– Bien sûr, consentir à ce qui arrive, dire oui à ce que la vie nous réserve est un chemin parfois ardu. Mais c'est nécessaire si l'on veut apprécier l'instant et tout ce qu'il recèle de positif. Pour grandir. Car il n'y a jamais d'échec, jamais ! seulement des occasions d'apprendre, continue-t-il tandis qu'elle toupie en sanglots, les bras écartés, plie, se tord, tombe lourdement à terre, soubresaute. Accueillir sa vie, c'est comprendre qu'il n'y a pas d'échec, seulement de nouvelles chances.

Elle est au sol, démise, désagrégée. Le visage inondé de larmes. Tressaille encore. Un hoquet.

Plus rien.

– Seulement des occasions d'apprendre, répète-t-il en ouvrant sa braguette.

02 : 00.

L'atmosphère est éprouvante dans la cabane de chantier. Tendus, impatients, à l'étroit, les policiers macèrent en se relayant pour scruter à travers la petite fenêtre.

Il y a un bon moment que Viksen est arrivé au commissariat de la Criminelle. Une trotte depuis Svartalfheim, faite à pied : il fallait que Shrapnel continue à croire que le commissaire agissait seul, discrètement, cette nuit. Et qu'il était reparti.

Mais il ne s'est rien passé. L'assureur n'a pas bougé le temps que Viksen est resté accroupi derrière la haie, si près pourtant. Difficile à comprendre.

On n'a pas pu le coincer. Là encore.

Et il n'a pas relâché Anja.

Tomatiksson a proposé l'assaut : il disposait de ce qu'il fallait pour dérégler les alarmes du Shrapnel, on serait entré par surprise. Non, trop dangereux pour Anja, ont estimé les autres, on n'est pas assez de trois.

« Mais qu'est-ce qu'on fait alors, bon sang ? On ne va pas pouvoir mariner longtemps comme ça ! »

– Ton sentiment, Gunnar, tout au fond ? demande Larsen.

Maelström ferme les yeux, incline la tête, inspire lentement. S'absorbe. Pêcher quelque chose à l'intime.

De longues secondes.

– Je… je dirais qu'il va la relâcher.

– Mauvais, ça.

– C'est vrai, on ne peut pas continuer, il faut rameuter les collègues pour débloquer la situation. J'appelle Wunderhørn. Deux voitures, une ambulance et un négociateur. Il faut essayer de la sauver si c'est encore possible. Et on se déploie autour de la maison en les attendant.

Les trois policiers sont sortis de leur cahute. Larsen est parti vers le nord contourner le quartier pour venir se poster à l'entrée donnant sur les garages, Maelström et Tomatiksson ont gagné le portail au bout du parc, ouvert grâce la télécommande laser. L'agent se dissimule derrière la haie afin de surveiller l'accès et guider par téléphone les policiers appelés en renfort tandis que le commissaire passe à l'intérieur. Il veut traverser le jardin jusqu'à la façade ouest, la déborder et aller s'embusquer le plus près qu'il pourra de l'entrée principale.

Plus aucune lumière aux fenêtres de la maison.

« Il serait allé se coucher une fois qu'il m'a cru retourné au commissariat ? Alors qu'il détient toujours la fille ? ! »

Sous ses pieds le gazon souple lui permettra de progresser sans bruit. Il a décidé de longer la haie plutôt que de passer en diagonale, il doit se tenir au plus loin des murs. Mais la précaution est dérisoire, il sait bien qu'il constitue une cible parfaite, on y voit comme en plein jour, si l'autre le repère c'en est fini. Et il ne peut pas aller trop près de la haie non plus, truffée de capteurs sensibles sans doute.

Il se met à avancer, penché en avant, se gardant à un bon mètre de l'alignée de thuyas.

Venue de sa droite, la rumeur d'une voiture qui approche lentement puis s'arrête quelque part dans l'entrelacs des allées et voies sans issue bordées d'arbustes voisinant la propriété du côté est. Un noctambule de retour.

« Quand je pense qu'on le tenait presque, c'était quasiment fait, on l'aurait cueilli dans le labyrinthe, tout serait fini ! Sans cette pétasse…

Bon Dieu, pourvu qu'il ne lui soit rien arrivé, qu'on ne se pointe pas trop tard. »

Il entend la cadence accélérée de son sang dans les tempes.

Avance de quelques mètres.

Un croassement troue tout à coup le silence de la nuit. Il sursaute, tourne la tête pour apercevoir deux corbeaux traverser le ciel du parc et filer au sud.

Peut-être vers le jardin botanique.

Il les suit du regard, ce vol soutenu mais un peu raide, les voit passer devant le disque de la lune puis obliquer soudain, piquer sèchement sur leur gauche et c'est alors qu'il détecte une silhouette du côté des garages. De trois quarts arrière par rapport à lui. Elle se dirige vers l'entrée de la propriété.

Son cœur s'emballe.

« Ce chapeau, ce manteau, ça ne peut être que lui ! Il est sorti au moment où on se déployait, impossible de le voir depuis où on était. Quelques pas de plus et je n'aurais pas pu le repérer, la façade l'aurait masqué. Sans ce vol de corbeaux…

Il est à pied, il s'en va par là où Anja est entrée. Évidemment ! Il va rejoindre la voiture que j'ai entendue arriver et qui vient le chercher. S'enfiler dans un de ces chemins entre les haies où elle l'attend pour décamper. Il se tire.

Il va nous échapper ! Un noctambule de retour, tu parles… Grand con, j'ai rien vu venir ! Et Larsen qui n'est toujours pas arrivé. »

Maelström s'est redressé, bondit à la poursuite de l'homme au manteau. Mais il sait que c'est perdu, il doit traverser tout le jardin, l'autre a beaucoup d'avance, on le voit déjà engagé dans la petite allée menant au portail ouvert, il va ensuite obliquer, « je vais le perdre de vue, les hauts thuyas vont le dissimuler, il aura tout le temps de rejoindre la bagnole, surtout s'il entend des pas dans son dos et se met à courir lui aussi, ou il se glisse dans un de ces chemins de traverse… En plus il est armé. Putain, il va nous échapper ! »

Le commissaire court de rage, mais c'est foutu, il ne

le rattrapera pas, il refuse d'abandonner, accélère, et un éclat de lumière soudain embrase le ciel, une sirène hurle. Abasourdis les deux hommes tournent la tête. Tressaillent : là, dans le halo qui vibre encore et alors que s'allument éveillés par l'alarme les trois réverbères disposés le long de l'allée d'accès, une apparition… Petronille Missåbrevis, droite, campée, hiératique. Souveraine. Qui écarte, sculpturale, le pan gauche de sa veste d'une main tandis que l'autre sort son arme de service d'une poche extérieure.

Sidération.

La chair est faible. Il arrive que ce soit fatal.

Trois secondes, quatre peut-être. Le temps que Shrapnel s'arrache au saisissement, dégaine à son tour, il est trop tard. La balle qui siffle derrière lui tirée par Larsen arrivé en trombe le désarçonne, il sursaute, stupéfait, hésite, pris entre deux feux, et Maelström s'est jeté sur lui, le fait chuter, le plaque au sol alors que Larsen qui s'est accroupi le tient en joue.

– C'est fini, Shrapnel ! fait le commissaire.

– Eh oui, commente l'inspecteur, les épreuves sont là pour éclairer notre chemin…

27

– Quand on nous a appelés, je me suis doutée que l'attaque de la caméra chez TechTonus ne venait pas du tireur urbain mais devait avoir un lien avec vous, commissaire. Oui, j'étais de garde cette nuit. Cela dit, pas bien régulier, votre montage, vous en conviendrez. Vous avez pris de sérieux risques, vous en avez fait prendre à vos hommes aussi, l'un d'eux a même dû assommer un gardien dans une cabine téléphonique, si j'ai bien compris. Et elle en est morte.

L'ambulance emportant le corps d'Anja Permersen vient de partir. Restent, stationnées devant le porche d'entrée, les deux voitures appelées en renfort ainsi qu'un véhicule de la Scientifique venu peu après. Les spécialistes avaient fini par découvrir le cadavre dénudé de la jeune femme dans une des cuves à mazout. Quant aux agents envoyés à la recherche de la voiture qui devait emmener Shrapnel, ils sont revenus avec des photos de toutes celles parquées dans le secteur, on va procéder à leur identification, mais sans trop d'espoir, la bagnole en question s'est sûrement empressée de déguerpir dès qu'il y a eu du grabuge.

Wunderhørn est en discussion avec les hommes de la Scientifique, il faut organiser le ratissage de la villa. Petronille Missåbrevis, Maelström, Larsen et Tomatiksson se tiennent à une dizaine de mètres de là. Les lumières se sont éteintes l'une après l'autre aux fenêtres des maisons alentour, il ne se passait plus grand-chose, la curiosité a fini par retomber. Surtout depuis le départ de l'ambulance. On trouve sans doute déjà sur les réseaux sociaux des petites vidéos captées où l'on voit les ambulanciers ramener leur brancard avec quelqu'un sous le drap qui le recouvre.

– Elle n'était pas prévue dans le scénario, répond le commissaire, on s'était arrangé pour coincer Shrapnel autrement. Comment imaginer qu'elle avait piégé le téléphone de Viksen ? Qu'elle savait qu'il était policier et qu'il était de service spécial cette nuit ?

– C'est ce qu'il faudra reconstituer.

– Elle est arrivée juste quand il ne le fallait pas, ça c'est joué à rien, son destin, reprend Maelström, amer.

– Son ange gardien avait foutu le camp, opine Larsen.

– Mais ce que vous pensiez s'est vérifié, n'est-ce pas ? Vos hypothèses se sont révélées exactes. Vous aviez raison sur toute la ligne.

Le commissaire hoche la tête.

– Un très gros coup de filet en perspective, dit Larsen. Mais il faut faire vite.

– Oui, ne pas les laisser se retourner, vider leurs labos, acquiesce Maelström. Ils doivent se demander, ça doit bouillir… ils ont peut-être déjà du monde venu rôder par ici, ajoute-t-il en regardant derrière lui. Leur réaction, à TechTonus, quand la police a débarqué ?

– Je n'en ai pas encore parlé avec M. Wunderhørn, répond la policière. Lorsqu'il m'a informée qu'il y envoyait trois hommes après avoir reçu un appel de votre agent, j'ai décidé de filer à la Criminelle. Vous n'y étiez pas, M. l'inspecteur Larsen non plus, mais l'un des techniciens chargés des drones a fini par lâcher le morceau pour votre équipée nocturne, j'ai dû insister un peu. Là-dessus est arrivé l'agent Viksen. J'ai compris que les choses tournaient mal, je suis venue rejoindre les lieux sans attendre. Ça s'est joué à peu, là aussi, j'ai eu tout juste le temps de m'embusquer derrière le portail que Shrapnel sortait de chez lui. Comme rien ne se produisait, ignorant où vous étiez, je ne vous avais pas aperçu en train de le courser, je suis intervenue. Il m'a fallu improviser.

– Il m'aurait échappé sinon, vous avez sauvé l'opération. En prenant de sacrés risques, à votre tour. Vous auriez pu…

– N'en parlons plus. Dites-moi plutôt… mais qu'est-ce que… ?

Mouvement du côté des voitures de police, remous, bruit de porte. Puis une petite flamme qui flageole dans la nuit.

– C'est rien, fait un des agents en se rapprochant d'eux. Shrapnel a menacé de pisser dans la bagnole si on le laissait pas sortir uriner dehors. C'est tout ce qu'il a dit depuis qu'on l'a menotté à l'intérieur. Alors on l'a extrait de la voiture, et là il a demandé à fumer une des cigarettes qu'il avait dans sa poche. Sven lui l'a fourrée dans le bec et l'a allumée. Mais aucun souci, il est menotté et on le serre de près.

– Tiens, il fume, le directeur général ? demande Larsen.

– Sais pas, fait Maelström.

Puis sursaute.

– Eh, non, stop, nom de Dieu, stop ! hurle-t-il en se ruant vers la voiture.

Trop tard. Devant les policiers effarés, Brokk Shrapnel, la cigarette tremblant au bout des lèvres, a commencé à girer sur lui-même, coudes levés, mains plaquées sur ses oreilles, déhanché, désarticulé, effrayant pantin. Puis glapit hideusement, inondé de sueur, les yeux révulsés.

– aaaarmen !

Cri d'épouvante. Une souffrance égarée, impuissante. Atroce.

– Vous avez entendu ? tressaille Petronille Missåbrevis.

– … son secret avec lui dans la tombe, murmure Maelström, consterné.

Shrapnel ahane, souffle, titube cinq pas en avant, les policiers s'écartent d'effroi. Un vagissement, il s'immobilise, branle la tête, fléchit, s'affaisse sur ses genoux. Battement de bras, un long jet de bile, enfin il s'effondre sur le flanc, tressaute une dernière fois sous la lune impassible.

– Trop tard ! fulmine Larsen.

« Ne laissons pas leurs vies nous échapper ! Les femmes du fil ont droit de choisir les morts »
clama dans sa robe de nuit la troisième, qui était aussi la plus vieille.

Il vit qu'elle étirait de son poing gauche plusieurs fils, et certains étaient plus longs que d'autres. Tous étaient tendus à se rompre. De la serpe dans sa main droite elle les trancha.

Grâces

Il est prudent d'écrire juché sur de bonnes épaules. On aura donc croisé, pour le meilleur de ces pages, Homère, Eschyle, Sophocle, les prophètes Esaïe et Jérémie, l'anonyme de la Saga de Njáll le Brûlé, Shakespeare, Racine, Voltaire, Gottfried August Bürger, Hölderlin, Schopenhauer, Nietzsche, Jean Cocteau, Giuseppe Tomasi di Lampedusa, Lucien Jerphagnon, mais aussi Manuel Vásquez Montalbán et Andrea Camilleri. Ainsi que Jean Echenoz.

Littéralement, à dose inégale, une seule phrase souvent, un mot, ou par l'esprit – la manière empruntée à l'occasion.

Le reste, difficilement évaluable, relève du métabolisme. Ou, si l'on préfère, de la sédimentation.

Le décor scandinave, fantasque mosaïque on s'en sera aperçu, ne serait pas ce qu'il est, ni les atmosphères dans lequel il baigne, sans les romans de Maj Sjöwall et Per Wahlöö, de Henning Mankell, Arnaldur Indridason, Jo Nesbø, Stig Larsson. Que ceux qui le peuvent encore veuillent trouver dans ce clin d'œil un hommage.

Je veux aussi remercier Pierre Lemaitre des avisés conseils qu'il ignore m'avoir donnés, et François Debluë, ami, écrivain, lecteur très précieux, qui a su encourager ce texte.

Ma vive gratitude enfin à Alexandre Metzener et Antoine Viredaz, brillants drilles, facétieux magnifiques et éditeurs superlatifs, pour l'accueil et le soin qu'ils ont réservé à mon roman. Puissent les Ases leur en savoir gré.

Achevé d'imprimer en avril 2023.
Imprimé en Italie.

ISBN 978-2-940718-24-5